A VIDA E AS MORTES DE SEVERINO OLHO DE DENDÊ

NÃO TENHO MEDO DA MORTE, MAS MEDO DE MORRER, SIM. A MORTE É DEPOIS DE MIM,

RTE, MAS QUEM VAI MORRER SOU EU.

"NÃO TENHO MEDO DA MORTE",
GILBERTO GIL

Dedico este livro à minha mãe, Puni.
O maior presente que o axé me deu
foi a honra de ser seu filho.

Dedico este livro também a Exu,
que abriu caminhos para que
eu chegasse aqui.

1
MORREMOS DE MORTE IGUAL

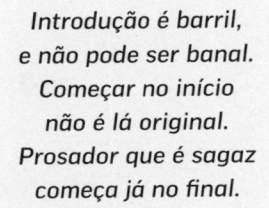

*Introdução é barril,
e não pode ser banal.
Começar no início
não é lá original.
Prosador que é sagaz
começa já no final.*

*E o que é início?
Mais um ponto a esmo.
E por onde começar,
se ontem é um sesmo?
Antes do antes, antes.
Só cavar, não é mesmo?*

*Os "porquês" e os "comos"
mostramos no processo.
Deixar o leitor sem chão,
a chave pro sucesso.
Pode confiar em mim.
Eu garanto. Professo.*

*Nesta vidinha nossa, muita coisa mudou.
Tecnologia nova, a galáxia conquistou.
Fruto da mudança, veja, o óleo de dendê.
Com seu uso, grandes distâncias podemos vencer.
Novos planetas e espécies, nós conhecemos.
Hoje, entre estrelas e cometas, vivemos.*

*E é na vastidão da galáxia,
na imensidão do impossível,
que começamos na Terra.
Ó só se isso não é risível.
Seria, não fosse o destino,
fim que parece irreversível.*

*É lá que achamos Severino,
apelidado Olho de Dendê.
Com um tiro no meio do peito,
ele faz de tudo pra não morrer.
Mas, leitor, não se aperreie, não.
Esse não é o final, pode crer.*

MORRER NÃO ESTAVA NOS PLANOS DE Severino. O tapete vermelho e quente que estendia ao cambalear, contudo, não deixava muito espaço para dúvida: ele estava lascado.

Muito lascado.

E para alguém tão acostumado a lidar com a morte, Severino viu-se surpreso com a experiência de seu infortúnio. Conhecia bem o único mal irremediável, perdeu as contas de quantas vezes vislumbrou a brevidade da vida, mas havia algo peculiar em testemunhar aquilo tudo pelo ponto de vista de seu olho direito — olho que Deus deu e que a vida não tirou.

Tem lição que só se aprende vivendo na pele.

A dor, que consumiu seu corpo assim que o disparo se fez ouvir, também escorreu pelo buraco em seu peito, e agora estava perdida no rastro de sangue que Severino deixava pelo galpão daquele laboratório no meio do nada. Ali, era apenas frio e tontura. Ao analisar os fatos, ele riu. Não uma risada espalhafatosa, daquelas que soltava após uma piada engraçada de Bonfim, mas o simples levantar de bochecha de uma alma que, enfim, compreendia uma verdade universal.

Diante da morte, o homem se vê reduzido a tão pouco, pensou Severino.

Reduzido, vai.

Ele sabia que havia incontáveis coisas quebradas dentro dele, coisas que foram estraçalhadas muito antes dos estragos que uma bala muito bem pensada podia realizar. O couro foi perdendo sua tonalidade preta e saudável, efeito da anemia brusca, que roubava dele tudo que tinha para dar. Em pouco tempo, o processo de transformação em poeira cósmica atingiria velocidade máxima, e tudo que restaria dele seriam os cacos de uma vida partida.

Os espólios do efêmero, herança destinada aos vermes. Como conceito, a morte sempre pertenceu aos outros. Nunca pareceu caber nele. Havia uma parte de Severino que acreditava que a romeira de preto e de gadanha em mãos o tinha deixado para trás e que a vida seria seu estado permanente. Mas agora que a maldita se fazia presente, galgando seus calcanhares, ele questionava a escolha de tal cenário como ponto-final. Se era hora de partir desta para uma melhor, não podia ser no meio de uma micareta? Ou quem sabe em uma rede na beira da praia da Gamboa?

Restou-lhe aquela morte fria, tola e sem graça.

O braço mecânico afrouxou e começou a balançar sem vida. Um dos disparos havia rompido o cabo responsável pela lubrificação de sua prótese. Além de sangue, ele agora vazava óleo. Severino encostou na parede, deu um nó em um dos cabos partidos e resolveu, mesmo que de forma tosca, o vazamento. O braço não respondia aos comandos com a precisão desejada, mas era o suficiente para que pudesse pressionar o peito e conter o sangramento.

Ele tropeçava em direção ao aerocarro. O galpão vazio, contudo, parecia se alongar a cada passo, zombando de sua moléstia. Severino se apoiou em um contêiner metálico e encarou os vários protótipos que a ProPague fabricava em nome da ganância desenfreada. O plano era maior que ele e sua vidinha insignificante. Havia outras vítimas, cada uma carregando um cifrão em sua lápide.

Aerocarro, pensou. Tudo que restava era sair dali. Não que ele pudesse ir muito longe no estado em que se encontrava, mas não conseguia elaborar um plano melhor naquele momento. Estava só e não havia nada em um raio de duzentos quilômetros, apenas plantações e plantações de dendê.

A cada passo, sentia-se mais fraco, e a única coisa que o mantinha em pé era a teimosia de um coração que acreditava estar prestes a parar de bater, mas que agora parecia querer mais alguns minutos emprestados. Com o fim da linha se apresentando no horizonte do tempo, Severino viu-se ainda mais propenso a seus devaneios de poeta fracassado.

A gravidade sempre foi comparsa da morte, pensou. *Quanto mais a romeira de preto se aprochega, mais o chão ganha força.* Ele se escorou na lateral do imenso portão de metal do galpão e vislumbrou o aerocarro estacionado a apenas alguns metros de onde estava. *Morrer é fácil, basta abraçar a queda.*

Mas do chão não passa. Ele riu ao se lembrar do ditado popular. Pena que, naquele caso, o ditado não se aplicava. Passaria do chão, sim. Sete palmos abaixo, para ser mais preciso.

No entanto, era neto de Avôhai Callado, herói da Guerra Vermelha. Desistir não era algo que estava no seu sangue — não importava quão pouco lhe restava. Por isso seguiu, um pé na frente do outro, até chegar ao veículo. Era um modelo velho de carro aéreo, quadradão, sem rodas ou trem de pouso, com o fundo todo arranhado pelo contato direto com o chão.

Severino desmoronou no banco, e o estofado, já carcomido pelo tempo, rasgou ainda mais. O carro estava caindo aos pedaços — igualzinho ao dono. Com o resto de energia que tinha, enfiou a chave na ignição. Assim que o motor ganhou vida, o rádio ligou.

— *Rádio Serendipidade, tocando os clássicos que você precisa ouvir desde 2145.*

Então, a inteligência artificial, parte da tecnologia que tornou a Rádio Serendipidade a estação mais sintonizada da galáxia, fez seu trabalho. Nos alto-falantes, a música mais apropriada para aquele momento começou a tocar para Severino:

Presentemente eu posso me considerar um sujeito de sorte, porque apesar de muito moço, me sinto são e salvo e forte. E tenho comigo pensado, Deus é brasileiro e anda do meu lado, e assim já não posso sofrer no ano passado.

Severino riu e pensou em Filomena. Se havia uma mulher retada o suficiente para acabar com aquela esculhambação toda, essa mulher era Filó. O homem descansou o braço mecânico sobre o volante e abriu o compartimento que ficava logo abaixo do pulso. Melou um dos dedos da mão direita com o próprio sangue e depositou uma amostra no compartimento aberto. Ao fechar, o braço mecânico começou a vibrar, parte do processo de análise sanguínea. Então, tirou uma lasca de raiz de jurema-preta do bolso da camisa, colocou-a embaixo da língua e esperou.

O coração aquietou, e ele não sabia dizer se aquilo era a morte chegando ou contentamento, mas pouco se importou. Ali, na beira do abismo que chamava de vida, Severino só desejava ter tido a chance de abraçar Bonfim e beijar Filomena uma última vez. Todo mundo merece um adeus.

Seu olho esquerdo, coberto por um tapa-olho mecânico, acendeu em um vermelho intenso, e ele testemunhou mais uma vez o próprio assassinato.

EU SONHO MAIS ALTO QUE DRONES.

COMBUSTÍVEL DO MEU TIPO? A FOME.

PRA ARREGAÇAR COMO UM CICLONE,

PRA QUE AMANHÃ NÃO SEJA SÓ UM ONTEM COM UM NOVO NOME.

O ABUTRE RONDA,
ANSIOSO PELA QUEDA.

    FINDO MÁGOA, MANO,
    SOU MAIS QUE ESSA MERDA.

CORPO, MENTE, ALMA,
UM, TIPO AYURVEDA,

    ESTILO ÁGUA, EU CORRO
    NO MEIO DAS PEDRA.

NA TRAMA, TUDO OS DRAMA
TURVO, EU SOU UM DRAMATURGO.

    CONCLAMA A SE AFASTAR DA LAMA,
    ENQUANTO INFLAMA O MUNDO.

SEM MELODRAMA, BUSCO GRANA,
ISSO É HOSANA EM CURSO,

    CAPULANAS, CATANAS,
    BUSCAR NIRVANA É O RECURSO.

É UM MUNDO CÃO PRA NÓIS,
PERDER NÃO É OPÇÃO, CERTO?

DE ONDE O VENTO FAZ A CURVA, BROTA O PAPO RETO.

NUM DEIXO QUIETO, NUM TEM COMO DEIXAR QUIETO.

A META É DEIXAR SEM CHÃO QUEM RIU DE NÓIS SEM TETO.

TENHO SANGRADO DEMAIS,

TENHO CHORADO PRA CACHORRO.

ANO PASSADO
MAS
ESSE
ANO EU
MO

EU MORRI, NÃO MORRO.

INTRÍNSECA
APRESENTA

A VIDA E AS MORTES DE

SEVE-
OLHO DE

UMA ÓPERA

UM LIVRO DE
IAN FRASER

RINO DENDÊ

ESPACIAL NORDESTINA

2

SOMOS MUITOS SEVERINOS

Narrativa, essa coisa linda,
é apetite sem afobação.
A história vamos rebobinar,
e no leitor provocar confusão.
Nesse truquezinho de narrador,
que adora uma perturbação.

O resto desta curta aventura
vai ser apresentada em *flashback*.
Palavra que vem do inglês mesmo,
e a história para num breque.
Coisa que só se acha na arte,
viver, tristemente, não tem *playback*.

No canto mais ao leste da Via Láctea,
em órbita da estrela Sucupira,
cê vai achar uma atmosfera joia,
igualzinha a essa que cê respira.
Radiação e temperaturas normais,
perfeitas pra esse narrador caipira.

O nome do planeta é Cabula XI,
ê lugarzin com tantão de dendezeiro.
Fruto vira comida e combustível,
coisas que rendem é muito dinheiro.
Vigilância lá, contudo, é constante,
a Federação não suporta pardieiro.

Severino, em sua cama, dorme,
prestes a uma ressaca aturar.
O coitado ainda não tem ideia
dos perrengues que vai encontrar.
Essa narrativa é sobre ele,
e sobre o passado que vai se revelar.

SEVERINO ACORDOU. A CABEÇA LATEJAVA AO mesmo tempo que o corpo parecia enterrado no colchão, afundado na espuma, como se a gravidade de Cabula XI estivesse plugada no 220 volts. É claro que não era o caso. Seus neurotransmissores é que ainda estavam se recuperando de mais uma farra repleta de embriaguez desmensurada. Passara as últimas horas afogando as preocupações em engradados e mais engradados de Davera, sua marca de cerveja predileta — bebida forte, feita com grãos de avati, cereal nativo daquele planeta e que tinha efeitos particularmente devastadores em organismos terráqueos.

Ao se levantar, largou um suspiro de alívio: ao menos estava no próprio quarto, uma melhora significativa se comparado a seu último porre, quando acordou na praia deserta de Mangue Azul e teve que fugir às pressas de um itakaru, uma espécie alienígena semelhante aos caranguejos, mas que podia chegar a quatro metros de largura — rendem que é uma beleza em moquecas, mas são extremamente perigosos fora das panelas ou tentando fugir delas.

Ao se sentar na beira da cama, sentindo suas sinapses estourando feito pipoca, Severino descansou os braços sobre os joelhos e deixou o ventilador de teto secar o suor das costas.

As cortinas fechadas bem que tentavam ocultar a claridade abrasante que vinha lá de fora, mas o tecido era vagabundo e fino. O clima de Cabula XI era um dos grandes atrativos daquele planeta, certamente um dos motivos que o levaram a escolher aquele fim de mundo para ser sua nova casa, mas dormir sob os caprichos de uma estrela brilhante era algo que Severino sempre classificou como *barril dobrado*. Para piorar, quando calibrado na ressaca, seu olho mecânico, substituto do que perdera havia uma década, no ano de 2567, ardia em uma cefaleia intensa com o menor dos brilhos — algo difícil de ignorar vivendo em um planeta de dias tão longos.

Ele se levantou e foi direto para a geladeira. Abriu uma lata de Davera e bebeu metade em três goladas, aproveitando o friozinho gostoso do refrigerador acariciando sua barriga já saliente. Prometeu a si mesmo nunca mais sair para farrear durante o dia cabulense, promessa que já se fez algumas vezes, todas sem sucesso. O problema nem era a ressaca, isso ele aguentava. O perrengue mesmo era acordar de porre em um calor da porra. Por mais propício que Cabula XI fosse para receber a vida humana, com gravidade, temperatura e atmosfera compatíveis com a da Terra, aquele pedaço de pedra no Sistema Sucupiral tinha um puta de um contratempo: os dias duravam aproximadamente noventa e seis horas, o que resultava em quarenta e oito horas seguidas de sol, acompanhadas por outras quarenta e oito horas de escuridão plena.

Barril dobrado ao quadrado.

Severino encontrou Bonfim na sala, desmaiado no sofá. Bonfim era seu melhor amigo e o grande culpado pela última farra — e por todas as farras anteriores também. Era um puiuiú, espécie nativa do planeta Zolriatis, alienígenas que chegavam a ter no máximo um metro de altura e que, por não terem olhos, se movimentavam usando ecolocalização. Mas a característica física mais notória e particular dos puiuiús eram os longos pelos que cobriam seus corpos, ocultando faces e membros, tornando-os verdadeiros espanadores ambulantes. Seu melhor amigo, no entanto, decidiu amarrar centenas e centenas de fitinhas do Senhor do Bonfim em sua cabeleira, criando um estilo próprio de aplique, único e multicolorido.

— Ô, desgraça, acorda. — Severino chutou a lateral do sofá. — Passarinho que não deve nada a ninguém essa hora já tá cantando.

— Pois estou mais pra urubu do que pra sabiá.

— Você lembra como a gente chegou em casa? A última coisa que lembro foi a gente conversando sobre o seguro do aerocarro.

— A gente chamou um Pongar lá pras trinta e seis horas.

— A gente não tem grana pra ficar pagando Pongar toda vez que sai.

— Nem venha, que você se divertiu ontem.

— E foi, foi? Nem lembro.

Algumas horas atrás, enquanto Severino se deleitava com os mistérios da amnésia etílica, Bonfim se divertia conversando com estranhos. Graças a certas particularidades do sistema digestivo dos puiuiús, eles necessitavam de uma dose cavalar de bebida para se sentirem minimamente embriagados. Contudo, tal limitação podia ser superada pela habilidade emocatalisadora daquela espécie alienígena, que conseguia acessar e compartilhar emoções e sensações alheias. E para Bonfim não havia nada mais divertido do que sentir dez por cento da embriaguez de Severino.

— Pois bem. — Bonfim saltou do sofá, caminhou até a mesa de centro e deu cabo em um prato de arroz de hauçá velho e frio. Os braços finos e cinza, com quatro dedos longos em cada mão, viviam a maior parte do tempo escondidos no meio de sua cabeleira particular. — Consegui até um bico pra gente.

— E é, é?

— Tô dizendo. Então, pare de se preocupar com o valor do Pongar. Eu sempre dou meus pulos.

— E que bico é esse?

— A garçonete do último barzinho me disse que um amigo dela foi preso e que ela tem certeza que os Carcarás Carmesins cagaram na investigação.

Severino baixou a lata de cerveja, e seus olhos se perderam na distância do arrependimento.

— Nem me venha com essa cara de bunda. — Bonfim não precisava de olhos para saber a expressão estampada no rosto de Severino.

— Um caso Carcará?

— Mas veja só... Tu vai ficar examinando dente de cavalo dado agora, é, Severino?

— Num sei se quero me meter nesse vespeiro, não.

Severino foi até a janela do apartamento. Abriu as persianas de palha de carnaúba e encarou a vista privilegiada que tinha do Caboatã, um dos bairros periféricos de Apuava, cidade onde morava. Do alto, via o trânsito intenso de aerocarros, os milhares de outdoors em neon, as passarelas suspensas e a praça Chico da Matilde, com a célebre estátua de Francisco José do Nascimento, líder abolicionista que combateu o tráfico negreiro nas praias do Ceará. O monumento o retratava em uma de suas jangadas, imponente, braços erguidos para o combate. Logo atrás de sua suntuosa figura, havia uma fonte esculpida na forma do animal mítico que rendeu ao homem seu apelido: Dragão do Mar. No entorno da praça, uma cordilheira de prédios cinza encobria um horizonte que ardia como se o firmamento sangrasse.

Passado, presente e futuro embrulhados em um mesmo pacote.

— Teus boletos agora têm querer também?

— Como é?

— A conta de luz tem querer? Porque o mês vai acabar, o dinheiro vai mirrar, e quero ver como você vai se virar numa noite cabulense sem energia.

— A gente sempre dá um jeito. — Severino encostou no batente da janela, sua mente perdida em algum lugar do passado. — Grana não é tudo.

— Grana pode não ser tudo, mas é meio caminho andado. Ser alguém neste mundo vem com uma etiqueta de preço cravada no rabo, meu rei. Uma hora ou outra, você paga pela fome que tem.

— Não quero me meter no meio de uma investigação Carcará. Ponto-final.

— Belê. Então, qual é o plano de hoje?

— Sei lá. Eu posso trabalhar de Pongar.

Bonfim se sentou na quina da mesa de centro, empurrou as latas de cerveja e pratos sujos e deixou os pezinhos balançando ao léu. Por dividir um apartamento com um puiuiú, Severino optou por móveis baixos, que atendessem às necessidades e particularidades do amigo.

— Me lembre aí: com seu brevê, qual é a faixa de altura em que você pode pilotar?

— Cê sabe a faixa em que posso pilotar, porra.

— Refresque minha memória...

Para um bichinho que era basicamente um esfregão com pernas, Bonfim era atrevido que só ele.

— Você sabe que é na faixa de quinhentos metros.

— Oficórssimente que sei, exatamente meu ponto. Trânsito nessa altura é um porre. Poucas viagens por dia. Agora, só com o caso da garçonete, a gente vai faturar dois mil novos reais cruzados, papai. Quantas viagens de Pongar você precisa fazer para chegar nesse valor?

Aquela coleção de fitinhas do Senhor do Bonfim tinha o dom de conseguir o que queria.

— Dois paus? — perguntou Severino.
— Dois paus.
— É, né, fazer o quê? Pau que nasce torto nunca se endireita.
— Todo mundo tem que requebrar na boquinha da garrafa de tempos em tempos, né não? — questionou Bonfim ao pular da mesa de centro.

Severino colocou uma camisa, calçou sua sandália Havaianas modelo H8 e foi direto para a garagem. Assim que quitara todas as dívidas acumuladas após comprar seu apê, gastara o pouco que sobrou na aquisição de seu aerocarro, um Shaka XVIII, modelo compacto e econômico de viatura área. A compra foi, digamos, uma mão na roda: facilitou a vida na hora de ir do ponto A ao ponto B, mas também serviu como uma forma de capitalizar uma renda extra, trabalhando como motorista do Pongar, plataforma de transporte privado urbano que funcionava através de aplicativos em dispositivos móveis.

As garagens de veículos aéreos ficavam na cobertura dos prédios, facilitando a decolagem e o trânsito suspenso, a forma de locomoção mais popular em todos os sistemas anexados da Federação. Ao girar a ignição, o carro começou a flutuar, esquentando as turbinas acopladas no fundo do veículo. Bonfim ligou o rádio e aumentou o volume.

Todo dia acorda cedo pro trabalho
Bota seu cordão de alho
E segue firme pra batalha
Olho por olho
Dente por dente
Espalha
Lei da Babilônia é diferente

No painel eletrônico do Shaka XVIII, Severino digitou a faixa de altura na qual pretendia dirigir: quinhentos metros. Bonfim acionou o teto da garagem, revelando o céu avermelhado de Cabula XI, com a nebulosa de Timbaúba se fazendo vista, sua poeira cósmica e gases ionizados colorindo o firmamento como se fosse pintura nas mãos de um deus artista.

Já na descida e não sabe descer dançando
Sabe subir na vida e não sabe subir sambando

Assim que a inteligência artificial permitiu a decolagem, confirmando uma brecha no trânsito logo acima, Severino apertou o acelerador *zeta*, e a nave ascendeu. Ao chegar à altura desejada, os dois se depararam com um engarrafamento intenso, principalmente no espaço aéreo sentido centro.

— Ouvi dizer que o IPVAA para dirigir na faixa de seiscentos metros vai ficar três mil novos reais cruzados mais caro ano que vem.

Através da ecolocalização, Bonfim notou que o trânsito acima deles fluía significativamente mais livre.

— Puta merda — murmurou Severino. — Quero nem imaginar o IPVAA de quem está dirigindo na faixa dos novecentos metros.

— Aí, meu rei, é só o *crème de la crème*. Te contei do meu bróder lá no DECEA? — perguntou Bonfim.

— Você conhece gente no controle do espaço aéreo?

— Eu tenho vida além de gastar meu tempo resolvendo seus perrengues, Olho de Dendê. Esse meu bróder disse que consegue instalar um disruptor de altura.

— Sério?

— É. O problema é o custo.

— Quanto?

— Dez paus. Não só isso. Sete anos de prisão se a gente for flagrado com o aparelho — disse Bonfim.

— Porra, prefiro pegar engarrafamento.

Severino alisou o volante do aerocarro, veículo que facilitava muito sua vida como investigador.

— É. Eu sei. É só que... sei lá. Tem hora que essa estagnação toda cansa. É foda ficar pra trás enquanto alguns têm pista livre.

Os dois seguiram lentamente em direção ao bairro de Ocaruçu, o distrito financeiro de Apuava. Engenhado para replicar os padrões arquitetônicos da Velha Salvador, o bairro tinha o glamour do novo, com arranha-céus envidraçados, outdoors holográficos e pistas magnéticas com seus buzús maglevs, e a beleza tradicional do velho, com os casarões no estilo barroco, que serviam como centros culturais e casas de espetáculos. Destacava-se também a notória reimaginação do Farol da Barra, erguida no meio da praça central, servindo como fonte de iluminação artificial durante as longas noites cabulenses. Em volta do farol, protegendo a cidade, estavam as esculturas em metal de Oxum, Ogum, Oxóssi, Xangô, Oxalá, Iemanjá, Nanã e Iansã.

Atrás do horizonte de concreto, a estrela Sucupira ameaçava se pôr. Seriam, aproximadamente, quarenta e oito horas de escuridão até a próxima aurora. As luzes, espalhadas pelas pistas e pelas laterais dos prédios, aos poucos se acendiam, dando tons neons aos inúmeros calçadões de vidro que se estendiam entre os prédios, construções arquitetônicas que dividiam o bairro em uma sucessão de níveis.

Severino estacionou o carro aéreo em um dos edifícios-garagem, a única forma legal de desembarcar de aerocarro na grande cidade. Os custos eram elevados, mas, ainda assim, aquela era uma forma de locomoção muito mais prática e eficaz se comparada ao uso dos buzús, sempre lotados e com intermináveis pontos de parada. Ao desembarcar, Bonfim examinou melhor a indumentária de Severino, que portava uma camisa aberta, a bainha da calça manchada por Deus sabe o quê, e chinelos.

— Velho, onde foi que você enterrou sua dignidade?

Severino engoliu um ar seco, fechou os botões da camisa — não todos — e apertou a lateral de suas Havaianas H8, ativando os nanorrobôs e transformando o simples par de chinelo em botas.

— Melhor. Ainda assim, tá parecendo o cão. Só falta uma manga pra chupar — comentou Bonfim, rindo.

— Por que você não faz como um catador de coco e vai procurar um coquinho para catar?

A vista do elevador panorâmico quase valia o preço do ticket de estacionamento. O Novo Farol da Barra iluminava artificialmente a praça Graziela Maciel Barroso, tomada por angicos, dendezeiros, ipês e aroeiras, árvores que pintavam o cenário com suas cores e seus desejos. O espaço público fora batizado em homenagem à primeira-dama da botânica brasileira, cujos estudos sobre angiospermas levaram o cientista Albérico Lima dos Santos a desenvolver motores movidos a propulsão Guineensis, máquinas capazes de dobrar o tempo e o espaço usando o óleo de dendê como combustível.

— A garçonete trabalha onde mesmo, meu velho? — perguntou Severino.

— Num bar chamado Zumbido. Você precisa controlar seus porres, meu velho. A gente esteve lá não tem nem dez horas.

— Olha só quem está falando. Eu sinto você sugando minha bebedeira. — Severino se referia aos efeitos emocatalisadores de seu amigo. — Quanto mais pra lá estou, mais você curte.

O movimento pelas ruas era intenso, repleto de consumidores ávidos pela chance de terminarem suas compras o mais cedo possível, já que muitos decidiam não visitar o centro durante as noites cabulenses. Aquele, contudo, não era o caso para as almas que trabalhavam no mercado de ações, que eram obrigadas a seguir o horário estabelecido pelo Centro Galáctico de Comércio, na (muito, muito) distante Salvador.

— Então, me conte mais sobre esse caso que a gente vai pegar — pediu Severino.

— Sei muito, não. — Para não ser engolido pela torrente de pessoas que caminhavam pelo calçadão, Bonfim era obrigado a andar atrás de Severino, usando-o como escudo de proteção. — Ela disse que os Carcarás Carmesins cagaram a investigação. Prenderam algum coitado inocente e que, por isso, o assassinato não foi resolvido.

— Nada mais?

— Não muito. A gente estava tomando um porre, não foi exatamente um B.O.

— Oxi, oxi, oxi, oxi, e como é que você sabe que ela vai pagar dois paus para a gente resolver o caso?

— Ééé...

Severino conhecia bem seu melhor amigo. Sabia que aquela vogal prolongada era sinal de que Bonfim estava tentando achar alguma desculpa esfarrapada para tirar seu traseirinho puiuiú da reta.

— Desembucha logo, vá.

— Não é exatamente a garçonete que está disposta a pagar dois paus para resolver o crime.

Severino puxou Bonfim para dentro de uma das lojas na calçada, se agachou e encarou o amigo na altura que acreditava ser ideal para mirar seus olhos, caso puiuiús tivessem tais coisas.

— Ô, desgraça! Larga o doce...

— A garçonete falou que o menino preso é afilhado da Dinha e que é ela que está oferecendo a recompensa.

Ao escutar aquele nome, Severino sentiu todos os pelos de seu corpo ouriçarem, sensação que também correu por seu braço mecânico. Era memória tão forte que até as partes que perdeu pareciam recordar.

— Tu pirou, porra? Tu quer que eu me meta em investigação que tem Carcará Carmesim e as Paladinas do Sertão no mesmo balaio? Me tirou pra otário agora, Bonfim?

— Severino, me escute, porra. Pense aí. Resolvendo esse caso, tu limpa sua ficha com as Paladinas e de quebra desembolsa dois paus. É só lucro, porra.

— Bonfim, meu velho, escute o que estou dizendo, meu rei: não tem nada nesta galáxia todinha que faça com que a Dinha me perdoe. Esse trem partiu faz tempo, e agora estou sozinho na estação.

Severino se pôs de pé e caminhou até a porta de saída da loja, mas Bonfim continuou parado.

— Vamos pra casa — retrucou Severino.

— Não. A gente vai continuar nesse caso.

— Então resolva ele sozinho. De jeito nenhum vou me meter com a Dinha.

Severino saiu da loja, deu alguns passos e olhou para trás, esperando que Bonfim o seguisse. Contudo, a porta da loja se abriu e o puiuiú continuou andando em direção ao bar Zumbido.

— Miserável — xingou Severino ao seguir seu caminho de volta ao estacionamento.

Revisitar o passado era algo que ele evitava. Sua memória era cemitério em noite sem lua, lugar de lápides ocultas e esquecimento absoluto.

Ao entrar no elevador panorâmico, enquanto subia de volta para seu aerocarro, Severino se viu só, testemunhando mais um crepúsculo. No rádio do elevador, a voz aveludada de Renato Cordeiro, o locutor mais conhecido das galáxias, proclamava o slogan da FM.

— *Rádio Serendipidade, tocando os clássicos que você precisa ouvir desde 2145.*

Toda vez que a gente está sozinho
E que está perdido no caminho
Ele sempre chega de mansinho e mostra uma saída

Quando a estrela Sucupira beijava o horizonte de Cabula XI, independentemente de onde você estivesse, ondas de plasma interagiam com o campo magnético e com a atmosfera do planeta de tal forma que sempre resultavam em uma aurora que ia do anil ao violeta em um xote sem pressa e sem ambição. Um presente do acaso, tão ordinário quanto único.

Ter um amigo
Quem é que não tem um amigo
A gente precisa de amigos do peito
Amigos de fé, amigos-irmãos
Igual a eu e você
Amigos

As portas do elevador se abriram, Severino respirou fundo, deixou os ombros arriarem e apertou o botão do térreo.

— Beleza, universo, recado anotado. Sutileza, ó, zero.

Bonfim estava sentado em um banco próximo à entrada do Zumbido, um boteco com uma fachada de tijolo e janelas de madeira que fazia de tudo para imitar a arquitetura típica do Pelourinho, um dos pontos turísticos mais procurados da galáxia. Ao escutar os passos arrastados de seu melhor amigo, o puiuiú soltou uma risada forçada.

— Eu não te pari, mas te conheço, pivete! — gritou.

— Salvo por música de elevador, isso sim.

Os dois entraram no estabelecimento, sentaram em uma das mesas e pediram uma garrafa de Davera acompanhada por uma porção de acarajé com vatapá. Perguntaram pela garçonete chamada Rosa e foram informados que ela ainda não havia chegado, mas que o expediente dela começaria em breve.

O boteco tinha música ao vivo, com uma dupla de músicos zolarianos cantando em um modesto palco de madeira. O teto alto e as paredes de tijolo proporcionavam uma acústica interessante ao ambiente, dispensando a necessidade de caixas de som. Graças à peculiar forma de seus rostos, semelhantes aos corpos de arraias, as cordas vocais dos zolarianos ficavam extremamente próximas de suas bocas, o que resultava em vozes bem graves, que harmonizavam de forma sublime com o dudellion, instrumento de sopro típico daquela espécie. A canção, no momento, era uma reedição do sucesso terráqueo "Beija-flor".

— Música bonita — elogiou Bonfim.

— Sé é. Me faz lembrar da Terra.

— Entendo. Também fico nostálgico ouvindo músicas tristes — disse Bonfim.

— Oxente, maluco. E "Beija-flor" é música triste desde quando?

— Desde sempre, ué.

— Tá maluco? "Beija-flor" é música alegre — protestou Severino.

— Oxi, oxi, oxi. "Beija-flor" alegre? Porra nenhuma.

— Bem, essa versão nem tanto, nada fica alegre na voz de um zolariano, mas a música original é alegre, porra. É sobre o cara pensando na namorada. Voltando para ela.

— Sim, mas reencarnado.

— É o quê?! — Severino quase cuspiu a cerveja em sua boca, surpreso diante daquela afirmação.

— É. O homem morreu e vai reencarnar. *Eu fui embora, meu amor chorou. Vou voltar.*

— Maluco, de onde tu tirou isso?

— *Eu vou nos beijos de um beija-flor. No tic tic tac do meu coração, renascerá.* Ele agora é um pássaro, porra, olhando a amada a distância.

— Isso é poesia. Não é para ser levado literalmente, Bonfim.

— Eu entendo de poesia, Olho de Dendê. Não sou tapado. Mas é óbvio que se trata de uma música sobre reencarnação, sobre começar de novo. *Timbalada é semente de um novo dia,* saca? Nova história, nova conquista. *Amor, é só me chamar, ah! ah! Que eu vou.* É uma música cantada por um homem morto.

— Caralho, nunca, mas absolutamente nunca, que eu pensaria em algo assim. — Severino riu. — Mas tá aí, gostei. Fica até mais bonita.

— Viu. Todo dia uma nova lição.

Os dois riram enquanto dividiam uma garrafa de bebida gelada. Para Severino, nada na galáxia era mais sagrado do que aquilo. Era seu remédio sem bula.

Rosa chegou um pouco antes das cinquenta horas da noite. As olheiras, que se faziam vistas mesmo com a maquiagem pesada, eram um atestado de que a vida trabalhando em jornada dupla não era nada fácil.

— Seis anos morando neste planeta e não tem nada que eu faça para me acostumar com essas noites e esses dias compridos — resmungou ela ao se aproximar dos dois.

— Eu entendo perfeitamente — respondeu Severino.

— Esse aqui é o amigo de que falei ontem — disse Bonfim, virando a garrafa de cerveja no meio das fitinhas e matando o que restava da bebida.

— Eu me lembro dele — comentou Rosa. — Mal conseguia ficar em pé algumas horas atrás.

— Se tem alguém capaz de resolver o tal mistério, esse alguém é o Olho de Dendê.

— Calma lá, que eu tô mais pra Diomedes do que pra Sherlock Holmes — brincou Severino. — Que tal você me explicar direitinho o que aconteceu?

Rosa, então, relatou tudo que sabia sobre o caso. Eis o resumo da ópera: Jonas, Marcos e Sílvio, estudantes de graduação da Universidade da Ordem Vermelha, estavam planejando uma festa para comemorar o fato de que os três haviam sido aprovados como bolsistas no programa de mestrado da Universidade Federal Albérico Lima dos Santos, uma das mais conceituadas da Terra. A ideia era organizar uma despedida de arromba, parando nas melhores boates de Apuava antes de partirem em direção ao terceiro planeta em órbita do Sol. Segundo Rosa, que era amiga pessoal apenas de Jonas, ele e seus amigos eram jovens introvertidos, com poucas experiências de vida. Como os três estavam cansados daquela rotina "sem graça", decidiram comprar um pacotinho com algumas pílulas de ziriguidum, um alucinógeno potente e muito popular entre os jovens humanos, feito à base de folhas de orvalho-de-plutão.

— Eu não sei explicar direito o que aconteceu, mas, no dia seguinte, meu amigo Jonas acordou e encontrou Marcos morto a facadas em seu quarto.

As palavras saíam pela boca de Rosa em um ritmo quase automático, sem muita esperança, restando apenas uma tristeza cansada.

— Pera, pera, pera. Morto? No quarto dele? — questionou Severino.

— Isso. Ele morava numa república.

— E o outro marmanjo, o tal do Sílvio? — perguntou Bonfim.

— Foi para casa depois da festa. Não viu nada do que aconteceu.

— E cadê o Jonas?

— Está preso. A polícia está certa de que o garoto matou o amigo.

Rosa largou um longo suspiro. Severino levou as mãos até a cabeça, com dó.

— Caralho... Mas por que os Carcarás Carmesins tomaram a frente da investigação? — questionou Severino. — Se o crime aconteceu em solo cabulense, eles não têm jurisdição.

— É aí que entra a informação de que Jonas é afilhado da Dinha. Os Carcarás Carmesins estão assumindo qualquer investigação que envolva, mesmo que minimamente, as Paladinas do Sertão. É óbvio para todo mundo que Jonas nunca se meteu com as Paladinas, mas a relação pessoal dele com Dinha foi suficiente para que todos acreditassem que ele era culpado. A gente sabe que a Federação não tem coragem de tocar diretamente na Matriarca. — Rosa se referiu ao título de Dinha dentro das Paladinas do Sertão. — Então, esse é o jeito que acharam de machucá-la.

— Que *petit gâteau* de merda esse caso, hein? — As palavras escaparam pela língua de Severino.

— Tá explicado por que estão pagando qualquer um pra livrar o rapaz — concluiu Bonfim.

— Vocês vão ajudar o Jonas?

— E aí, Olho de Dendê? Vamos chafurdar nossa cara nesse *petit gâteau*?

Severino levantou seu copo de cerveja e bebeu tudo em um movimento único, rápido e inconsequente.

— O que é um peidin para quem já está todo borrado?

— Que maravilha! — A comemoração de Rosa foi genuína. — Alguma ideia de como começar?

— Oficórssimente — confirmou Severino. — Eu tenho que ir no IML, achar o corpo do guri e ver a morte através dos olhos dele.

B

É UMA COVA
GRANDE PARA
TEU DEFUNTO
PARCO

Enfim, chegamos no momento
da Filó ser apresentada.
Mulher de fibra, foco e fé,
guerreira mais que retada.
Não recua de uma briga,
uma vez que é confrontada.

Dos laços que carrega desde o berço,
nasceu à sombra de nomes importantes.
Era filha de ninguém menos que Dinha,
heroína de tempos beligerantes,
Matriarca das Paladinas do Sertão,
e dona de outras conquistas marcantes.

Tinha muito orgulho da mãe
e de sua alma perseverante.
Mas temia que a seu lado
seria sempre coadjuvante.
Buscava seu lugar ao sol
e uma jornada deslumbrante.

Na hierarquia das Paladinas,
pelo seu posto, ela granjeou.
Não aceitou nenhuma regalia.
Tudo que tinha, sozinha, conquistou.
Ao custo de muito suor seu,
Salvaguarda, Filomena se tornou.

Desejando a justiça,
a galáxia atravessa.
Proteger o povo pobre
é sua grande promessa.
Equidade, dignidade,
nada mais lhe interessa.

MOMBAÇA ERA A CAPITAL DE NOVA ITAIGARA, um dos estados que formavam o Canindé, país situado no hemisfério norte de Cabula XI. Graças à sua localização geográfica, bem acima do meridiano de Evaristo, os mombaçanos, assim como o resto da nação, viviam sob os caprichos de um inverno rigoroso e perpétuo. O frio intenso dificultava e muito a sobrevivência humana. Não por menos, era raro se deparar com a espécie pelas bandas do Canindé. A maior parte da população era formada por zambarjões e pleuneons, raças de alienígenas imigrantes que, graças a suas fisiologias e morfologias, com dermes capazes de armazenar altas concentrações de gordura, se adaptavam bem ao frio extremo. A região tinha tudo para ser inabitada, não fosse o fato de que o terreno era propício para criação de hiprônimos, animais importados de Zolriatis e fontes de proteína bastante apreciada pelos cabulenses. Fazendas pequenas e grandes passaram a salpicar o mapa da cidade, tornando-se lar para uma comunidade quase inteiramente rural.

E era no meio daquele frio todo que Filomena se encontrava, segurando uma xícara de café com as duas mãos, tentando esquentar um pouco seu corpo. Estava na casa de Aída, fazendo aquilo que fazia de melhor: tentando resolver os problemas dos outros. Além da vestimenta padrão das Paladinas do Sertão, com seus coletes e calças de nanocouro, a mulher também trajava um pesado gibão, indumentária que a protegia das baixas temperaturas. Filó parou diante da lareira acesa. Seus olhos, cor de jabuticaba, admiravam o fogo a crepitar, o tipo de aconchego que dava vontade de parar tudo e ler um livro na rede.

Após descansar a xícara na mesa de centro, Filomena balançou os dreads e tirou os flocos de neve ainda grudados em seus cabelos.

— Seu café é muito saboroso, Aída.

— Obrigada, Salvaguarda. Só uso grãos das safras de Aboke. Não tem planeta que produza café mais saboroso.

Sentada no sofá logo atrás de Filomena estava Margarida, a Conselheira das Paladinas do Sertão. De pernas cruzadas e coluna ereta, mexia seu café pacientemente com uma colherzinha de metal. Vestia um manto roxo com padrões geométricos amarelos e verdes, que contrastavam entre si de forma alegre e vibrante. Um turbante azul-escuro envolvia seus cabelos, que escorriam do topo do acessório em uma perfeita cascata de cachos pretos.

— Sua hospitalidade é realmente digna de louvor — concluiu Margarida.

— Obrigada, Conselheira.

Aída era humana e servia às Paladinas do Sertão como a Ganhadeira de Mombaça, uma espécie de prefeita não oficial. Com o título, a mulher era responsável por ajudar a população local, garantir o bem-estar dos menos favorecidos e vigiar qualquer atitude suspeita da Federação Setentrional, que tinha o péssimo hábito de negligenciar as demandas de certa parte da população.

— Juá, querida, sei que você não bebe, mas pelo menos sente-se — disse Aída, apontando para a poltrona ao lado de Margarida.

Juá, uma carranca robotizada de dois metros de altura e dona de um corpo com tronco, pernas e braços cilíndricos, levantou a mão em sinal de recusa.

— Agradeço a atenção, Ganhadeira Aída, mas ficar em pé não me cansa. De onde estou, estarei mais preparada para engajar em combate, caso a situação nos pegue desprevenidas. Sem falar que sua poltrona certamente não sustentaria meu peso.

— Sua Defendente não brinca em serviço — comentou Aída, se referindo a Juá pelo nome do modelo robótico.

— Carrancas protegem. É o que gostam de fazer — explicou Filomena. — Então, minha irmã, me conte mais sobre esse tal de Kim Holiday Moledo.

Os laços firmados entre as integrantes das Paladinas do Sertão eram poderosos, uma sororidade entre guerreiras.

— Deputado novo. É um moleque que acha que sabe das coisas, mas é só mais um na mão da Federação.

— Iguais a ele temos muitos — complementou Margarida.

— O problema é que esse boyzinho, em particular, é dono de algumas fazendas locais e de muitos postos de combustível. Outro dia, aumentou o preço do óleo de dendê em mais de vinte por cento.

— Desgraça... — Filomena apertou os punhos.

— E aqui em Mombaça são outros quinhentos, minhas irmãs. O jogo aqui é diferente, principalmente se você é humano. Óleo de dendê por essas bandas não é só combustível para nossas naves, é também como a gente esquenta nossas casas. Temos gente morrendo de frio porque não está conseguindo pagar as contas. Foi por isso que pedi ajuda à Matriarca.

Dinha, fundadora e líder das Paladinas do Sertão, carregava o título de Matriarca, cargo de grande responsabilidade e com um imenso alvo nas costas. Símbolo da resistência baiana contra a invasão dos Estados Confederados do Sul, foi uma das grandes responsáveis pela vitória da União Setentrional durante a Guerra Vermelha, usando táticas de combate que aprendera estudando a história da Velha Canudos. Após a vitória, com a criação da Federação Setentrional, Dinha testemunhou, em primeira mão, o poder corrompendo os ideais que defendeu e pelos quais tanto lutou. As Paladinas do Sertão passaram a ser uma força paramilitar de resistência com poder de atuação em todos os sistemas anexados à Federação. Encabeçada pelas figuras da Matriarca, da Salvaguarda e da Conselheira, que formavam o Triunvirato das Bromélias, a missão das Paladinas era preservar a vida daqueles que viviam à margem dos interesses dos poderosos.

— Mas o preço do dendê é tabelado. — Margarida assoprou seu café. — O deputado está cometendo um crime.

— A Federação está ignorando completamente nossos apelos, Conselheira. Estamos à mercê dos preços do Kim Holiday Moledo há dois meses. Os zambarjões e pleuneons são povos resistentes, mas o frio já levou alguns companheiros humanos.

— E onde podemos encontrar o deputado?

— Eu não saberia dizer, mas um de seus funcionários de confiança é cliente assíduo da Quatro Soldados, uma bodega alguns quilômetros ao norte daqui. É um zambarjão conhecido popularmente como Vela de Libra.

— Já imagino a qualidade do sujeito — disse Margarida ao se levantar.

— Valentão metido a dono do mundo.

— Bem do jeitinho que eu gosto — zombou Filomena, do canto da sala.

— Aída, minha irmã, fique bem. Nós tentaremos resolver esse impasse — disse Margarida. — Yalodê.

— Yalodê.

As mulheres se abraçaram em comunhão. Aída conduziu as convidadas até a porta de sua casa, uma fazendinha no sul de Mombaça. Por conta de seu tamanho e robustidão, Juá teve que ajustar as engrenagens das pernas sanfonadas para conseguir se espremer pela passagem. Do lado de fora, flocos de neve caíam num ritmo preguiçoso, e tudo que era chão parecia estar coberto por uma camada generosa de mugunzá.

— Pelo que estou vendo, Filó, algo me diz que teremos que usar os punhos da Salvaguarda, e não as palavras da Conselheira.

Margarida abraçou o próprio corpo em uma tentativa de se proteger do frio.

— Zambarjões são grandes e fortes. Se estivermos cercadas, não sei se damos conta do recado — respondeu Filomena.

— Por isso temos Juá conosco.

A nave de Filomena era uma Asantewaa, veículos de combate de pequeno porte, rápidos e com motores de propulsão Guineensis capazes de executar dobras espaciais. Era uma forma de transporte ideal para alguém que vivia trafegando pelos sistemas solares e desafiando as leis da Federação.

A viagem foi rápida. Em questão de minutos, as três se viram diante da fachada de madeira da Quatro Soldados. Ao abrirem a porta, convidaram um espirro de nevasca a adentrar o estabelecimento, cobrindo de branco alguns dos clientes mais próximos da saída. Um pleuneon foi pego de surpresa, sua larga carapaça tomada por uma camada de neve fresca. A placa de ossos dérmicos, que iam da base do pescoço até o quadril, era uma das mais notórias características fisiológicas da espécie, cujos rostos lembravam os dragões-de-komodo terráqueos. O pleuneon se levantou com um rosnar intimidador, mas logo recuou ao notar a silhueta das mulheres, desenhada pelo branco que tomava conta da região. Mesmo ofuscadas, estava na cara que as novas freguesas eram Paladinas do Sertão.

Do outro lado do bar, indiferente à chegada das mulheres, uma violeira tocava para os vinte clientes presentes. Sua voz era arranhada pela vida, assim como a coluna, curvada sobre a cadeira de madeira. Mas os olhos, profundos e apertados, eram cheios de axé.

Meu choro não é nada além de carnaval
É lágrima de samba na ponta dos pés
A multidão avança como vendaval
Me joga na avenida que não sei qual é

A bodega era toda feita de madeira, decorada com lampiões e lareiras acesas. Enquanto Margarida fazia companhia a Juá, que permaneceu próxima à porta de entrada, executando varreduras constantes com seus olhos de carranca, Filomena se encaminhou até o balcão, debruçou-se e chamou por um dos atendentes, também humano.

— Você é o dono? — perguntou ela.

— Sou, sim.

O homem tinha seus quarenta anos, barba grisalha e óculos grossos.

— Seu nome, meu caro?

— Rimas.

— Pois bem, Rimas, você reconhece minha insígnia?

A mulher apontou para o emblema das Paladinas do Sertão, a imagem de um mandacaru eclipsando um pôr do sol.

— Reconheço, sim.

Pirata e super-homem cantam o calor
Um peixe amarelo beija minha mão
As asas de um anjo soltas pelo chão
Na chuva de confetes deixo a minha dor

— Então, meu nome é Filomena.
— A Salvaguarda...
— Eu mesma. Estou atrás de um zambarjão conhecido como Vela de Libra.
— Ai, meu Deus...
— Eu vim conversar, Rimas, pode ficar tranquilo. Vela de Libra está aqui?
— Primeira mesa à esquerda, senhora Salvaguarda.
— Oxente. Pode me chamar de Filomena — respondeu, se afastando do balcão.

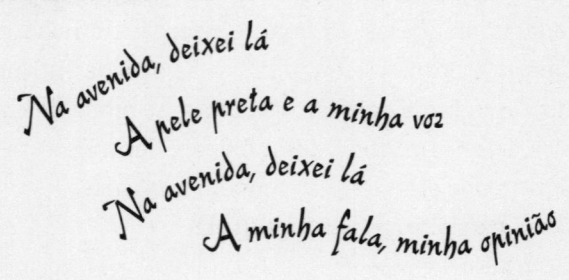

Na avenida, deixei lá
A pele preta e a minha voz
Na avenida, deixei lá
A minha fala, minha opinião

Filó se virou e fez um sinal para Margarida, e as duas caminharam juntas até a mesa indicada.

Vela de Libra era um zambarjão, uma espécie alienígena de pele azulada e rosto que lembrava os hipopótamos terrestres. Eram seres largos se comparados aos humanos, com cerca de dois metros e meio de altura, e pesavam por volta dos trezentos quilos.

— Podemos sentar?

Apenas com o olhar firme e a postura ereta, Margarida fazia seu um metro e setenta parecerem um colosso.

Vela de Libra largou seu xinxim de hiprônimo, lambeu os beiços e limpou o restante de carne usando a manga de seu uniforme. Um pedaço, contudo, continuou pendurado em um dos dentes molares do zambarjão, dentição que, devido ao formato e ao tamanho, permanecia exposta mesmo com a boca fechada. Tratava-se de um jagunço corpulento, com músculos que se faziam vistos mesmo através de uma camada generosa de tecido adiposo.

— Não tenho interesse em cadelas humanas.

— Que bom saber, mas não vejo nenhuma aqui — adiantou-se Margarida, antes que Filomena desse uma resposta à altura. A mulher se sentou, ajeitou a túnica e continuou. — Estamos interessadas em informações que o senhor pode nos providenciar.

O zambarjão voltou a se deleitar com seu xinxim. Após alguns segundos de mastigação, com a boca cheia, ele arrotou.

— Late — disse ele.

— Perdão? — questionou Margarida.

— Pode latir o que quer.

— Curioso seu jeito de falar. Pois bem, estamos atrás do senhor Kim Holiday Moledo. Fui informada de que o senhor poderia nos levar ao encontro dele.

— Aída uivou e vocês vieram como cadelas no cio, não foi?

Novamente, Margarida foi mais rápida que Filomena:

— Meu caro, o senhor pode testar minha paciência o quanto quiser. Sou filha de Iemanjá, aprendi cedo que maré nenhuma vira com palavras de macho. Mas minha irmã aqui é filha de Iansã, e veja bem, grosserias nada mais são do que ventos que a boca alheia não respeita. Vento que machos como você acham que controlam só porque eles fazem morada em seus pulmões.

— Eparrei. — Filomena suspirou, segurando todos seus ímpetos.

— Muito fácil se fazer de braba quando tem uma Defendente protegendo o rabo.

— Eu e você, no *tête-à-tête*, nem é competição. — Filomena finalmente fez sua voz ser ouvida.

— Por favor, Vela de Libra, não vamos criar uma cena desnecessária — insistiu Margarida.

O zambarjão gargalhou alto, fazendo sua pança balançar ao ritmo do desdém.

— Estou curioso: essa sua amiga aí é das cadelas que só latem ou esses dentes branquinhos e pequeninhos sabem morder?

Margarida levantou e encarou Vela de Libra.

— Eu acreditei que poderíamos resolver a situação no universo das palavras, mas não somos chamadas de Paladinas à toa, meu caro. Azar o seu de testar nossa paciência.

A Conselheira se afastou da mesa, andou até o balcão e pediu uma dose de suco de tamarindo. Filomena continuou sentada, encarando o zambarjão sem vacilar, seus punhos cerrados, respiração controlada, olhos sem vacilar.

— A maior lição de minha vida eu vi num filme — disse Filomena, para o espanto de Vela de Libra, que não esperava tal atitude após uma ameaça tão clara de combate. — Todo relógio, no seu tic tac, marca mais um segundo, mais um segundo, mais um segundo. Só que, na realidade, algo se perde na tradução da onomatopeia. Porque o que o relógio está realmente dizendo é: menos um, menos um, menos um. Nessa perdição de tempo constante que vivemos, nunca entendi a mente de gente como você. Somos todos perdedores, mas gente como você só pensa em uma coisa: *farinha pouca, meu pirão primeiro.*

— Au, au, au — provocou Vela de Libra.

— Você quer mesmo saber se eu mordo?

— Sim.

— Então faça o que covardes fazem: seja o primeiro a bater. — Filomena se inclinou para a frente, oferecendo o rosto para o golpe. — Sou uma guerreira. Não começo combates, eu chego para pôr fim neles.

Vela de Libra ficou parado, seus olhos perdidos e confusos. O golpe veio, acertando nada mais do que ar. Filomena jogou o corpo para trás, aproveitou o ensejo, pulou na cadeira, segurou os molares protuberantes do zambarjão com as mãos e usou o peso do próprio corpo para empurrar a cabeça do miserável em direção à mesa. Lascas dos dois dentes voaram pelo estabelecimento enquanto Vela de Libra tentava processar o que havia acontecido. Parte da dentição continuou na mão de Filomena, que sorriu e fez questão de mostrar seu feito para Juá.

— Está disposto a conversar agora? — Margarida se aproximou, bebendo seu suco por um canudo rosa.

O zambarjão cuspiu sangue.

— Sua puta, você quebrou meus dentes!

Filomena largou o que restava dos molares, puxou seu facão energizado e o acionou. A lâmina ardeu em uma temperatura absurda, fazendo com que centenas de vaga-lumes elétricos passassem a voar em torno da arma. A mulher aproximou o facão do rosto do zambarjão, que, apesar da distância considerável, sentia o calor queimando seu couro.

— Tu já viu faca quente em manteiga?

— O que querem comigo? — perguntou ele, cuspindo mais um punhado de sangue e mais uma lasca de dente.

— Você vai nos contar exatamente onde podemos achar seu patrão.

Kim Holiday Moledo usava qualquer justificativa para fugir de suas obrigações políticas. Suas desculpas favoritas sempre envolviam as baixas temperaturas de Mombaça, que lhe impediam de cumprir com seus deveres, seja pela dificuldade de acesso aos locais por causa da neve ou pelo impacto do frio em sua saúde "debilitada". Dessa maneira, passava boa parte do tempo em suas outras propriedades, gozando das liberdades e dos luxos que a vida lhe permitia. Mas, para a sorte de Filomena e Margarida, Vela de Libra garantiu que o deputado estava na cidade, supervisionando um de seus postos de combustível.

O posto em questão ficava no topo do monte Açoriano, alto suficiente para não forçar descidas bruscas de aerocarros e naves, mas baixo o bastante para não atrapalhar o fluxo aéreo. Uma localização privilegiada e muito concorrida que o deputado conseguira com o suor e o sangue dos outros, resultado de muita propina e muitas ameaças.

Luzes neons em amarelo e vermelho brilhavam em torno do lugar, indicando que se tratava de um estabelecimento filiado ao conglomerado ProPague, cuja marca era formada por dois Ps, inclinados de tal maneira que criavam a imagem de uma lemniscata, o símbolo do infinito. A empresa baiana era a maior produtora, refinadora e distribuidora de óleo de dendê, a *commodity* mais consumida em todos os sistemas anexados à Federação.

Juá pousou a nave no estacionamento do posto, área designada para quem desejava usufruir da lanchonete ou da pousada, ambas incorporadas a um complexo de atendimento ao cliente, prédios de três a quatro andares construídos para lidar com qualquer tipo de demanda gerada pelas longas viagens.

As três Paladinas seguiram para a lanchonete, acreditando que lá poderiam obter informações sobre onde encontrar o político. Ao passarem pela porta de entrada, um sininho acoplado na dobradiça anunciou a todos que alguém havia chegado. Uma humana de aparência doente e mirrada correu para atendê-las.

— Bem-vindas ao Complexo Rio Branco. Abastecemos sua nave e seu estômago. Como posso ajudar?

Margarida sorriu para a atendente, que imediatamente se viu seduzida pelo calor que ela emanava.

— Bom dia, minha irmã — cumprimentou a Paladina. — Qual é seu nome?

— Valéria.

— Você está bem, Valéria?

— Sim.

— Que bom. Estamos procurando o senhor Kim Holiday Moledo.

— O *patrão*. — A alegria que tão rápido surgira no rosto da atendente se esvaiu quando ela pronunciou aquelas duas sílabas.

— Ele mesmo.

A funcionária apontou em direção ao posto, com suas dezenas de bombas, cada uma adequada para alimentar diferentes tipos de veículos aéreos. Filomena e Margarida deram meia-volta, mas a atendente soltou um aviso antes de elas saírem.

— O doutor tem alma bruta. Cuidado.

As duas sorriram para a atendente.

— Quem é tempestade não tem medo de chuvisco, minha irmã — disse Filó ao abrir a porta.

O posto de combustível tinha dois andares. No superior, protegidas por um domo translúcido, funcionavam as bombas designadas para naves intergalácticas, maiores e com uma logística mais complexa de abastecimento. Paletas automáticas abriam as comportas do domo assim que qualquer nave de grande porte sinalizasse à central de atendimento que estava em processo de aterrisagem. Já no andar inferior, acessível por portões laterais, funcionava o atendimento de aerocarros e naves menores, uma área que, apesar de não sofrer diretamente com os castigos da neve, ainda assim era atormentada pelo frio, que corria de forma desvairada pelo seu interior.

Filomena e Margarida seguiram na frente, com Juá logo atrás, seus olhos vermelhos avaliando o entorno e processando todos os cenários possíveis de combate e fuga. O trio chegou ao centro do complexo e nada avistou a não ser androides frentistas.

— Juá, você consegue ver algo? — perguntou Filó.
— Vejo dois pontos de calor mais adiante.
— Lá fora?
— Sim.

Fora da proteção do posto, as mulheres enfrentaram o frio que castigava as alturas. Juá, que não sofria das mazelas da carne, passou a guiar as guerreiras, servindo também como escudo de proteção. A carranca robótica encontrou rastros de sangue no chão, levando o trio a apertar o passo, parando só quando se depararam com o inesperado. Diante delas, Kim Holiday Moledo apontava uma pistola para um oficial Arribaça, que estava machucado, uma mancha de sangue escorrendo pela lateral de um de seus braços.

O vento parou. Os flocos de neve, que momentos atrás castigavam o couro, passaram a flutuar no ar como se o tempo tivesse parado. Eles estavam dentro do raio de ação do Umbu-rela, um campo de proteção térmica que servia como uma espécie de guarda-chuva para climas hostis.

Filomena, Margarida e Juá sacaram suas pistolas e foram cada uma para um lado.

— O que está acontecendo aqui?! — perguntou Filó.

— Esse merda acha que é alguém e veio me prender sem ordem judicial! — vociferou Kim Holiday Moledo, com um tom de voz nervoso que tinha traços de um infante birrento.

— Arribaçãs não precisam de ordens judiciais — respondeu Filomena, liberando a trava de segurança da pistola com o dedão.

— Você está bem? — Com passos firmes mas cautelosos, Margarida se aproximou do oficial machucado.

— Zero bala — respondeu o homem, seu rosto atravessado por um sorriso de quem tinha apreciado a própria piada.

Apesar do ar jocoso, a arma do oponente continuava em sua direção.

— Juventino Marrone? — disse Margarida após reconhecer o rosto do oficial.

— Oxi, e o que é que alguém do calibre dele está fazendo neste fim de mundo? — perguntou Filomena, tentando sair da mira nervosa de Kim Holiday Moledo, que ia de um lado para outro toda vez que alguém falava.

Na hierarquia da Federação, os Arribaçãs eram responsáveis por missões diplomáticas, auxiliando na colonização e na anexação de novos planetas e novas espécies. Com um rígido programa disciplinar, os soldados eram submetidos à mais penosa graduação da instituição, muitas vezes passando mais de uma década em treinamento. A trajetória de Juventino Marrone, contudo, fugia à regra. O homem ascendeu ao posto após caçar e matar os terroristas Artur Costa e Artur Silva durante a Revolta de Cajazeiras XX, tornando-se um dos grandes heróis da corporação.

— Eu estava no meio de uma investigação, e nosso estimado deputado achou prudente atirar em mim — explicou Juventino.

Ele vestia um uniforme padrão da patente, branco com detalhes pretos nas ombreiras, cotoveleiras e joelheiras. O cabelo era ralo e grisalho, com entradas protuberantes que indicavam uma calvície em pleno andamento. O bigode era preto, assim como as grossas sobrancelhas, e os dentes incisivos eram mais largos que o normal, notados até mesmo a distância.

As armas seguiam apontadas.

— Você não tem ideia do vespeiro em que está se metendo! — gritou Kim.

— Guri, acha que eu tenho medo de moleque gritando? — perguntou Juventino.

— Pois deveria ter — retrucou o deputado. — Minhas costas são quentes! E tu? Tuas penas estão em chamas e você nem sabe, Arribaçã.

— Suas costas esfriaram na hora em que deu mole e surgiu no meu radar. Seja lá quem te protegia não vai te proteger mais. Essas pessoas não vão pensar duas vezes antes de dar um fim em você, não importa o nome do seu papai. Sua carreira acabou, deputado. Você acha mesmo que sua vida política sobreviverá ao fato de que atirou num Arribaçã? Melhor vir comigo e me contar tudo que sabe sobre minha investigação.

O deputado examinou bem a postura do soldado e das guerreiras que estavam diante dele. A fúria se desmanchou em desespero ao constatar que realmente estava em uma situação irreversível, à mercê de uma justiça que jamais concordaria com suas ações. A tristeza correu para os olhos, que fizeram de tudo para segurar as lágrimas, mas falharam. As algemas representavam muito mais do que uma simples derrota pessoal ou a vergonha de sair nos noticiários. Ele não tinha medo da lei, pois esta cabia no bolso. As pessoas que Kim Holiday Moledo aprendeu a temer, aquelas que controlavam a galáxia, cobravam muito mais do que ele podia pagar.

O deputado apontou a arma para a própria cabeça e atirou.

— Não!

Juventino tentou impedir, mas era tarde demais. Kim Holiday Moledo parecia cair na neve em câmera lenta. Junto com ele se foram as respostas. Tudo que podia dar ao mundo eram o silêncio e um corpo prestes a apodrecer.

Todos se entreolharam, estupefatos.

— Mas que porra aconteceu aqui? — perguntou Filomena, preenchendo o vazio que se instaurara.

Ela se aproximou do corpo sem vida, que derramava na neve seus segredos mais profundos. Segredos vermelhos.

Juventino guardou a pistola, levou a mão à ferida em seu ombro e se sentou em uma pedra. O corpo do soldado arriou de cansaço. Do lado de fora do campo de proteção térmica, a nevasca se intensificou.

— Nunca imaginei que diria isso para uma Paladina do Sertão, mas aqui vai: obrigado.

— O que foi que acabamos de testemunhar, Juventino? — Margarida cruzou os braços e se aproximou do homem.

— Versão resumida? Ele preferiu a morte a ajudar na minha investigação, o que, honestamente, diz muito sobre o abacaxi que estou descascando.

— Ele se matou porque você estava investigando a adulteração do valor do óleo de dendê? — perguntou Margarida.

— Óleo de...? Oxi, não! Minha investigação vai muito além disso. Mas não se preocupem, não é nada que seja da conta de vocês.

Juventino se levantou, certo de que aquele encontro casual se encerraria ali, um momento perdido na neve.

O universo, contudo, conspirava a favor dos reencontros.

4

SABE CANTAR EXCELÊNCIAS, DEFUNTOS ENCOMENDAR?

*Sobre Carcará Antonieta,
muita coisa pode ser dita.
Gostava muito era de ler,
uma capivara erudita.
Um ser único e diferente,
alguns a julgavam esquisita.*

*Antonieta Capitolina Macabéa,
este era seu nome em documento.
Três personagens icônicas em uma:
determinação, mistério, sofrimento.
Seu nome era forte, uma sina,
fazia parte de seu padecimento.*

*Oficial Carcará Carmesim,
esta era sua profissão.
Por muitos anos, entretanto,
ela buscava uma promoção.
E o melhor caminho para tal?
Um caso porreta, miseravão.*

*Investigar crimes violentos
era sua maior incumbência,
apesar de jamais compreender
o porquê de tanta violência.
Raiva e fúria descontrolada
não são coisas de sua essência.*

ANTONIETA ACORDOU ANTES DO PRIMEIRO SInal da aurora. Ela se sentou na beira de sua hidrocama, inspirou profundamente e sacudiu o corpo inteiro, tirando o excesso de água ainda preso em seu pelame duro e espesso. A cama em questão foi feita sob encomenda, visto que não havia ninguém com demandas tão particulares em toda a galáxia. Afinal, seu corpo, sua estrutura óssea, tudo em sua fisionomia havia sido geneticamente alterado, tornando-a um ser híbrido, parte capivara, parte humana. O leito onde depositava seus sonhos era mais parecido com uma banheira, feita em fibra de vidro, com uma camada de areia na base e coberta com água até a metade, suficiente para que Antonieta pudesse regular sua temperatura corporal durante o sono.

Ao se levantar, a grama que tapetava o chão do apartamento acariciou os vales entre as garras de suas patas, fazendo uma carícia cheia de memórias. Aquela regalia também era singular a seu apartamento, a muito contragosto do síndico, que foi contra a reforma estrutural. Os dedos se contraíram e relaxaram, massageando a terra e fazendo um barulho gostoso de farelo sendo apertado. Antonieta inspirou e expirou, olhos fechados e mente perdida no momento de relaxamento profundo, sentindo cada fragmento de seu corpo, do coração que palpitava aos pelos ainda úmidos.

Ela puxou o livro que descansava na mesa de cabeceira e continuou a leitura:

O caboco Capiroba apreciava comer holandeses. De início não fazia diferença entre holandeses e quaisquer outros estranhos que aparecessem em circunstâncias propícias, até porque só começou a comer carne de gente depois de uma certa idade, talvez quase trinta anos.

A capivara riu. Por um breve momento, imaginou como os outros a tratariam se tivesse fama de comer gente igual ao caboco Capiroba. Não só holandeses, mas toda qualidade de gente. Certamente continuariam mantendo distância dela, mas por outros motivos.

Seria mais confortável lidar com o medo do que com o estranhamento?

Seria melhor que a indiferença?

Aquela rotina matinal, após a primeira leitura, quando o dia era uma promessa repleta de mistérios e o ar cheirava a capim molhado, era algo que lhe trazia muita paz, um dos pequenos prazeres que encontrava na correria que era a vida de uma Carcará Carmesim. As persianas eletrônicas acionaram assim que detectaram movimento na sala, revelando a vista para a marina Maria Felipa, com seu imenso cais e centenas de atracadouros de submarinos. E mesmo com a estrela Sucupira ainda tímida, escondida atrás do horizonte, o mar brilhava com centenas de estrelas desgarradas, fruto da bioluminescência das águas-vivas batoideaquianas.

— *Maravilhas nunca faltaram ao mundo, o que sempre falta é a capacidade de senti-las e admirá-las* — proferiu ela, uma de suas citações prediletas.

Antonieta andou até a geladeira, retirou um frasco de palmito em conserva e se serviu de sete rodelas, todas simetricamente cortadas. Depositou-as em uma tigela repleta de folhas de canarana e se sentou em frente à janela de seu apartamento, admirando a vista enquanto fazia seu desjejum. Necessitava de poucas horas de sono, preferindo começar o dia antes da alvorada; sentia-se especial ao pensar que a estrela Sucupira tinha que correr para acompanhar seu ritmo, por mais que soubesse que a ideia era astronomicamente errônea. O brilho só vinha depois. Acima de tudo, gostava mesmo de testemunhar a forma como os raios da aurora refratavam no grande domo que cobria o planeta de Batoidea, criando um peculiar brilho azul, um desabrochar sem pétalas, perdido por todos que decidiam dormir um pouco mais.

A imensa capivara ligou o rádio e sintonizou em sua estação predileta, Rádio Serendipidade. A voz de Renato Cordeiro ecoou pelos alto-falantes espalhados pelo cômodo, trazendo as novidades dos sistemas anexados. A grande notícia do momento era a celebração do Sexagenário da Federação Setentrional. Além de celebrar o fim da Guerra Vermelha, o evento também homenagearia os dez anos de morte do doutor Albérico Lima dos Santos, cientista que descobriu a propulsão Guineensis, feito que possibilitou que a humanidade dobrasse o tempo e o espaço e, por consequência, conquistasse sua hegemonia pela galáxia.

— *"A festa vai ser um segundo Carnaval", prometeu o prefeito de Salvador. Na capital baiana, um novo monumento será erguido em nome do grande Albérico. Vladmir Paranhos, o atual CEO da ProPague, empresa fundada pelo próprio Albérico Lima dos Santos no ano de 2510, garantiu que o Sexagenário será uma festa a ser lembrada.*

Antonieta olhou para trás e observou uma das fotos que estava pendurada logo acima de sua hidrocama. Nela, estava abraçada com o velho Albérico, celebrando a conclusão de seu treinamento Carcará. Aquele foi um dos dias mais alegres de sua vida. Gostaria de sorrir daquele jeito de novo, mas havia pouco a ser celebrado ultimamente.

A capivara sentou e escreveu uma carta ao pai, tradição que colocava em prática sempre que seu aniversário se aproximava.

> Aqui estou eu de novo, escrevendo algo que jamais será lido. Nada mais triste que palavras sem um leitor. Asas sem passarinho. Mês passado, sentei para ler "Grande Sertão: Veredas". O livro é tudo que você disse ser, e mais. Poético e intrigante. Amei. É claro que o personagem que mais gostei foi Diadorim. Como não podia ser? Que história, que personagem. Vou carregar essa obra comigo para sempre.
>
> No momento, estou lendo seu livro predileto. Finalmente. Fui empurrando com a barriga, tentando mantê-lo sempre no horizonte dos dias, uma forma de ter você sempre presente comigo. Mas chega, né? Livros podem viver perfeitamente seguros guardados nas estantes, mas não é para isso que foram escritos. De certa forma, atravessar as páginas e chegar ao ponto-final será dizer adeus à nossa tradição mais intensa: conversar sobre literatura. Vai ser triste, mas necessário. Toda história merece um final.
>
> Tá na hora de enterrar você, pai.

Após chorar, Antonieta deu início à parte mais intensa de seu ritual matinal (por mais que seu relógio biológico resistisse): os exercícios físicos. Uma das particularidades do funcionamento do seu organismo — com quase dois metros de altura e cento e oitenta quilos —, era a necessidade constante de fortalecer sua musculatura. Caso contrário, era impossível manter-se ereta usando apenas as patas inferiores.

Com a manhã vencida e o treino concluído, Antonieta vestiu seu uniforme oficial, feito com nanocouro e com placas metálicas que protegiam o torso, joelhos e antebraços, e seguiu em direção ao trabalho. Estava prestes a completar dez anos de serviço em Batoidea, mas ela não via motivo para celebrar tal fato. Tradicionalmente, Carcarás Carmesins eram promovidos ou realocados após cinco anos de delegação planetária, mas, por alguma razão que lhe fugia ao conhecimento, Antonieta ainda não havia recebido o chamado de Thelmus Elmukt, o Acauã Cinábrio responsável pelo Sistema Sucupiral e seu superior direto dentro da Federação Setentrional.

Como inspetora responsável pelo setor E.S.A./3, era seu trabalho investigar qualquer homicídio dentro da zona espacial do planeta Batoidea e de suas três luas. Era uma vida relativamente tranquila, com poucos incidentes que demandavam o real potencial de seu intelecto. Os crimes mais frequentes no setor giravam em torno do tráfico ilegal de ovas de kuãgerão, responsabilidade que caía nas mãos dos Carcarás Violetas. As ovas eram consideradas iguarias requintadas, gerando uma demanda que quase levou o kuãgerão, um crustáceo nativo do planeta, à extinção. A mariscaria foi proibida, e aquilo que deveria deixar de acontecer, a pesca, apenas acabou criando um mercado clandestino para satisfazer a gula daqueles com bolsos fundos o suficiente.

De todos os lugares na galáxia ao qual ela podia ser enviada, poucos eram tão desprovidos de atrativos como o terceiro planeta em órbita da estrela Sucupira. A toxicidade do ar e os altos níveis de radiação tornavam a vida na superfície de Batoidea insustentável. O planeta estava fadado a ser classificado como inabitável pela Federação não fosse o fato de que a vida marinha do planeta pulsava com oportunidades. E onde há meios de lucro, a humanidade floresce. A Federação construiu uma cidade de 692.818 quilômetros quadrados, protegida por um imenso domo de vidro, que, além de impedir o ar nocivo, também servia para filtrar a radiação. A única forma de entrar ou sair de Batoidea era através de um sistema de túneis subterrâneos nas margens do domo, construídos com barragens padronizadas e sistemas de purificação e descontaminação das naves. O tráfico diário de entrada e saída, contudo, era considerado baixo, sendo que boa parte desse movimento era de naves de carga, levando frutos do mar para vender galáxia afora.

Antonieta chegou ao Centro de Investigações Carcará por volta das oito e meia da manhã, o que lhe deu tempo para ligar os computadores e os aparelhos de ar-condicionado, organizar os arquivos, preparar um chá de hibisco e ainda assim estar pronta para começar o trabalho pontualmente às nove. Checou seus e-mails, torcendo para encontrar uma resposta para seu protocolo de promoção, mas nada encontrou. Com a papelada em dia, voltou à leitura de seu livro.

— Você dorme aqui, só pode ser — disse Wanawiba, seu colega de trabalho, ao entrar no escritório que dividiam.

Wanawiba era um mantodeano, espécie nativa do planeta Mantodea, seres de fisionomia delgada, com quatro membros inferiores e dois membros superiores. A cabeça tinha aspecto insectoide, com dois imensos glóbulos oculares, cada um com mais de trezentos mil omatídeos, o que garantia à espécie uma visão em trezentos e sessenta graus. Wanawiba trajava um uniforme semelhante ao de Antonieta, mudando apenas as partes que atendiam às necessidades morfológicas e a cor base, violeta no caso dele, indicando sua subdivisão Carcará.

— Eu chego no horário, Wanawiba. Apenas isso. Se um dia você se predispor a chegar antes do expediente, verá que isso aqui — Antonieta fez um movimento circular sobre a mesa organizada — é só um pouco de dedicação.

— *Touché*. Mas assim, ó — disse o colega ao se sentar em sua cadeira, construída para atender sua morfologia específica —, eu chego um pouco atrasado porque fico até tarde solucionando casos. Quando foi mesmo a última vez que você foi chamada a campo?

— *Touché*.

Antonieta riu ao voltar sua atenção para o livro em suas patas.

— Dessa capa aí eu não lembro — comentou Wanawiba. — Outro livro já?

— Sim.

— Você já ouviu alguém falar desses lugares chamados bares, Antonieta? É um ótimo espaço para conhecer pessoas, aproveitar a vida, se divertir, sabe?

— *O pássaro é livre na prisão do ar. O espírito é livre na prisão do corpo.*

— Pode parar com essas respostas enigmáticas. A verdade é que há um mundo inteiro de coisas que não cabem nos livros.

— *Verdade é que, se todos os gostos fossem iguais, o que seria do amarelo?*

— É o quê?

— Mais uma nave contrabandeando ovas de kuãgerão? — perguntou ela, tentando mudar de assunto.

— Uhum. — As bocas dos mantodeanos eram triangulares, com três lábios duros repletos de pequenas presas, que lhe rendiam vozes finas e quase fanhas. — Todo santo dia é isso.

— E qual foi o problema dessa vez?
— A nave está no nome de Rosângela Alves.
— Carambolas...
— Nem me fale.

Rosângela Alves era um nome conhecido pela população local, integrante das Paladinas do Sertão. Combatê-las sempre se mostrou terrivelmente difícil, não só pela excelente organização administrativa e treinamento de campo, mas também porque eram muito bem articuladas e admiradas pela população.

— Bem, se a nave está no nome da Ganhadeira, isso facilita seu trabalho, não? Ela não tem como se esconder atrás de sua popularidade se há evidências físicas que a conectam ao crime.
— Foi o que achei também. Mas, ontem de noite, durante a investigação, venha ver o que descobri: a nave foi declarada roubada dois dias atrás.

Wanawiba apontou uma de suas garras para a tela do computador.

— Que conveniente.
— E não é?
— Você acha que Felisberto ajudou? — indagou Antonieta.

O delegado responsável pelo Departamento de Prevenção e Repressão ao Narcotráfico tinha a fama de ser simpatizante das Paladinas do Sertão.

— Não tenho dúvidas.

A interface eletrônica no antebraço de Antonieta começou a tocar, assustando a investigadora. Wanawiba encarou a colega e riu de sua reação.

— Ele não vai parar de tocar se não atender.
— Claro — respondeu ela, ainda surpresa.

Do outro lado da linha, uma voz temerosa relatou uma cena de crime grotesca, repleta de sangue. Uma pessoa tinha sido assassinada no conforto da própria casa.

— Senhor, senhor, calma — pediu Antonieta. — Assassinatos cometidos em solo são de jurisdição das autoridades locais. Vou transferi-lo para o delegado Tobias Carvalho, responsável pelo Departamento de Homicídio e Proteção à Pessoa.

— Inspetora Antonieta, o delegado Tobias Carvalho está aqui a meu lado, foi ele quem pediu para chamar a senhora.

— Tobias está com o senhor na cena do crime?

— Um momentinho.

— Alô, Antonieta? Tobias falando.

— Olá, delegado, tudo bem? O que está acontecendo?

— Mataram um dos seus, Antonieta. A vítima era um Carcará.

Antonieta sentiu a musculatura de suas patas inferiores fraquejarem, e ela precisou sentar em sua cadeira para não ir ao chão. Tremendo, aumentou o volume do comunicador em seu ouvido, esperando ouvir algo diferente. Contudo, do outro lado da linha, o delegado Tobias confirmou o que tinha dito.

O caminho até a cena do crime foi nada mais que um borrão perdido em pensamentos desconexos e repletos de ansiedade. Por anos Antonieta esperava a oportunidade de ser promovida ao cargo de Jacuguaçu, viver explorando os limites da galáxia, estabelecendo novas colônias da Federação Setentrional, ou quem sabe servir como Arribaça, levando a diplomacia pela galáxia. Tentava suprimir os pensamentos egoístas que nasciam dentro dela, mas o desejo de deixar Batoidea era grande demais para ser ignorado, e a inspetora sabia que desvendar o assassinato de um colega Carcará certamente seria uma ótima oportunidade de alçar novos voos.

Estava cansada da vida no ninho, estava na hora de abrir as asas.

A casa da vítima ficava no Moaruã, bairro residencial de Batoidea. As residências lá eram padronizadas, uma igualzinha à outra, mudando apenas o número e alguns pequenos detalhes pessoais. Eram lares de certo conforto, dois andares, garagem, cercas brancas delimitando o terreno e grama bem aparada. Vizinhos se aglomeravam na rua, curiosos pela fofoca do momento. O movimento era intenso, e Antonieta necessitou da escolta de dois oficiais locais para passar pela multidão. Como sempre, ao passar pelas pessoas, ela se viu alvo de olhares curiosos e desconfiados, sempre acompanhados por cochichos e suspeitas sobre sua origem.

Ao se deparar com a cena do crime, com rastros de sangue pelo chão e respingos pelas paredes, Antonieta se lembrou de um quadro que havia visto durante sua infância na Terra. Inquietava-a a forma como os olhos da vítima pareciam encarar além do limite do agora, testemunhando a morte como se ela tivesse corpo e alma.

A sabedoria dos mortos é absoluta. Lição que não se repete e não se compartilha, ecoava a voz do velho Albérico em sua memória.

A vítima era um macho humano de aproximadamente vinte anos de idade. Seu bucho fora rasgado e havia ferimentos que indicavam que a vítima tentara se defender, como os dois dedos parcialmente decepados na mão esquerda. O ferimento mortal não foi o primeiro golpe, com evidências de uma briga intensa espalhadas por toda a sala de estar.

Ao se aproximar do corpo, Antonieta perguntou:

— O que pode me dizer sobre a vítima, Tobias?

— O nome dele era Elias Ribeiro. Tinha vinte e quatro anos e era casado. A mulher dele está no quintal agora, bem abalada. Ela chegou em casa e encontrou o marido assim.

Antonieta recuou dois passos para ter uma visão um pouco mais ampla da cena do crime. Julgando pelos padrões das manchas, dos ferimentos e dos respingos de sangue, tratava-se de apenas um único criminoso. O ângulo do golpe fatal que atravessou o bucho da vítima indicava que o assassino era alto, mas somente um perito conseguiria precisar a altura. O criminoso usara um objeto cortante, uma espada ou facão. Marcas no chão indicavam dois pares diferentes de calçados humanos, levando à conclusão de que se tratava de um agressor humanoide.

— Já vi um cadáver com características parecidas — disse Tobias para Antonieta.

— O legista já analisou? — perguntou ela.

O delegado se aproximou da vítima e apontou para o bucho rasgado.

— Está vendo como a borda do corte apresenta leves sinais de cauterização? Isso aqui é obra de um facão ou de uma peixeira com lâmina energizada, arma usada pelas Paladinas.

— A perícia já deu algum parecer? Paladinas podem ser muitas coisas, mas matar humanos não é o *modus operandi* delas — conjecturou Antonieta. — Quero fotos das marcas dos calçados no chão. Não estão perfeitas, mas quem sabe conseguimos achar o modelo específico?

— Ainda não. Precisamos que você libere o corpo para seguir ao IML. Mas pode apostar que eles vão cantar a mesma pedra. Uma Paladina fez isso.

— Como soube que a vítima era um Carcará?

— A viúva contou.

— Eu quero um relatório minucioso sobre o cadáver e a cena do crime e todas as fotos que foram tiradas.

Antonieta se levantou e seguiu até o quintal, onde a viúva chorava copiosamente na companhia de outros dois oficiais locais. A mulher estava sentada em uma cadeira de madeira, o rosto enfiado em um pano encharcado de tristeza. Ao se aproximar, a Carcará escutou um dos policiais comentando *lá vem a bizarrona*, fato que decidiu ignorar. Não tinha estômago e nem vontade de contestar aquela afronta.

Com seus quase dois metros de altura, a inspetora precisou se agachar para ficar com o rosto na altura do da mulher e encará-la. A coitada lutava para desacelerar a respiração, e o desespero fazia seu corpo todo convulsionar.

— Meus sentimentos pela sua perda, dona...

— Maria. — Havia tão pouco ar dentro da mulher que ela repetiu três vezes a primeira sílaba de seu nome.

— Dona Maria. Meu nome é Antonieta, sou a Carcará Carmesim responsável pela investigação a partir de agora.

— Conheço bem os procedimentos. Elias também era um Carcará.

— Compreendo. A senhora tem ideia do que poderia ter acontecido? Consegue pensar em alguém que queria machucar seu marido?

— Ele era um Carcará. — A mulher soluçava. — Muita gente odeia a Federação.

— Vocês estão aqui faz muito tempo?

— Cinco dias.

— Férias?

— Férias? — repetiu a mulher, acrescentando um ar de confusão a um rosto condoído.

— Sim, presumi que estivessem aqui para descansar — comentou Antonieta.

— Não. Elias estava a trabalho.

A oficial se levantou, seus pensamentos perdidos na análise de cenários e possibilidades. Aquela informação da viúva não podia estar correta, visto que Batoidea era sua jurisdição e nenhum Carcará Carmesim poderia trabalhar naquele planeta sem seu consentimento ou apoio. Contudo, o olhar da mulher era honesto, o que indicava que ela acreditava naquela afirmação.

Ele mentiu para ela, concluiu Antonieta.

— Onde está o uniforme do Elias?

A viúva a levou até o quarto, evitando passar pela cena do crime. Ao chegar ao cômodo, pegou o uniforme no armário. Antonieta puxou a manga do traje e mexeu na interface eletrônica que ficava na região do antebraço. Como era de se esperar, o aparelho estava bloqueado.

— Você sabe a senha? — perguntou ela.

— Não.

Antonieta deixou o traje de lado e se virou para a mulher, que agora estava sentada na beira da cama, os olhos tão perdidos quanto os do marido morto.

— A senhora realmente não consegue pensar em ninguém que possa querer mal a seu marido?

— Não... mas, talvez... — A mulher pausou e suspirou, como se a mais brilhante ideia tivesse passado por sua cabeça. — Talvez o Bruno saiba.

— Bruno, senhora?

— Bruno, o parceiro Carcará do Elias.

— Certo, a senhora tem ideia de como posso contatá-lo na Terra?

— Terra? Não, o Bruno também foi transferido para cá com o Elias.

Antonieta compreendeu melhor a situação após o depoimento da viúva. Assim como o parceiro de Elias, o casal chegou ao Sistema Sucupiral cinco dias atrás, vindo diretamente da Terra. A viúva não soube explicar direito os pormenores, o que era de se esperar, mas relatou que o marido havia sido transferido para Batoidea e que o plano era viver lá por alguns meses. A informação obviamente estava errada, sem registro algum de transferência nos sistemas da Federação.

Devido à gravidade da situação, Antonieta não pensou duas vezes antes de notificar seu superior, o Acauã Cinábrio responsável por Batoidea, Thelmus Elmukt. O comandante concordou com a teoria do delegado Tobias Carvalho de que o crime era obra das Paladinas do Sertão, principalmente depois de ler o relatório de Wanawiba, que detalhava que uma nave no nome de Rosângela Alves estava envolvida no tráfico ilegal de ovas de kuāgerão. Para o Acauã Cinábrio, os assassinatos eram uma cortina de fumaça, estratégia das Paladinas para retirar o foco de Rosângela. Antonieta, contudo, não achava que a conexão fazia muito sentido. Muito mais do que isso, achava ilógico que alguém assassinasse agentes da Federação para despistar algo tão trivial e rotineiro como o tráfico de ovas. Quem destrói a casa para matar uma barata?

Ao entrar em seu aerocarro oficial, Antonieta se viu submersa em um mar de perguntas e dúvidas, mas uma coisa estava clara: tudo aquilo era muito, mas muito estranho. A presença de dois Carcarás Carmesins em seu setor era algo incomum, ainda mais a trabalho. Ela seguiu pelo espaço aéreo de Batoidea, pilotando a caminho do hotel Jericoacoara, onde Bruno Azevedo estava hospedado. Sabia que ele era o único que seria capaz de prover respostas sobre o que estava acontecendo.

No rádio, uma música animada dava ritmo à velocidade de seu voo, que cortava o ar novecentos metros acima do nível do mar.

Pavão misterioso
Pássaro formoso
Um conde raivoso
Não tarda a chegar

Pilotar sempre foi algo que deu muito prazer a Antonieta. Ela gostava da velocidade, da pulsação do motor e da sensação absoluta de controle. Um simples girar do manche e o mundo virava; um simples acionar do manete de potência e tudo virava um borrão. Se pudesse, se o cosmos tivesse interesse em atender seus reais desejos, ela teria servido à Federação como um Cauré, os maiores pilotos de combate. Contudo, as limitações de sua criação genética impossibilitavam que passasse nas provas de resistência física.

Não temas, minha donzela
Nossa sorte nessa guerra
Eles são muitos
Mas não podem voar

O Jericoacoara era um hotel conhecido em Batoidea. Não tinha o luxo extravagante e inacessível dos resorts mais famosos e procurados, mas tinha um quê de suntuosidade, e os preços eram relativamente acessíveis. Antonieta desceu do aerocarro e seguiu em direção à recepção. O atendente, um humano, a recebeu e a encaminhou até o quarto onde Bruno estava hospedado. Eles bateram na porta e aguardaram.

— Você tem certeza de que ele não saiu? — perguntou Antonieta.

— Os hóspedes deixam as chaves na recepção ao saírem, sra. Antonieta. A chave do sr. Azevedo não está conosco, o que só pode significar que ele não saiu ou que esqueceu de deixar a chave, o que é comum.

Foi quando o nariz de Antonieta captou o odor metálico e enferrujado de sangue. Ela puxou sua pistola de plasma e ordenou que o atendente abrisse a porta com a chave reserva. As janelas e cortinas estavam fechadas, preenchendo o apartamento com uma penumbra lúgubre e o cheiro conhecido da morte. No chão, havia um rastro grosso de sangue que seguia em direção aos aposentos. Com sua pistola engatilhada, a inspetora seguiu as marcas impregnadas no carpete.

— Atenção, Carcará Carmesim entrando no recinto!

Ao abrir a porta do quarto, Antonieta foi surpreendida por uma cena que só poderia ser descrita como dantesca. O corpo do oficial Bruno Azevedo estava escorado próximo à parede adjacente, sentado como se estivesse descansando. O descanso, contudo, era eterno. O bucho da vítima também estava rasgado, a mão direita pressionada sobre o golpe mortal. Partiu da vida segurando a própria fome. A mão esquerda descansava no chão, punho aberto, dedos esticados e melados de sangue nas pontas. Logo acima dele, a última mensagem que Bruno deixara para os vivos.

Escritas com sangue, três palavras que Antonieta conhecia muito bem:

OLHO DE DENDÊ

5

COMO AQUI A MORTE É TANTA, SÓ É POSSÍVEL TRABALHAR

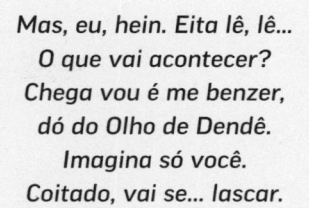

Mas, eu, hein. Eita lê, lê...
O que vai acontecer?
Chega vou é me benzer,
dó do Olho de Dendê.
Imagina só você.
Coitado, vai se... lascar.

Os mistérios por trás dos crimes,
esses ainda vão se revelar.
Mas olha só, digo logo,
vai ser difícil de aceitar.
Tem traição e manipulação,
tragédia com tom familiar.

Neste capítulo que começa,
o final da obra é citado.
Mas o verdadeiro mistério, ah,
este continuará guardado.
E você deve se questionar,
como isso é executado?

Narrador deveras de esperto,
suas artimanhas parcela.
O *foreshadow* é um segredo
com direito à espiadela.
Mistério que um tanto se mostra,
e só no desfecho se revela.

Nosso Severino, coitado,
segue sua investigação,
sem saber que, muito breve,
estará numa reviração.
E no fim de sua jornada,
acredite, uma explosão.

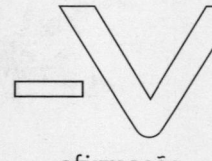

VOCÊ TEM CERTEZA?
— Teeenho.
Bonfim esticou a primeira sílaba da palavra, levando Severino a não acreditar na afirmação.

— Caralho. Tem mesmo?

— Assim, eu tenho convicção de que paguei.

— Convicção? — perguntou Severino, brevemente tirando a atenção do trânsito aéreo.

— Sim. Estou convicto do fato de que paguei.

— Então você tem certeza, porra.

— Ééé. — Mais uma vez, a sílaba foi esticada ao seu limite. — Veja bem, certeza e convicção são duas coisas apartadas — disse Bonfim.

— E são, é?

— Ô, se são. Tenho *convicção* de que paguei o boleto, mas tenho *certeza* de que sou uma alma passível de falhas e que, vira e mexe, às vezes, acontece de eu esquecer de fazer algo.

— Puta merda, tu não pagou a conta de luz, não foi?

— Há uma pequena possibilidade, sim, apesar da minha convicção.

Severino soltou um relincho de descrédito em direção ao amigo, certo de que o boleto ainda estava em aberto, dormindo na paz dos desaporrinhados sobre a mesa da sala de estar.

Os dois seguiam em direção ao Instituto Médico Legal Santa Mariana para examinar o corpo do jovem Marcos de Oliveira Timoneiro, que supostamente fora assassinado pelo melhor amigo, Jonas Tadeu Taperoá. Ao que tudo indicava, o crime não era um homicídio, mas, como Jonas era afilhado de Dinha, a Matriarca das Paladinas do Sertão, as autoridades responsáveis optaram por não irem muito longe em suas investigações.

— Você sabe quem é o legista de plantão hoje lá no Santa Mariana? — perguntou Severino, tentando focar no caso e não na possibilidade de uma casa escura e quente quando voltasse.

— Eu liguei para saber. É o Gustavo.

— Gustavo?

— É, porra. Gugu, caralho, o comediante.

— Ahhhh. — Severino suspirou profundamente. — O que vive convidando a gente pro show de stand-up comedy dele.

— Ele mesmo.

— Pelo menos ele é gente boa.

— Sei, não — retrucou Bonfim. — Sua definição de gente boa é alguém que quer ter arrastar para um show que é "um novo conceito em stand-up"?

— É... não.

A dupla de investigadores chegou ao IML um pouco depois das sessenta horas. A unidade médica era protegida por uma estátua de Omolu, que segurava seu xaxará sobre a entrada principal. A vestimenta que cobria o rosto da escultura era feita com palhas da costa verdadeiras, que balançavam com as brisas e davam vida ao colosso de metal. Bonfim jamais encontrou motivos para devoção religiosa, gostava do pragmatismo da ciência, mas havia algo de reconfortante na figura de Omolu, algo que o tocava em seu íntimo.

Graças ao horário, o instituto estava vazio. O único movimento vinha dos ocasionais funcionários de apoio. O longo corredor de entrada, com suas laterais simetricamente padronizadas, parecia se estender até o limite do espaço e do tempo, terminando em uma escuridão abissal. O desamparo taciturno também corria no perfume antisséptico e no silêncio tétrico suspenso no ar. Parecia ser o fim de todas as coisas.

E para algumas pobres almas desencarnadas, de fato, era.

— Êpa babá. — Severino suspirou após uma tremedeira sinistra percorrer seu corpo.

— Carregado, né? — comentou Bonfim.

Os dois encontraram o legista de plantão em seu escritório, escorado em uma cadeira, vendo vídeos em seu aparelho móvel. Ao notar a presença dos investigadores, o bigode ralo e quase pubescente do médico se esticou em uma alegria genuína.

— Olha só! Quem é vivo sempre aparece! — Gustavo abriu os braços.

Severino forçou um sorriso amarelo e sentiu inveja de Bonfim, que não era obrigado a emular expressões faciais em nome de um bom convívio social.

— Vocês souberam da plantinha que foi ao médico? — perguntou Gustavo ao se levantar.

— Não — respondeu Bonfim em um tom terrivelmente fúnebre.

— Pois é, foi à toa. Só achou médico de plantão.

Uma risada inesperada subiu pela garganta de Severino, que se viu surpreso pela qualidade do trocadilho.

— Boa!

— Né? — retrucou Gugu. — Mas diga aí, qual o defunto da vez?

— Estamos atrás do cidadão chamado Marcos de Oliveira Timoneiro.

— Ah, sim. Esse sei até de cabeça onde tá. Sigam-me os bãos.

Gustavo acelerou o passo enquanto Severino e Bonfim mantinham uma distância segura o suficiente para não incentivar mais piadinhas ou conversas desnecessárias com o legista. Enquanto caminhava, Gustavo cantarolava a música-tema da *Praça é nossa*.

— Demorou uns sete anos, mas não é que o desgraçado é capaz de uma piada engraçada? — cochichou Severino.

— Fique dando corda, fique — disse Bonfim. — Vai morrer aqui e passar a eternidade ouvindo se é pavê ou *pa comê*.

O corpo de Marcos estava em uma câmara de refrigeração, aguardando a chegada de um legista especialista, ordem requerida pela família da vítima para confirmar o laudo oficial, assinado pelo próprio Gustavo. O médico se escorou na quina da maca metálica e tirou o plástico que cobria o corpo do jovem.

Era negro e magricela, de cabelo curto, barba rala e com toda a juventude roubada dele. Severino tentou engolir os sentimentos que borbulhavam dentro de si, mas, diante de semelhanças tão óbvias, foi impossível.

De certa forma, era seu corpo ali também.

— Vocês sabem por que mulher baixinha tem medo de hospital, né? — indagou Gugu.

Severino e Bonfim suspiraram, aguardando o fim da piada.

— Porque ela só sai quando tiver alta.

Ele cutucou Severino com o cotovelo.

— Boa — disse Severino sem sinal algum de entusiasmo. — Vamos começar?

— É pra já! Pera, que eu tenho a coleta de sangue dele em algum lugar.

Gustavo conhecia bem os procedimentos daquela dupla de investigadores. O legista correu até o outro lado do cômodo e retornou depois de alguns segundos com um tubo em mãos. Severino abriu um dos compartimentos em seu braço mecânico e aguardou enquanto Gustavo depositava uma gota de sangue do jovem Marcos lá dentro. Assim que os sistemas e as engrenagens cibernéticas começaram a girar, processando o DNA da vítima, Severino puxou uma lasca de raiz de jurema-preta do bolso de sua camisa e a colocou embaixo da língua.

— Vamos lá ver como Marcos conheceu o grande silêncio — disse Severino.

A voz era confiante, a postura era ereta e o sorriso, um tanto debochado. Bonfim sabia, contudo, que aquela pose toda era obra de um artesão dissimulado, que talhava o próprio corpo em uma tentativa tola de ocultar seus reais temores e fraquezas. A morte sempre foi bilhete único; show de despedida para um único espectador e sem direito a bis. Severino, entretanto, era o único que tinha o dom de escutar o eco que se sustentava após o fechar das cortinas, revivendo as notas finais do concerto que era a vida.

E todo luxo tem sua miséria.

O olho esquerdo de Severino acendeu em um vermelho intenso, e as memórias de Marcos invadiram o reduto final de seus desejos ocultos, lugar que nenhuma alma jamais compartilha.

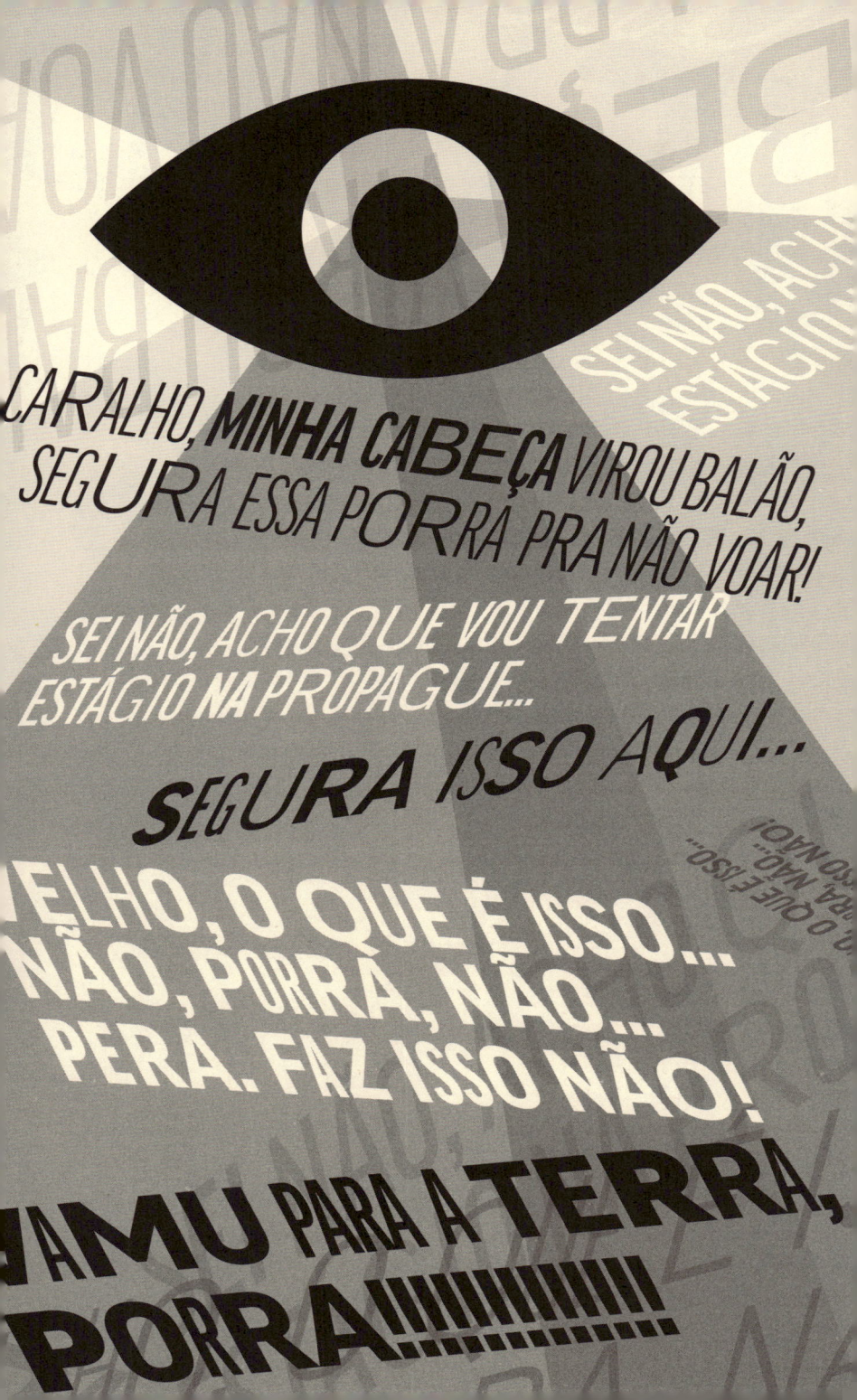

CARALHO, **MINHA CABEÇA** VIROU BALÃO, SEGURA ESSA PORRA PRA NÃO VOAR!

SEI NÃO, ACHO QUE VOU TENTAR ESTÁGIO **NA** PROPAGUE...

SEGURA ISSO AQUI...

VELHO, O QUE É ISSO... NÃO, PORRA, NÃO... PERA. FAZ ISSO NÃO!

VAMU PARA A **TERRA**, PORRA!!!!!!!!!!!

VELHO NÃO, PERA AÍ, ISSO

PORRA, FAZ ISSO NÃO

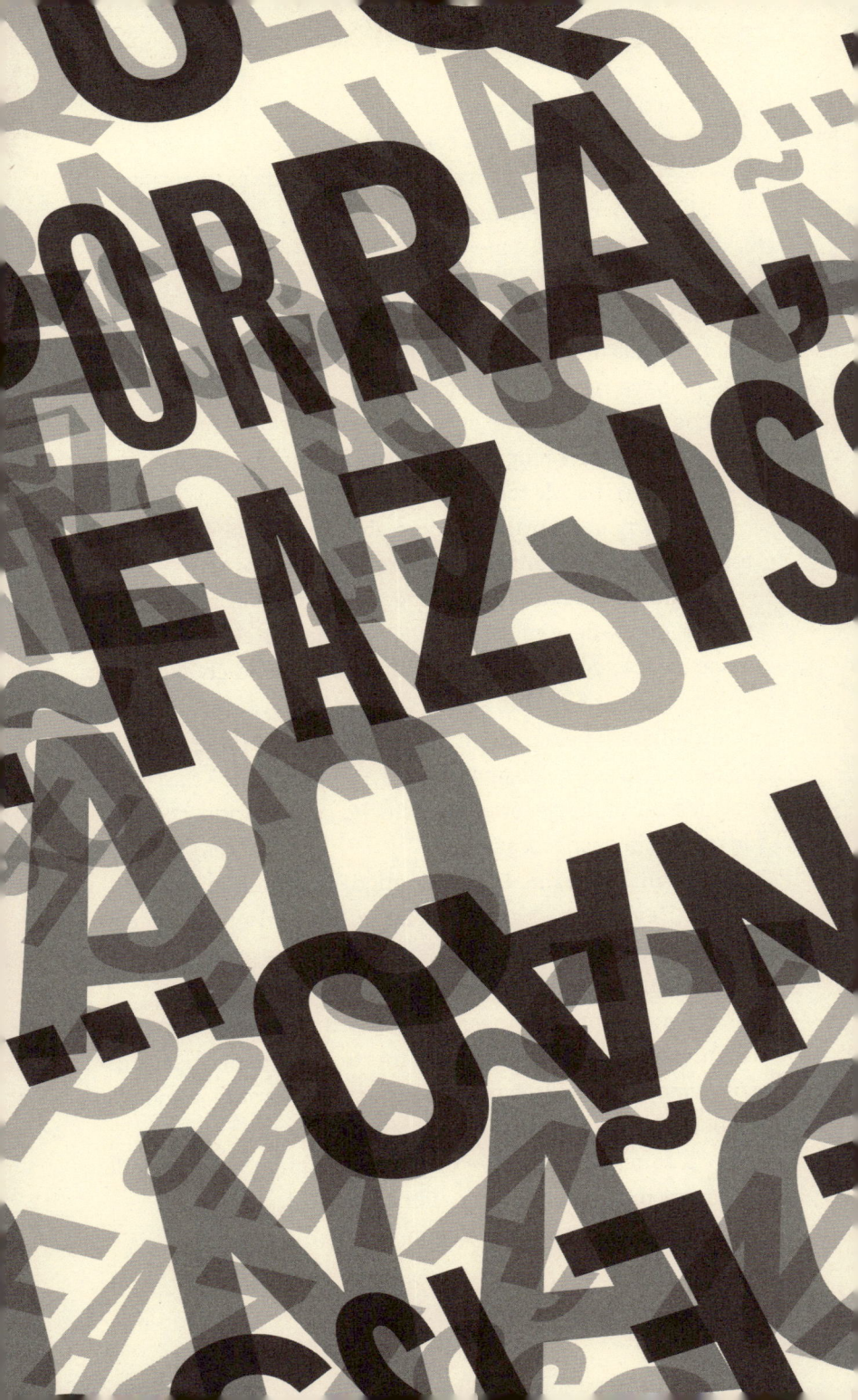

O homem acordou quase duas horas depois. Por mais que conhecesse bem os efeitos colaterais de suas revelações, elas sempre tinham, em sua essência, um gosto de primeira vez.

Ninguém divide o mesmo medo.

Ninguém divide a mesma dor.

Tudo é único.

Os músculos relaxaram a tal ponto que seu corpo parecia quatro vezes mais pesado, acompanhado por um arrepio frio que pulsava no ritmo de uma intensa cefaleia. A visão aos poucos foi se ajustando, entrando devagar em sintonia com os nervos óticos, recuperando-se do fato de que haviam testemunhado o fim de todos os sentidos.

Sobreviver à morte era como abraçar o nada, sentimentos paradoxais demais para caberem em um corpo só.

Como sempre, a última imagem que cruzou a mente da vítima antes de expirar estava tatuada no consciente de Severino. No caso de Marcos, a imagem era do chão de seu apartamento, os pés de seu assassino logo à frente, sangue se espalhando pelo piso de madeira. Foi assim que o coitado terminou sua passagem pelo palco da vida, uma narrativa cortada no seu auge, em um desfecho sem sentido e repleto de violência desnecessária.

Bonfim estava ao lado do amigo, aguardando seu despertar. Devido à fadiga excruciante, Severino permaneceu deitado, esperando todos os efeitos colaterais passarem.

— Como está, meu rei? — perguntou o puiuiú.

Por algum motivo, mesmo que Bonfim quisesse compartilhar o fardo de testemunhar a morte de alguém, suas funções emocatalisadoras não funcionavam durante e após as visões de Severino.

— Naquela de mesma — respondeu o amigo. — Esperando o Marcos morrer aqui dentro também.

— Estou com um copo d'água.

— Valeu.

Sentado em sua cadeira, Gustavo encarava Severino com fascínio nos olhos.

— Tu vê pelos olhos dos mortos igualzinho como se vê normal? — Gustavo finalmente teve coragem de perguntar.

— Igualzinho, mas com um tom avermelhado.

— O que acontece se você usar o sangue de alguém que não morreu?

— Vejo os últimos minutos, mas sem o tempero e a cor do dendê... — respondeu Severino, sentindo um arroto azedo subindo pela garganta.

— Porra, que poder do caralho. Imagina, você pode descobrir que alguém, tido como morto, está vivo. Tipo o Belchior.

— Belchior viveu mais de quinhentos anos atrás. Certamente está mortinho da Silva — rebateu Severino, nervoso.

— Sim, mas tem gente que acha que ele tá vivo até hoje. Tem gente que não morre, fica para sempre.

— Tu viu o crime? — questionou Bonfim, mudando de assunto.

— Vi.

— E aí?

— O guri é inocente.

— Maravilha. Viu algo que possa nos ajudar?

— Ô, se vi.

Após pagar um trocado para Gustavo, e com os sentidos reestabelecidos, Severino explicou para Bonfim o que viu em seu momento de transe. Durante a festa, logo após consumir uma dose nada recomendável de ziriguidum, Marcos teve a brilhante ideia de documentar o momento de iluminação psicotrópica. O rapaz colocou o aparelho móvel no topo de sua estante, lugar estratégico do apartamento, com visão perfeita da sala de estar.

— Pelo que vi, aposto dez conto em Big Big que a polícia e os peritos não acharam o celular. A bateria estava carregada e deve ter filmado o assassinato.

— Então, quem matou foi o outro lá, o tal de Sílvio?

— Ele testemunhou e organizou tudo, eu acho, mas quem matou foi outra pessoa. Um homem. Eu acho que era um Vaga-lume Caído — disse Severino, referindo-se à organização criminosa.

— E tu reconheceu o sujeito?

— Não. Reconheci a tatuagem no braço. Era sem dúvida a insígnia dos Vaga-lumes Caídos.

— Ô casinho complicado esse, viu? — comentou Bonfim. — Tem Carcará, tem Paladinas e agora tem Vaga-lume? Tô quase arrependido de ter forçado você a aceitar essa merda toda.

— É. — Severino riu. — Esse aí entra na sua cota de perrengues.

— Tu quer desistir? — perguntou Bonfim.

Severino pensou no corpo mirrado estirado no IML e em toda a injustiça que cabia dentro de uma única vida partida. Desistir seria aceitar coisas inaceitáveis.

— Agora que dividi a morte com o guri? Porra nenhuma. Se a gente achar a merda do celular, a gente só precisa entregar na mão das Paladinas e elas vão resolver o resto.

— Com nossa sorte atual, duvido — disse Bonfim.

— Vira sua boca de zero nove para lá.

Era por volta das sessenta e quatro horas da noite quando Severino e Bonfim chegaram ao campus da Universidade Federal da Ordem Vermelha. Ao pousarem o aerocarro no estacionamento da instituição de ensino, os dois encontraram um aluno parado no portão, fumando um cigarro enquanto conversava com alguém em seu aparelho móvel. Tratava-se de um jovem carcamoto, uma espécie alienígena de focinho longo e com o corpo coberto por placas dérmicas, popularmente conhecida como *tatu-galáctico*, termo que não era nem um pouco apreciado por seus integrantes.

Após terminar de fumar seu cigarro, o jovem estudante explicou que o quarto em questão estava isolado e que ninguém tinha acesso a ele. Aquilo, obviamente, não era um empecilho para investigadores do calibre de Severino e Bonfim, que aproveitaram a escuridão da noite para invadir a república.

No segundo andar do prédio, à esquerda da escada central, os dois acharam o quarto que Severino havia visto em sua revelação. Abrir a porta não foi grande desafio, nada que uma micha pentinho não resolvesse. A sala principal era pequena, com uma mesa de jantar, três cadeiras, um sofá, duas estantes repletas de livros e uma mesa de centro com algumas revistas espalhadas sobre ela. No chão, ainda incrustados na madeira, traços da poça de sangue que escorreu do corpo do jovem Marcos.

Severino caminhou até uma das estantes, ficou na ponta dos pés e puxou um objeto retangular e preto da última prateleira. Então exibiu o achado para Bonfim com um sorriso largo cortando seu rosto.

— Rá! Eu sou foda ou não sou?

— Severino... — Bonfim suspirou.

— Oi?

— Alguém acabou de engatilhar uma arma e está subindo as escadas.

Severino mandou Bonfim se esconder em um dos quartos e correu até a porta, fechando-a com toda a delicadeza que seus músculos conseguiam exercer diante da adrenalina que agora corria loucamente por seu corpo. Foi quando escutou o barulho metálico da maçaneta sendo testada. Ele encostou na parede, esticou o braço e retirou um livro pesado de uma das prateleiras próximas à porta. Segurou o objeto com as duas mãos, apertou as laterais com força e esperou. Após algumas tentativas fracassadas, a maçaneta parou de girar. O silêncio morreu com um som de disparo. A bala atravessou a fechadura, partindo suas várias engrenagens de segurança e fazendo o ouvido de Severino zunir.

Seu coração acelerou ao notar a porta se abrindo, o leve ranger de dobradiças gastas ecoando por todo o cômodo. O pulmão se encheu, o peito estufou, a coluna se esticou, e os músculos, diante de toda a energia que pulsava dentro daquele casulo de carne, se lembraram de coisas que a mente achava ter esquecido. O treinamento Carcará, os dias e as noites dedicadas ao aperfeiçoamento do combate e da sobrevivência, a juventude toda devotada ao desejo de ser um oficial respeitado e admirado; tudo que parecia enterrado pulsava no ritmo do medo.

Assim que viu a mão e a pistola atravessando o vão da porta, Severino avançou, usando toda a sua força para acertar a mão do invasor com o pesado livro, levando a arma inimiga a cair. Ao perceber que havia tido sucesso em desarmar a ameaça, largou o livro e deixou a memória muscular ditar o ritmo das ações, ignorando as inseguranças que teimavam em tomar conta de sua mente. Encarou o invasor de frente e aplicou uma benção, um chute com a sola do pé, bem no meio das caixas do peito. O golpe foi poderoso e levou o agressor ao chão. Severino titubeou por apenas um segundo, procurando pela arma no cômodo escuro. Antes que pudesse pegar a pistola do chão, o agressor o segurou pelos pés, levando-o a tombar também. Os dois se embrenharam, um tentando achar algum tipo de vantagem naquele combate que beirava o patético. O estranho, entretanto, era maior e mais forte, e conseguiu desferir dois socos potentes no rosto de Severino, desnorteando-o a ponto de embaçar as vistas.

Quando finalmente voltou a enxergar perfeitamente, ele notou que havia caído ao lado do livro que usara para se defender. Segurou o exemplar volumoso e decidiu usar as palavras como arma. Mas antes que pudesse agir, o que viu foi a extremidade perigosa de uma pistola apontada em sua direção.

Diante da morte, os olhos facilmente aceitam a escuridão.

Quatro disparos consecutivos ecoaram pelo cômodo, levando Bonfim a correr em direção ao amigo, ignorando a própria segurança. A agonia era tanta que o puiuiú sequer reparou que um dos disparos veio de uma arma de plasma, diferente dos disparos de uma tradicional, com munição à base de pólvora. Tinha apenas a vida de Severino em foco. Com sua ecolocalização, notou que havia dois corpos no chão, e suspirou aliviado ao reconhecer o ritmo do coração de seu melhor amigo.

Severino segurava o exemplar de *Os Sertões* à frente do rosto, braços estirados em um movimento involuntário de defesa. Ele baixou a obra e examinou a capa, perfurada com três projéteis, cravadas no meio de suas páginas. Ao levantar o rosto, Severino não conseguiu acreditar naquilo que seu olho enxergava.

Antonieta surgiu da escuridão, com uma carabina de plasma, modelo Corisco & Lampião, nas patas. A inspetora examinou os arredores em um movimento padrão de segurança, confirmando que a única ameaça presente estava fora de combate.

— Tiê? — balbuciou Severino.

— Severino — constatou a capivara.

— O que você tá fazendo aqui?

— Meu trabalho. Que neste momento, aparentemente, foi salvar seu traseiro.

Severino se levantou e encarou a velha parceira de treinamento, alma com quem dividiu todas as dores e complicações de se tornar um Carcará Carmesim. Em um piscar de olhos, todos os anos de separação evaporaram e o coração arrepiou, levando lágrimas ao único olho que ainda era capaz de chorar. Ele a abraçou com força.

— Como é bom te ver, Tiê — disse ele.

— *A saudade é isto mesmo; é o passar e repassar das memórias antigas* — respondeu ela.

— O que você tá fazendo aqui?

O semblante de Antonieta ficou sério, e a capivara se afastou do velho amigo.

— Bem, é uma longa história. Estava investigando o assassinato de um Carcará Carmesim lá em Batoidea.

— Batoidea?

— É. Há anos que trabalho lá. Na verdade, estou investigando o assassinato de dois Carcarás.

— Eita, lê, lê... Dois? — questionou Bonfim.

— É — confirmou Antonieta.

— E o que isso tem a ver comigo? — questionou Severino.

— Você reconhece o nome Bruno Azevedo?

Ele parou por alguns segundos, revisitando os nomes que carregava na memória.

— Não. Por quê?

— Porque, antes de morrer, Bruno Azevedo usou o próprio sangue para escrever *Olho de Dendê* na parede do hotel em que estava hospedado.

— Você tá tirando onda com a minha cara, só pode — comentou Severino.

— Não, não estou. Não estaria aqui se o assunto não fosse muito sério.

— Caralho...

— Pois é. Comecei a procurar qualquer traço seu nas investigações oficiais e nas nossas escutas espalhadas pelo Sistema Sucupiral, quando me deparei com uma ordem dos Vaga-lumes Caídos para liquidar um humano com um tapa-

-olho vermelho que estava investigando o assassinato de um Marcos de Oliveira Timoneiro, sobrinho de ninguém menos que Dinha, aqui em Cabula XI. Juntei dois com dois, peguei minha nave e fiquei na cola do jagunço até ele agir.

Severino suspirou, aproximou-se do corpo no chão e levantou a cabeça do agressor, encarando-o bem de perto. Agora que podia examinar melhor a figura que tentou matá-lo, reconheceu o desgraçado, o mesmo que apareceu em sua visão.

— Foi esse cara que matou o Marcos. — Severino se levantou, esticou a coluna e retirou a poeira em suas mãos, esfregando-as nas laterais da calça. — Vamos levar esse celular para as Paladinas e pegar nossa recompensa.

Antonieta, que não esperava uma atitude tão indiferente vinda do amigo, protestou:

— Você ouviu o que eu disse, Severino?

— Ouvi — respondeu o homem, com um sorriso malicioso. — E o fato de você estar aqui, sozinha, quer dizer que veio sem autorização de Thelmus Elmukt. Aquele protótipo de chupa-cabra jamais aceitaria alguém de fora fuçando no planetinha predileto dele. Isso significa que você sabe que não tenho culpa no cartório e veio me ajudar, o que é ótimo, obrigado, por sinal, mas, antes de a gente partir para os perrengues maiores, vamos resolver esse pepino aqui e tirar um menino inocente da cadeia.

— E nosso amigo *Caído* aqui? — perguntou Bonfim, forçando um trocadilho.

— Tiê?

A imensa capivara levou as patas até a cintura, examinou bem a nova cena do crime dentro de uma cena do crime, e suspirou.

— Gostar de você sempre veio com uma parcela de dor de cabeça.

— Nesse caso, nem tenho culpa — respondeu Severino.

— Se eu fizer algum tipo de relatório, estaria comprometida, visto que minha visita aqui não é tecnicamente legal. Mas também não quero passar essa investigação adiante. Algo me diz que devo cuidar desse caso até o final.

— Eu tenho uma amiga que resolve pepinos como esse — comentou Bonfim. — Eu faço umas ligações e ela dá um jeito de isso não chegar na gente, por enquanto.

Severino e Bonfim deixaram o aerocarro no estacionamento da universidade e aproveitaram uma carona na nave oficial de Antonieta, que os levaria ao lar de Dinha, a Matriarca das Paladinas do Sertão. Enquanto a nave cortava o espaço aéreo de Cabula XI, Severino fazia de tudo para compreender o que havia acabado de escutar de sua velha parceira de treinamento. Sentado ao lado do amigo, Bonfim conversava com seu contato, passando os eventos que aconteceram na Universidade Federal da Ordem Vermelha. Os dois estavam no segundo andar da nave, no compartimento de mantimentos, espaço mobiliado com uma mesa central, assentos, geladeira, fogão, beliches, sofás e tudo mais que uma Carcará Carmesim pudesse precisar durante suas investigações. Era um cômodo amplo, feito para que os oficiais da Federação pudessem viver por um bom tempo sem a necessidade de suprimentos extras.

Após uma longa conversa ao telefone, claramente desconfortável, o puiuiú encerrou a ligação.

— Quem é essa amiga misteriosa que vai cuidar do corpo do Vaga-lume Caído? — perguntou Severino.

— Alguém que só se pede favor se nada mais estiver dando certo.

— Quando você conhece essas pessoas? Tu vive do meu lado.

— Os dias cabulenses são longos e vocês, humanos, dormem demais — respondeu Bonfim. — A verdadeira pergunta que deveria estar se fazendo agora não é sobre o jagunço, mas sim esta: o que levaria um Carcará Carmesim à beira da morte a escrever seu nome com sangue?

O puiuiú aproveitou que os dois estavam no compartimento de mantimentos para externar suas angústias.

— Boa pergunta.

O rosto de Severino se contorceu, apreensivo. Diante de Antonieta, fingiu certo ar de tranquilidade, mas, agora que estava só com Bonfim, ele se permitiu demonstrar um pouco de preocupação.

— Você confia na Carcará? — perguntou Bonfim.

— Confio.

— Qual a raça dela? Nunca vi nada igual.

— Acredite se quiser, ela é terráquea — respondeu Severino. — Alguma empresa estava brincando com o DNA de animais e humanos, tentando criar seres híbridos, Deus sabe para quê. Antonieta foi a única que sobreviveu. Foi ela quem me apresentou ao velho Albérico.

— Não diga.

— Pois é, filha dele.

— Porra, temos uma bilionária como aliada, então? — questionou Bonfim.

— Acho que não. Pelo que pude acompanhar, a ProPague fez de tudo para provar que, pelos olhos da lei, ela não era filha dele.

— E como foi que vocês se bateram?

— Jeremias, ela e eu, a gente se formou na mesma turma.

— Ela disse que os crimes aconteceram em Batoidea, Severino. A gente estava lá mês passado. — Bonfim perambulava pelo cômodo da nave, zanzando de um lado para o outro.

— Eu sei. Isso tudo me cheira a problemão, Bonfim, daqueles que lascam bonitinho com a gente. — Severino descansou os cotovelos sobre os joelhos, ficando mais ou menos na altura do amigo.

— Tem ideia do que a gente vai fazer?

— Vamos resolver o caso do guri, depois sentar com a Antonieta e ver quão fundo é esse poço de merda.

— Ansioso para reencontrar a velha? — provocou Bonfim, sarcástico.

— Ha-ha.

— Faz quanto tempo mesmo que a gente não vê a Dinha?

— Parece que faz uma vida inteira.

Severino sabia exatamente quanto tempo havia se passado. Exatos dez anos desde a morte de seu irmão e o fim de tudo de bom em sua vida. Evitava tocar no assunto, mesmo com Bonfim, com quem dividia tudo — ou quase tudo. Certas lembranças procuram o canto mais profundo da mente, lugar onde a luz não toca, e lá fazem morada, nunca plenamente esquecidas, nunca plenamente superadas.

A viagem até o QG das Paladinas do Sertão, do outro lado do planeta, era longa, mesmo pongando na nave Carcará. Após atingir altura de cruzeiro, Antonieta acionou o piloto automático e se juntou a seus convidados. A imensa capivara se serviu uma xícara de chá de camomila e se sentou em um dos bancos do compartimento de carga.

— Teremos algumas horas de viagem até chegarmos em Nova Malhada da Caiçara — comentou ela.

— Tempo suficiente para a gente entender o caso — disse Severino.

— Tudo bem.

Antonieta sabia que, para desvendar o que estava acontecendo, teria que contar com a assistência de Severino e seu amigo puiuiú. Ela acessou a interface eletrônica de seu uniforme, localizada no antebraço. Com um movimento de suas garras, arrastou as informações para que aparecessem em forma de holograma na mesa central. Com mais um movimento das patas, ampliou as fotos de dois humanos.

— Estes são Bruno Azevedo e Elias Ribeiro, os Carcarás Carmesins assassinados em Batoidea. Eles estavam no meio de uma investigação não oficial, pois, segundo os relatórios que constam no sistema da Federação, deveriam estar na Terra, estação a que os dois eram designados. Este aqui — Antonieta ampliou uma das fotos — é Bruno Azevedo, foi ele quem escreveu *Olho de Dendê* com sangue.

A investigadora puxou do sistema uma foto da cena do crime e a lançou no holograma. Severino se levantou e descreveu os detalhes da imagem para Bonfim.

— Caralho. Que coisa macabra — comentou o puiuiú.

— Põe macabra nisso — respondeu Severino. — Quem escreveu meu nome, ele ou o assassino?

— A opinião da perita é que foi o próprio Bruno — explicou Antonieta. — O ataque aconteceu na sala. Acho que o assassino, acreditando no sucesso de sua ação, seguiu seu caminho. Bruno aproveitou o pouco de vida que tinha e escreveu seu nome como pista para nossa investigação.

— Por que meu nome? Não conheço o marmanjo, nunca vi na vida.

— Bem... — Antonieta sentou-se do outro lado da mesa, encarando Severino através dos pixels translúcidos do holograma. — Uma das perguntas martelando em minha cabeça no momento é: "Por que Batoidea?" Pelo que pude levantar rapidamente do seu histórico, você tem vivido os últimos dez anos em Cabula XI.

— Boa pergunta.

Severino tentou se esconder atrás de um sorriso cativante, mas falhou. Sua amiga conhecia bem suas táticas de sedução e não caía facilmente em seus truques de araque.

— Beleza... Bonfim e eu, a gente se meteu numa investigação meio cabeluda faz o quê? Um mês?

Ele se virou para o melhor amigo, em dúvida.

— Um mês cabulense — respondeu o puiuiú.

— Isso. Os pormenores são irrelevantes, mas eis o resumo da ópera: mulher traída queria descobrir a identidade do responsável pelo par de chifres. Nossas investigações nos levaram a um mantodeano em Batoidea. Um Carcará Violeta.

— Wanawiba? Sério?

— Isso. Esse era o nome dele. Vocês trabalham juntos?

— Batoidea é uma jurisdição pequena, dividimos o mesmo escritório.

— Galáxia pequena — comentou Bonfim em tom jocoso.

— Um ovo de codorna, aparentemente — complementou Antonieta.

— Pois bem, foi isso — disse Severino.

— Será que foi esse caso que levou o Bruno e o Elias a procurar vocês lá em Batoidea?

Os olhos de Antonieta, duas pérolas negras, se perdiam na pequena nuvem de fumaça que dançava sobre seu chá de camomila.

— Deve ter sido. Você não tem ideia do que eles estavam investigando? — perguntou Bonfim.

— Estou tentando raquear o sistema operacional no uniforme do Elias, mas ainda vai demorar um tempo, e nada garante que eu tenha sucesso. Contudo, eu consegui acesso aos últimos e-mails que os dois trocaram. Vamos dar uma olhada.

Antonieta mexeu mais uma vez na interface de seu uniforme e compartilhou com os companheiros as conversas eletrônicas entre os dois Carcarás assassinados. O olho de Severino fitou duas palavras que há dez anos ele não pronunciava.

— Carnegão Fumegante... — anunciou, em tom de descrença.

— Sim. Nome estranho, não é? O Bruno diz que *está perto de encontrar o Carnegão Fumegante*, seja lá o que isso seja. Eu suspeito se tratar de um lugar.

— Não é um lugar... — O olho humano de Severino, desprovido da habilidade de ver a morte alheia, era capaz de muito mais naquele momento, pois visitava o passado, lembrando o sorriso travesso de seu irmão. — Carnegão Fumegante é uma pessoa.

— Você conhece?

— Antonieta, Carnegão Fumegante foi o apelido que Jeremias e eu demos para o Clapsson Tergonvier.

Severino se referia ao Acauã Cinábrio de sua época. Os três estavam no meio de uma investigação sigilosa quando uma explosão matou Jeremias e Clapsson, e acabou custando um dos braços e um dos olhos de Severino.

— Clapsson Tergonvier está vivo? — Antonieta examinou mais uma vez o e-mail trocado entre os Carcarás Carmesins. — Ele sobreviveu à explosão?

Severino se levantou, os passos perdidos e inquietos.

— Eu sobrevivi, e capaz de ele também ter sobrevivido. No julgamento da minha exoneração, apresentaram um atestado de óbito, mas o documento pode ter sido forjado. Os desgraçados apresentaram muitas informações fabricadas, então não duvido é de nada. Mas se ele está vivo, por que nunca me procurou? Por que não falou nada durante o julgamento e após minha exoneração? A investigação era uma ordem dele. Ele conhecia a verdade melhor que todos.

— Severino, não caia nessa. Respire. — Bonfim conhecia o amigo, sabia exatamente o peso daquele trauma. — A gente não sabe se isso significa que Clapsson está vivo.

— Bonfim, ninguém mais conhecia esse apelido. Quando a gente começou a investigar a ProPague, ficamos muito próximos. O apelido era uma brincadeira que só fazíamos quando estávamos a sós.

O silêncio reinou no interior da nave Carcará. Severino estava acostumado a lidar com os ecos de uma vida partida, mas não fazia ideia do que fazer quando, aparentemente, os mortos estavam levantando de seus caixões.

— Teremos mais detalhes assim que eu tiver acesso às informações coletadas pelo Elias Ribeiro. Até lá, acho melhor a gente evitar teorias e conjecturas. Isso só vai atrapalhar nossa investigação — disse Antonieta.

— Você tem razão.

Severino se deitou em um dos sofás e fechou o olho, fazendo de tudo para não se afogar no mar de perguntas que inundava sua mente. Em um estalar de dedos, o passado já não era mais o mesmo, e sem um porto seguro para se firmar, o homem se sentia à deriva, questionando tudo a seu redor.

— A gente tem que descobrir que porra é essa, Bonfim. — Olho de Dendê suspirou. — Nem que eu morra no processo, a gente vai resolver esse caso.

6

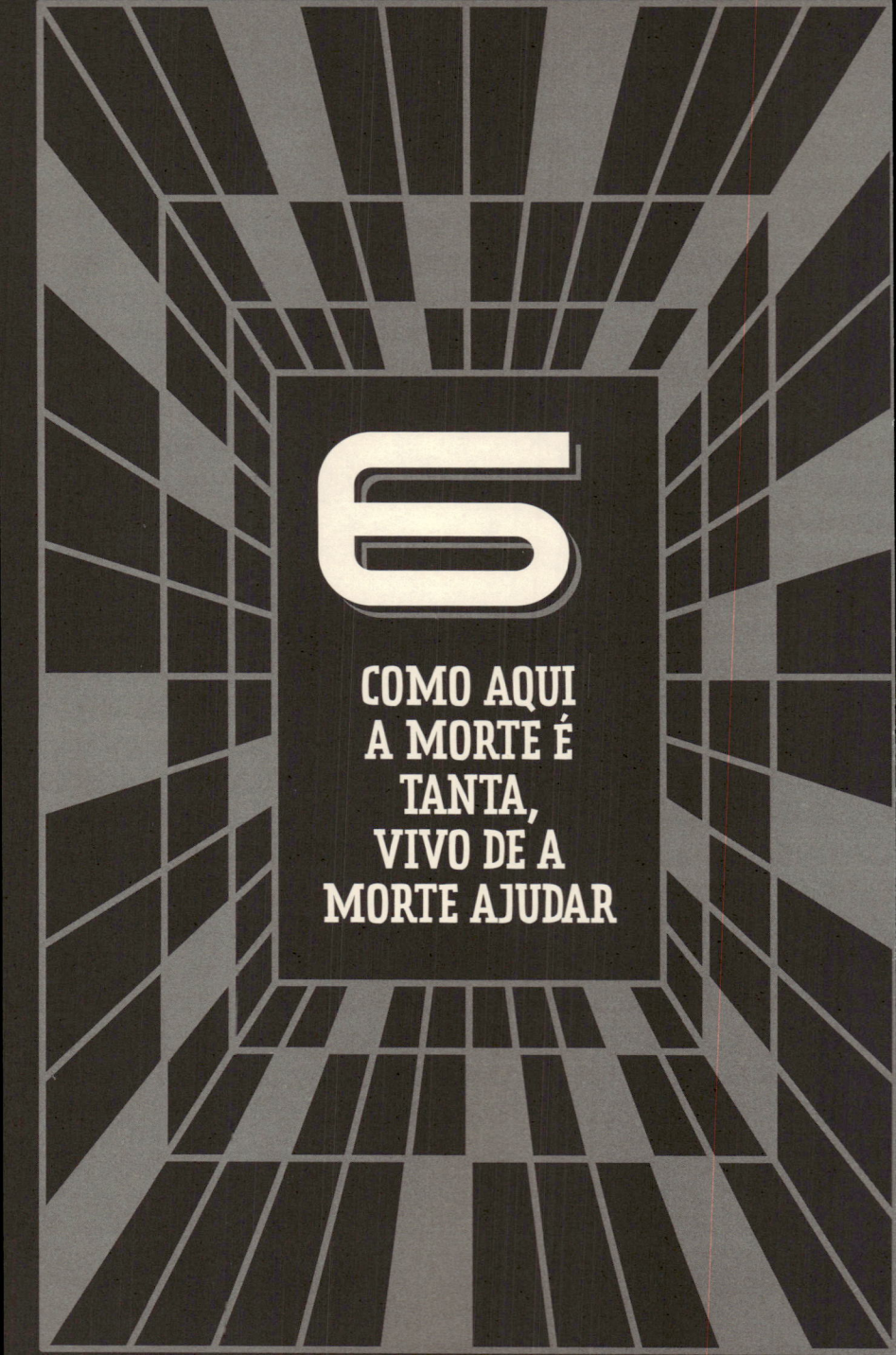

COMO AQUI A MORTE É TANTA, VIVO DE A MORTE AJUDAR

O ontem, ele passou,
nunca mais que vai voltar.
Com suas consequências,
a gente deve lidar.
Tem cicatriz que sangra
até o caixão fechar.

Somos feitos, todos nós aqui,
de palavras e de histórias.
Nossas identidades, sim,
são nada mais do que memórias.
Nossas conquistas e derrotas,
alegrias, choro e glórias.

Sem a lembrança do ontem,
o hoje não se sustenta.
O passado é um pilar
que tudo aguenta.
Laço que prende as coisas,
que jamais se arrebenta.

Neste próximo capítulo,
o ontem vamos revirar.
Recordar as dores regressas,
que jamais podemos superar.
Marcas que não parecem sumir,
capazes de nos eviscerar.

Devemos sempre escutar
as palavras das anciãs.
Em suas sabedorias,
os segredos dos amanhãs.
Todas rugas conquistadas
são verdadeiros talismãs.

A CIDADE DE NOVA MALHADA DA CAIÇARA ficava próxima à região conhecida como Recôncavo Vermelho, que recebia tal nome porque setenta por cento do óleo de dendê do Sistema Sucupiral provinha de lá. Milhões de hectares, todos dedicados à plantação de dendezeiros, se estendiam pelo estado de Luís Gama, tornando-o um dos polos mais produtivos do planeta. Nova Malhada da Caiçara, contudo, era um município humilde, sem prédios suntuosos ou mansões gigantescas, apenas roçados de subsistência, algumas cabeças de gado e uma vida mais quieta e sem tanta ambição.

Era lá, também, que morava a mulher mais reta da galáxia todinha.

Ao descer da nave, Severino e Bonfim se viram imediatamente cercados por meia dúzia de guerreiras fortemente armadas, seus corpos protegidos por gibões e chapéus de nanocouro. Ao testemunhar o cano de uma M. Felipa 1873, Severino se viu mais uma vez submerso no passado: conhecia bem aquele pedaço de chão, estava mais do que acostumado com os procedimentos e táticas de defesa das mulheres sob o comando de Dinha.

— Calma, calma, calma! — O homem forçou um sorriso confiante e levemente debochado. — Trouxemos presentes.

— Quem é você? — berrou uma das mulheres mais próximas a ele, apontando seu rifle na direção de Severino.

As guerreiras, contudo, baixaram as miras assim que Antonieta saiu da nave, seu uniforme cromado brilhando como uma estrela, reluzindo o vermelho que identificava sua ocupação.

— Eu sou a Carcará Carmesim Antonieta Capitolina Macabéa, e estamos aqui para conversar com Dinha.

— Nossa Matriarca não está aqui, inspetora, mas podemos avisá-la que você a procurou.

— Olha só, eu conheço essas suas respostas padrão. — Severino se fez de engraçado. — Faz o seguinte: aperta aí seu comunicador e avisa que Severino Xique-Xique está nas redondezas. Só diga isso e veja se uma resposta não vai chegar rapidinho dizendo que Dinha quer nos ver.

A guerreira puxou o comunicador próximo ao ombro, apertou o botão e alertou a todas as companheiras nas proximidades da presença do homem e do resto do bando. Severino encostou na lateral da nave, cruzou os braços e encarou Bonfim, piscando para o melhor amigo repleto de confiança.

— Certeza? — perguntou a mulher em seu comunicador.

Severino sorriu.

De repente, todas as armas se ergueram na direção do homem, que levantou os braços o mais rápido que pôde.

— Uou-uou-uou-uou-uou!

— Eliminar o alvo? — questionou a mulher em seu comunicador.

— Pera, pera, pera, porra! Sou eu, Severino! Severino Xique-Xique, caralho!

Antonieta também estava com as patas erguidas, indefesa diante do batalhão de Paladinas, que fechou o cerco mais rápido do que ela poderia antecipar.

— Sugiro que pensem bem antes de agir. Matar uma oficial da Federação Setentrional não vai cair bem para as Paladinas do Sertão — disse a inspetora, com a voz firme.

A líder do batalhão, contudo, ignorou Antonieta e se aproximou de Severino com passos ameaçadores, o cano de sua carabina mirado diretamente entre os olhos do homem. Assim que a arma estava pressionada contra a testa dele, Severino ponderou sobre a possibilidade de morrer sem antes saber o que havia acontecido para que um Carcará Carmesim escrevesse seu nome com sangue. Ao constatar que tal pensamento, desprovido de qualquer valor sentimental ou profundo em sua vida, poderia ser o último, ele se viu obrigado a confrontar a triste verdade: por mais que temesse o abismo que era o grande silêncio, havia muito pouco que o prendesse à vida.

— Relaxe, Severino Xique-Xique. — Bonfim riu, rompendo com toda a tensão do momento. — Eu consegui escutar a resposta no comunicador. Isso tudo foi só para te assustar.

— A ordem, na realidade, veio de nossa Conselheira — explicou a Paladina. — Algo sobre fazer uma parte bem específica do teu corpo piscar.

Severino riu com a troça.

— Piscou como árvore de Natal. — O homem fez uma mímica com a mão humana, abrindo e fechando os dedos em um ritmo padronizado. — Deveria saber que isso era coisa da Margarida. Para uma mulher tão chique e fina, ela sempre teve um senso de humor esquisito.

— Vamos.

A mulher encaminhou o grupo em direção a uma plantação de dendezeiro, que, graças à forma como as árvores foram plantadas, criavam verdadeiros túneis naturais. As demais Paladinas do Sertão seguiram a líder em uma formação estratégica, acompanhando os visitantes com armas em mãos. O trio foi conduzido até uma pequena casa de pau a pique com uma porta de madeira azul, cuja tinta já estava bem gasta e rala. Dentro, encontraram um único cômodo transformado em museu, com fotos, jornais emoldurados e artefatos da Guerra Civil Brasileira de 2513. Severino conhecia bem aquele casebre, um "cantinho de memória", como Filomena chamava. Era lá que a Matriarca preservava as relíquias e os registros de uma luta que não parecia ter fim.

— Aguardem aqui. Vou buscar Dinha.

Antonieta andou até uma das fotos e a examinou. Era a imagem das integrantes originais das Paladinas do Sertão, posando para a câmera, todas trajadas para o combate e de armas em punho.

Após a criação dos motores Guineensis, o Brasil se viu no meio de uma inesperada inversão de poder. Sedentos pela chance de abocanhar o capital que passou a transitar no Norte e no Nordeste, os Estados Confederados do Sul se alinharam para invadir a Bahia e o Pará, os novos polos econômicos nacionais, dando, assim, início à Guerra Vermelha e levando, por consequência, à criação das Paladinas do Sertão.

Enquanto Antonieta se perdia nos fragmentos de um tempo passado, Severino permaneceu na porta, debruçado na lateral, encarando as Paladinas que permaneceram no perímetro, responsáveis por manter vigia nos visitantes nada convidados.

— Elas não brincam em serviço — comentou Bonfim.

— Nem um pouco. Eu acho que nunca vi a Filó se atrasar para algo em sua vida. A mulher fazia britânico parecer atrasado. Disciplinada até a última molécula do corpo — disse Severino.

— Ela era uma mulher e tanto.

— É — corrigiu Severino. — Ela é uma mulher e tanto.

— Que vida Dinha viveu. — Antonieta continuava examinando as fotos e os recortes de jornais pendurados nas paredes do pequeno museu. — Estranho pensar que hoje ela é a inimiga número um da Federação, sendo que, sem ela, a União Setentrional jamais teria vencido a Guerra Vermelha.

— Eu já visitei mais de trezentos planetas. Conheci minha cota de humanos e alienígenas, e posso afirmar, Tiê: ninguém faz brisa na Dinha.

— *Estados Confederados do Sul se rendem após a Batalha de Itabatã.* — Antonieta leu a primeira página de um antigo jornal que estava emoldurado logo acima de um mosquetão Mauser.

— É. — Severino estava de costas, atentamente analisando as guerreiras que o cercavam. Não precisou se virar para saber o que estava exposto na parede do pequeno museu. — Esse rifle aí é o que ela usou durante a batalha. A Peste Vermelha.

— Albérico sempre falava dela com um sorriso bobo na cara — contou Antonieta, examinando a insígnia das Paladinas do Sertão que estava talhada na coronha do mosquetão.

— Pude conhecer bem seu pai, Tiê. Se tem algo que posso afirmar sem medo de errar, é isto: o velho amou Dinha.

Severino voltou sua atenção para o interior do museu. Durante seu namoro com Filomena, ela constantemente o levava para aquela casinha de pau a pique, compartilhando histórias e detalhes curiosos da Guerra Vermelha. Os olhos de Filó, arroxeados como duas jabuticabas, sempre brilhavam de orgulho quando o assunto era a mãe. No canto perto da porta de entrada, desenhado na parede rachada, estava parte da canção que as Paladinas do Sertão usavam para se preparar para o combate: *Mangaba, cambuí, araçá. Cajá-umbu, caju, mané-veio. Nicuri, coco verde, gajirú.* Logo acima do cântico, pichado com spray verde, estava o grito de guerra das mulheres lideradas por Dinha. Palavra velha e cheia de poder.

Yalodê.

Ao se ver cercado pelos registros de uma guerra que moldou o destino da humanidade, Severino se viu obrigado a confrontar memórias que há muito tempo evitava revisitar.

— Não é curioso pensar que a maior invenção do velho Albérico foi o estopim da Guerra Vermelha e que Dinha foi uma das responsáveis em pôr um fim nela? — perguntou Bonfim.

— De tempo em tempo o infinito gosta de fazer linhas paralelas se encontrarem — ecoou uma voz rouca, gasta pelo tempo.

— Dinha. — Severino suspirou.

A velha sorriu. A pele preta, tão rachada como a parede de pau a pique, revelava em cada pequena dobra evidências de uma vida bem vivida. Os olhos, como se já tivessem visto tudo que podiam ver, eram apertados, quase fechados, nada mais que dois finos traços em um rosto maciço e vibrante. A cabeça era protegida por um turbante branco, que escondia o cabelo já completamente grisalho e ralo, e o corpo lutava para não se curvar diante de uma gravidade que cada dia parecia mais ambiciosa. A seu lado, uma guerreira a amparava.

Severino se aproximou da velha, pegou sua mão, repleta de veias sobressalentes, e beijou.

— Bença.

— Deus te abençoe, meu querido — disse a mulher. — E que Oxalá, seu pai, te dê paz. Achei que não te veria mais nesta vida.

— Esse era o plano, Dinha...

— E o que é que te traz aqui, Severo Xique-Xique?

A boca negou a resposta pronta.

— Dinheiro — respondeu Bonfim após alguns segundos de silêncio.

— Dinheiro — repetiu Severino em tom apático, sem vida, e sem um traço de verdade.

— Ahhhh... A situação não deve estar nada boa para que esteja na companhia de uma Carcará Carmesim — comentou Dinha.

— Antonieta é uma velha amiga.

— Eu conheço Antonieta. Albérico falava muito dela. Ainda trajando esse uniforme de assassina, querida?

— *Eu tive felizmente bastante lucidez para descobrir a estrada do dever, e nela estou e nela prosseguirei.* — A inspetora não se intimidou perante a provocação — A Federação é o que mantém ordem na galáxia.

— Como se ordem, por si só, fosse coisa boa. Uma fila de abate toda organizadinha ainda assim termina em matadouro.

— Dinha... — interrompeu Severino. — A gente não está aqui para fazer com que Carcarás Carmesins e Paladinas do Sertão se deem as mãos e cantem "Quem tem um amigo (Tem tudo)". Eu trouxe uma coisa. — Ele tirou do bolso da camisa um aparelho móvel e o depositou, gentilmente, nas mãos da velha. — Esse celular gravou o assassinato do jovem Marcos de Oliveira Timoneiro.

Dinha suspirou, assim como a guerreira que estava a seu lado.

— E?

— Com ele, você vai provar a inocência de Jonas.

— Axé, meu querido — comemorou Dinha. — Axé.

— Axé — respondeu Severino com ternura.

— Fátima, leve isso para nossa Conselheira e peça que analise o material o mais rápido possível. Quero o Jonas fora da cadeia pra já. Quanto a você, Severo, só preciso de sua conta para transferir a recompensa.

— Eu te passo, Dinha.

— Antes de você ir, podemos conversar um cadinho? — perguntou a Matriarca.

— Oficórssimente...

Dinha esticou o braço, e Severino o segurou, servindo de apoio para ela, que o conduziu para longe da casa de pau a pique, em direção às plantações de dendezeiro. O vestido da Matriarca era longo e quase beijava a grama rasteira e bem tratada do rancho. Os passos eram vagarosos e cautelosos, sem pressa alguma por ambas as partes.

— Presumo que, uma vez que entre na nave da Carcará, eu não te veja mais — disse Dinha.

— Eu sei que nada vai fazer você me perdoar por ter ido embora, mas é o melhor, Dinha.

— Perdoar...? Não cabe a mim perdão, não. O que me cabe é compreender. Se você diz que acha que é para o melhor, eu te conheço e te entendo. Mas não vejo assim. Sabe, não me resta muito tempo neste mundo, querido.

— Você vai enterrar todos nós, Dinha.

— Deus que me livre e guarde. Viver é bom, mas já ganhei o que tinha que ganhar neste mundo. Já disse tudo que tinha de importante para falar. Agora, me resta conquistar a última coisa que ganhamos em vida: o silêncio verdadeiro.

— Dinha...

— O passado é coisa que a gente não larga, Severo. É sombra que acompanha a gente até na escuridão. Quando o Sul tentou invadir nossa terra, coloquei o chapéu e o gibão de couro. Você sabe por quê?

— Porque dava medo.

— Porque dava medo. — Ela apertou o antebraço de Severino, um sinal de concordância e alegria. — Porque nossos adversários lembrariam que a gente é carne de pescoço.

Lembrariam de Conselheiro, lembrariam de Virgulino e Maria Bonita, de Corisco e Dadá. As coisas que não têm peso, mas que a gente carrega ainda assim.

— Dinha...

— Nunca entendi você nos deixando...

— Eu morri, Dinha. — A voz de Severino ganhou um tom desolado que a mulher nunca tinha escutado. — Morri naquela maldita explosão. Morri com meu irmão e com o Clapsson Tergonvier. Mas, por algum motivo, a morte esqueceu de me levar. Me deixou aqui. Quando o Albérico me tratou, quando colocou metal para repor os estragos da explosão, não pensou nas coisas que eu perdi que não podiam ser trocadas ou consertadas. Quando eu acordei naquela cama de hospital, todo mundo celebrou minha sobrevivência, todo mundo disse que era um milagre eu estar vivo, quando, na realidade, eu não sentia nada daquilo. Era como se eu fosse uma fotografia viva, uma projeção perpétua de um momento. O que ficou foi a ideia. A ideia do homem que eu deveria ser. Foi quando passei a fingir. Fingir que eu era eu, mesmo quando não havia mais nada dentro de mim. Aí o Albérico morreu, depois fui exonerado e... eu não conseguia mais fingir com Filó. Não era justo com ela... Então, foi pelo melhor.

— Você me parece bem vivo.

— Fingimento aprimorado por dez anos, Dinha — disse Severino, tentando ser engraçado.

— Meu filho, já ouviu a história do Cego Aderaldo?

— Não.

— Maior poeta nosso povo jamais teve, se minha opinião vale para qualquer coisa. Segundo o próprio Aderaldo, ele aprendeu a rimar depois de perder a visão. Quando ficou cego, as pessoas pararam de ir na casa dele, achando que ia ficar pedindo coisas, achavam que ele só precisava de ajuda.

Perder algo dói, mas tudo é construção do eu. Ele mesmo disse: perdeu a cor das paisagens, mas ganhou as rimas e os repentes.

— Este não foi meu caso, Dinha.

— Minha filha ainda sente sua falta, querido.

— Dinha...

Após um curto silêncio, ela perguntou:

— O que é que você lembra de seu avô Raimundo?

— Mas que pergunta do nada — comentou Severino.

— Velhos só fazem perguntas do nada...

— Me lembro que ele fumava cachimbo. Que pintava e gostava de contar lorotas. Culhudeiro de primeira.

Ao longe, o canto solitário de um sabiá.

— Avôhai Callado foi um grande homem, meu filho. Mas veja só o que você carrega dele dentro de si. O que ficou não foi o guerreiro, não foi o brilhantismo tático que tinha. Não foram os feitos e as medalhas. O que restou dele em você é bem maior do que aquilo que o nome consegue carregar depois que perde a carne. O legado é indiferente. O legado é para os outros. A pergunta crucial é: o que quer conquistar nesta sua única vida, Severo? O que quer plantar e o que quer colher?

— Eu não sei.

— Eu venci uma guerra, querido. Eu conheci a galáxia e espalhei as Paladinas do Sertão por todos os sistemas que o homem conhece. Perdi irmãs, perdi a chance de uma vida quieta, perdi a paz, perdi meus maridos... Nesse tempo todo, descobri que viver é uma coleção de perdições. O segredo é este: a última coisa que você perde na vida é também a primeira coisa que ganha. E quando só te resta perder isso, você começa a pensar muito nas coisas que ficaram no caminho. Os rastros que você deixou o vento leva, os monumentos eventualmente tombam, as palavras, algumas ficam, mas o que é garantido de propagar, meu querido, são as conexões.

Bilhões e trilhões de fios que vão se tocando e se multiplicando, mirando o infinito. É a coisa mais comum e também a mais preciosa desta vida.

— Eu também sinto falta de Filó, Dinha — confessou Severino. — Ela é uma das melhores coisas que aconteceu na minha vida. Mas um copo quebrado não serve mais para beber. Ele serve só para cortar.

— Nunca te tomei por um poeta tão fatalista.

— Eu morri naquela explosão. E morrer só traz prejuízo. — Novamente, tentou ser engraçado.

— Você precisa decidir por uma metáfora melhor. Morto não tem cicatriz, morto tem só a carcaça. Você ainda sangra, ainda sente dor, e isso é fruto do fio que te conecta à vida. — Após alguns segundos pensando, a velha continuou: — Aquela maldita explosão! Eu sempre lhe disse que ser um maldito Carcará Carmesim era seu maior defeito.

— Bem, ser um Carcará parecia meu maior atrativo para a Filó — retrucou Severino, com um sorriso travesso.

— Ahhh, mas é lógico que ela ia cair nas graças de homem problemático. Quem sou eu para julgar, não é? Tá no sangue dela. Mas isso não explica o que você está fazendo na companhia de uma Carcará agora. Mais do que qualquer outra pessoa, você deveria saber o tipo de instituição que a Federação é.

— A Federação pode ser podre, Dinha, mas Antonieta é um dos melhores seres que conheci. Jeremias e ela se adoravam. Hoje, ela me salvou e está arriscando tudo que tem para me ajudar.

Dinha balançou a cabeça, atenta às palavras de Severino.

— Interessante — disse a Matriarca.

Os dois haviam caminhado em um imenso círculo, voltando para a entrada do pequeno museu de pau a pique. Antonieta e Bonfim aguardavam do lado de fora, cercados por cinco Paladinas do Sertão.

— O puiuiú com fitinhas do Senhor do Bonfim já nos passou a conta bancária e a transferência já foi feita. — Uma das Paladinas se aproximou de Dinha e ofereceu seu braço como apoio, mas a Matriarca recusou, encarando Antonieta.

— Vamos conduzir nossos convidados de volta à nave deles — ordenou Dinha. Então esticou a mão em direção à filha do homem que amou. — Enquanto seguem na frente, Antonieta pode me acompanhar.

Tiê estranhou aquela demonstração de confiança, mas não havia uma fibra sequer em seu corpo que tivesse a pretensão de ser deselegante. A Matriarca abraçou o volumoso antebraço da capivara, usando-o como apoio.

— Acho que já passou do tempo de você e eu prosarmos um pouco.

— Passou? — Tiê se sentiu descolada da realidade.

Ao contrário do que a proposta de Dinha sugerira, as duas ficaram de boca fechada durante os primeiros passos, cada uma ruminando os sentimentos conflitantes que guardavam dentro de si.

— Eu já senti muita coisa na vida, Antonieta — começou a Matriarca —, mas nada, absolutamente nada, se compara à dor que senti quando aceitei minha solidão neste mundo.

A luz do sol atravessava as folhas dos dendezeiros, desenhando sombras e padrões na grama bem cuidada. Uma brisa fresca corria pelo terreno, balançando o vestido branco de Dinha. Ao ser cortado pelas árvores e seus galhos, o vento virava um assobio gostoso, música que a natureza mesmo orquestrava.

— A viagem do eu é uma viagem solitária — continuou Dinha. — Não há copilotos, não há passageiros. Só você e o brilho das estrelas. E aceitar isso é doloroso, pois, diante da dor, tudo que a gente quer é não estar lá quando ela acontece. Eu criei as Paladinas por muitos motivos, mas confesso:

o principal deles foi querer fazer parte de algo. Eu queria alguém para segurar minha mão quando os olhos estivessem tomados por lágrimas tristes.

— *Sim, minha força está na solidão. Não tenho medo nem de chuvas tempestivas nem das grandes ventanias soltas, pois eu também sou o escuro da noite.*

— Albérico me disse que você amava citar livros.

— Aprendi com ele. — Um sorriso rasgou o rosto da capivara.

— Severino me disse que confia em você.

— E eu confio nele também.

— Depois de tanto tempo andando por esses planetas, atravessando a galáxia, devo dizer que jamais achei que estaria de braços dados com uma Carcará.

— Estou surpresa também, Matriarca — disse Antonieta.

— Severino gosta de você. Albérico foi teu pai. Essas coisas precisam ser mais importantes do que o uniforme que escolheu, menina. Por mais berrante que ele seja. — Ela cutucou Tiê, que riu. — Mas, voltando ao ponto que eu falava: a solidão do *eu* termina quando encontramos o *nós*. E me desculpe a sinceridade de velha que tem pouco a perder neste mundo, mas uma olhada para você e eu nem preciso jogar búzios nem de Exu sussurrando no meu ouvido para saber que você tá caminhando sozinha por muito tempo, Antonieta Capitolina Macabéa.

Tiê baixou a cabeça e concordou.

— Algo dentro de mim me faz acreditar que você diz para si mesma que essa solidão é normal, que essa solidão é fruto de ser diferente, de ser quem você é — expôs a Matriarca.

Tiê assentiu.

— Sabe o que eu diria? — perguntou Dinha.

— O quê?

A mulher encarou a Carcará.

— Eu não daria uma resposta, com certeza. Eu te faria uma pergunta: as pessoas com quem você escolheu trabalhar, as pessoas que você defende e a ideia que você estampa em seu uniforme, elas seguraram sua mão quando seus olhos estavam tomados por lágrimas tristes?

Novamente, o silêncio disse tudo.

— Se faça essa pergunta novamente, Antonieta — aconselhou Dinha. — Caso contrário, se insistir em se ancorar em pessoas ausentes, a solidão vai para sempre te acompanhar.

Os pelos de Antonieta se arrepiaram. Ela suspirou, e o ar que encheu seus pulmões pareceu mais denso, cada fibra de seu peito se esticando, crescendo. Ela se sentiu preenchida por uma calma um tanto borocoxô, como um livro que finalmente tinha suas páginas preenchidas, mesmo que as palavras não fossem todas alegres.

O grupo chegou ao local onde Antonieta havia pousado sua nave. Dinha largou o braço da capivara e foi ajudada por uma de suas guerreiras.

— Então presumo que seja um adeus... — A velha fitou Severino com olhos tenros.

— Presumo que sim.

— Axé, Severo Xique-Xique. Que você encontre paz.

— Julgando pela qualidade do caso em que vou me meter, duvido que seja isso que eu encontre, Dinha. Parece ser coisa grande. Mas obrigado. Axé.

Severino, Bonfim e Antonieta se encaminharam de volta à nave da inspetora Carcará. Dinha permaneceu parada, seus olhos acompanhando a poeira que era levantada pela decolagem, certa de que Severino embarcava em direção a uma emboscada.

— Joselina, entre em contato com nossa Salvaguarda e diga que tenho uma missão para ela.

7
CONHEÇO TODAS AS ROÇAS QUE NESTA CHÃ PODEM DAR

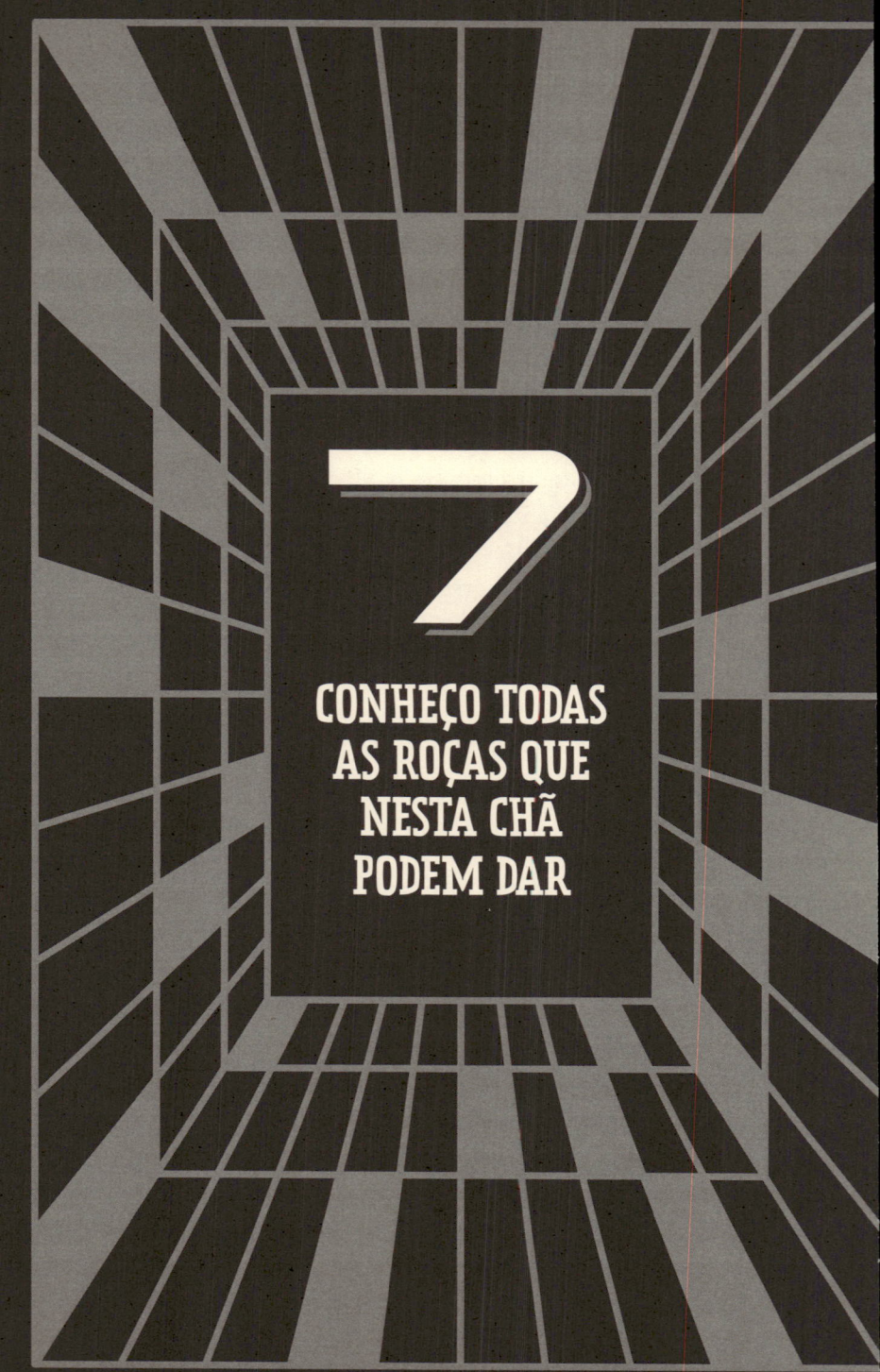

Eis que os pontos apresentados
entram em perfeita convergência.
A junção, ela será intensa,
apesar de toda divergência.
E coitado do leitor que disser:
"Ah, mas é muita coincidência."

Linhas retas e paralelas
só se acham no infinito.
Pelos sábios e eruditos,
isso já foi bastante dito.
Mas o infinito é tudo,
até algo "não acredito".

A negação do fantástico
é o mais puro do engodo.
Verdade vive escondida,
perdida no meio do lodo.
Milagres, acreditem em mim,
acontecem o tempo todo.

O destino é a história
com os pontos todos traçados.
Cê pode tentar divergir,
e eles voltam alinhados.
Ainda mais em narrativa assim,
de corações apaixonados.

AO RETORNAR À NAVE, ANTONIETA ACIONOU o piloto automático e voltou sua atenção à tarefa de tentar acessar os dados no uniforme de Carcará Elias. Os três estavam novamente no compartimento de mantimentos, cada um em seu canto. Bonfim notou que o comportamento de Severino havia mudado drasticamente após sua conversa com Dinha. Era como se o homem tivesse baixado todas as suas defesas, retirado a carapaça que o protegia, apenas aguardando ser derrubado pela menor das brisas. O puiuiú conhecia bem o passado de Severino, testemunhou de perto o inferno que foi a vida dele após a explosão que matou seu irmão, e constatar o estado do melhor amigo o encheu de culpa e arrependimento. Bonfim insistiu naquele caso porque acreditava que seria algo bom para Severino, catártico — até mesmo o reencontro com Dinha. Julgava que aquele momento seria fundamental para que enterrasse de vez o passado, mas, aparentemente, não foi isso que aconteceu. Para piorar tudo, eles estavam prestes a encarar uma investigação que provavelmente cutucaria algumas feridas ainda abertas, e o puiuiú sabia que seu parceiro precisaria estar forte para superar tais obstáculos.

— Olho de Dendê, você está bem? — perguntou Bonfim.

— Tô — respondeu ele sem muita convicção. — Nada como ser atropelado por um rolo compressor.

— Desculpa. Não achei que encontrar Dinha fosse te abalar tanto.

— Oxente. Bola pra frente, meu rei. — Severino inspirou fundo, levantou da cadeira e encarou o holograma no centro da mesa. — Alguma novidade acessando os dados dos Carcarás assassinados, Tiê?

— Nada ainda — respondeu a capivara, que estava diante da mesa holográfica, futucando nos comandos eletrônicos.

— Você acredita que vai conseguir?

— *O otimista é um tolo. O pessimista, um chato. Bom mesmo é ser um realista esperançoso*, Severino. A verdade é que o sistema de segurança da Federação é melhor do que qualquer ferramenta que eu tenha a meu dispor. — Ela largou o dispositivo que pertenceu ao Carcará Elias sobre a mesa. — Tudo que sabemos é que iniciaram a investigação na Terra, acabaram em Batoidea e que você, de alguma forma, está no meio disso tudo.

— Não é muito — comentou Bonfim. — Você não pode acessar as investigações deles oficialmente?

— Tenho acesso, mas não há nada nos registros que explique o porquê de estarem investigando algo em Batoidea. Não há ordem de transferência, não há nada. Severino, a única pista que temos no momento é você e o fato de reconhecer o nome Carnegão Fumegante. Me fale sobre o que aconteceu dez anos atrás.

Severino desabou sobre uma das cadeiras.

— Clapsson Tergonvier começou a suspeitar de certas discrepâncias nas papeladas da ProPague. Como ele sabia que a empresa tinha bolsos fundos, com muitos contratos e lobistas dentro da Federação, optou por uma investigação sigilosa para averiguar as irregularidades nos documentos apresentados. Clapsson convocou meu irmão e a mim para ajudar na investigação. Obviamente, a gente topou na lata. Afinal, era a porra do Clapsson Tergonvier, nossa chance de chamar a atenção da Federação. Logo nos primeiros relatórios, a gente descobriu que a empresa estava sonegando diversas despesas, uma cacetada segura de grana. Entre essas sonegações, centenas de hectares de terreno no interior do Pará. A primeira ordem de Clapsson foi investigar a propriedade comprada, descobrir que porra podia ser. E lá fomos nós. O que a gente encontrou foi um imenso galpão, ainda em construção. Havia equipamentos de ponta, laboratórios, oficinas, parecia coisa saída de filme de ficção científica. Coisa big mesmo. Mas a gente não encontrou uma alma viva ou algo que explicasse o motivo por trás da construção. Nenhum documento, nenhuma nota fiscal. Eu estava do lado de fora, checando as mensagens no meu celular, e, do nada, tudo ficou preto. Quando acordei, estava na cama do hospital, todo lascado, e descobri que meu irmão e meu supervisor haviam morrido na explosão.

Antonieta se recostou na cadeira e encarou o amigo.

— Depois disso — continuou Severino —, a Federação alegou que Clapsson estava agindo em nome dos objetivos dele e que fui vítima de suas ações, por mais que eu negasse. Fui exonerado por não ter denunciado meu superior, e cá estamos. — Ele levantou as mãos ironicamente.

— E a ProPague nunca foi investigada?

— Livres, leves e soltos, como as bolas de um velho numa praia nudista.

— E foi durante esse tempo de investigação que vocês desenvolveram uma relação com Clapsson Tergonvier e o apelidaram de Carnegão Fumegante? — perguntou Antonieta.

— Sim. Era uma brincadeira entre nós três.

— Está evidente que não ficou entre vocês — corrigiu Bonfim. — Alguém mais conhece esse nome.

— Ou um dos dois sobreviveu à explosão — concluiu Antonieta.

Severino levantou o rosto e encarou seus amigos. A possibilidade de que Jeremias pudesse estar vivo era, ao mesmo tempo, maravilhosa e aterrorizadora.

— Não é possível... — comentou ele.

— Você mesmo disse que era possível Clapsson estar vivo. Se acha que eles podem ter inventado provas falsas sobre a autopsia de Clapsson, o mesmo, teoricamente, pode ser dito de seu irmão.

— Não, não pode. — Pela primeira vez, havia raiva na voz de Severino. — Meu irmão jamais passaria dez anos sem entrar em contato comigo.

— Concordo com Severino — disse Bonfim. — Essa história me parece coisa de novela das nove. Pior. Novela das seis. Deve haver uma explicação mais óbvia.

O comunicador da nave começou a piscar, indicando o contato de alguém dentro da Federação. Antonieta correu até o monitor que ficava no cockpit, uma cabine bastante espaçosa, com mais cinco assentos para copilotagem. Ela tentou decifrar a origem da chamada, mas a ligação estava protegida por medidas de segurança avançadas e superiores a seu sistema. Relutante, a capivara atendeu a ligação. Para sua surpresa, quem entrava em contato era ninguém menos que Juventino Marrone. O rosto do Arribaçã preencheu o monitor, seu bigode característico fácil de reconhecer. Com um currículo brilhante durante o seu serviço como um Urubutinga, e após liderar a missão que matou os terroristas Artur Costa e Artur Silva na Revolta de Cajazeiras XX, Juventino se tornou um dos nomes mais reconhecidos da organização militar. Somente algo grandioso faria um oficial renomado como ele entrar em contato com uma inspetora desconhecida como ela.

— Carcará Carmesim Antonieta falando.

— Olá, Antonieta. Juventino Marrone falando.

— Olá, senhor, que honra. No que posso ajudar?

— Seu canal de comunicação não é seguro, e logo seremos detectados, então serei o mais breve possível. Acabei de ver no sistema oficial de Batoidea que você está investigando o assassinato de dois agentes da Federação. Carcará Antonieta, preste atenção, Elias e Bruno estavam trabalhando sob ordens minhas. Eu acredito que foram assassinados pelo que descobriram na Terra. Também acredito que você pode estar em risco. Estou a caminho de Batoidea, preciso conversar com você.

— Senhor, no momento estou em Cabula XI.

— Cabula XI? Que diabos você está fazendo em...? Você encontrou Severino Callado, não foi?

— Sim, senhor. Ele está a bordo de minha nave neste exato momento.

— Que ótima notícia. Encontrarei vocês em Cabula XI, na antiga Reserva Mutaris, às oitenta horas, horário local. Não informe a ninguém sobre isso e desligue todos os aparelhos de rastreamento.

Assim que o sinal foi cortado, Antonieta usou o painel central do cockpit para desativar todo e qualquer sinal de comunicação com sua nave. A inspetora, então, ficou parada diante do monitor, tentando processar o fato de que estava prestes a trabalhar ao lado de um dos nomes mais reconhecidos da galáxia, homem que certamente a ajudaria a finalmente ser reconhecida. Ela se virou e encontrou Bonfim e Severino, parados na porta da cabine de pilotagem.

— Vocês escutaram? — perguntou Antonieta.

— Sim — respondeu Bonfim. — A gente pode confiar nesse cara?

— Claro! — respondeu Antonieta com certo espanto. — Vocês não reconheceram?

— Quem é esse bróder? — perguntou Severino.

— Juventino Marrone. *O* Juventino Marrone.

— Repetir o nome dele não vai ajudar. — Bonfim não entendeu o entusiasmo da capivara.

— É sério que não conhecem Juventino Marrone?

— Ele aparece se falar o nome dele três vezes? — brincou o puiuiú.

— Se eu não te conhecesse, Tiê, eu diria que você tem uma queda pelo cara — provocou Severino.

— Idiota. Juventino Marrone...

— A gente podia beber toda vez que a Antonieta falasse o nome dele... Ia virar uma festa rapidinho. — Bonfim riu, fazendo Severino rir também.

— Idiotas. Juven... *Ele* é atualmente um dos Arribaçãs da Federação, anexando novos planetas e estabelecendo novos aliados. Mas, antes disso, ele foi um Urubutinga. Foi o homem que caçou Artur Costa e Artur Silva durante a Revolta de Cajazeiras XX.

— Ahhh, ele é o cara de Cajazeiras XX? Bambambã mesmo. Seria legal ter um ex-Urubutinga do nosso lado. Já vi um batalhão em ação, e eles realmente só lidam com carniça — comentou Severino, referindo-se ao lema do esquadrão de elite da Federação Setentrional, conhecidos pela excelência tática e por não deixar inimigos vivos.

— Vocês não acham estranho ele ter mandado a gente desligar o rastreamento? — perguntou Bonfim.

— Para dificultar a vida das pessoas que podem estar nos seguindo... — disse Antonieta.

— Ou tornar ainda mais fácil se livrar da gente.

— Bonfim tem razão, Tiê. — Severino juntou-se ao coro. — Pode ser uma armadilha. Nada garante que esse Juventino não esteja por trás dos assassinatos. Você confia nesse cara?

— *Confio nos meus dentes, e esses mesmos me mordem a língua!* Não o conheço pessoalmente, mas conheço seu histórico. O homem é um herói.

— Herói. — Bonfim riu.

— Sim, herói. Você e Severino podem ter desistido de um objetivo maior para a vida de vocês, mas ainda há quem acredite em sacrifícios em nome do bem maior.

— *Durango Kid só existe no gibi, Antonieta.*

— E qual é seu plano, Bonfim? — perguntou a inspetora.

— Eu voto em, primeiro, investigar o que esse tal de Juventino quer com a gente. Acho até uma boa manter o rastreador desligado, mas a gente fica de tocaia, na cocó, atrás do Arribaçã, até a gente ter certeza de que não é o malandro que está matando Carcarás Carmesins.

— Eu voto nesse plano também — complementou Severino.

— *Na vida, o olhar da opinião, o contraste dos interesses, a luta das cobiças obrigam a gente a calar os trapos velhos, a disfarçar os rasgões e os remendos, a não estender ao mundo as revelações que faz à consciência.* Dito isso, não vivemos numa democracia dentro da minha nave. Agora, com licença, tenho coisas a fazer.

Séria, Antonieta acionou a porta metálica da cabine, fechando-a.

— Oxi, oxi, oxi, então por que perguntou? — gritou Bonfim.

— Deixe ela, Bonfim — disse Severino, caminhando em direção ao compartimento de mantimentos, na parte posterior da nave.

— Mas, Olho de Dendê... — Bonfim seguiu o amigo.

— Ela salvou nossas vidas. Vamos dar um crédito para ela.

— Não quero dar uma de papagaio da Dinha, mas vamos confiar na Federação, é isso? — questionou o puiuiú.

— Antonieta está arriscando a carreira dela, a vida dela, por nós. — Severino se sentou em um dos bancos da cabine de suprimentos. — Ela sabe o que tá fazendo.

— Mas e se for uma armadilha?

— Fazer o quê?

— A gente pode morrer!

— O que, convenhamos, não é lá uma grande tragédia.

O puiuiú abriu a boca em espanto, mas, graças às fitinhas do Senhor do Bonfim que cobriam seu corpo inteiro, tal expressão de indignação só pôde ser compreendida pelo longo silêncio que se seguiu.

— Fale por você.

— Qual é, Bonfim? Não é como se nossas vidas fossem relevantes ou valessem muito.

— Não sei se você anda ouvindo muito Legião Urbana, mas ainda tenho coisas para fazer com minha vida.

— Como o quê, Bonfim? Beber cerveja barata e viver de bico em bico só para conseguir pagar os boletos no fim do mês?

— Isso também, entre outras coisas...

— Que tal literalmente encarar a morte centenas de vezes, sentindo o medo que cada uma daquelas pobres almas sentiu? Sem nunca saber o que está do outro lado... Testemunhar o grande silêncio e chegar à conclusão de que "é só isso"?

Bonfim demorou um tempo digerindo as palavras do amigo.

— Você pensa nisso assim?

— Claro. Será que o não ser tem um pouco de ser ainda? Será que a morte é uma reticência? Um fim que não termina, um suspiro suspenso para sempre...

— Mas é o que a gente tem, Olho de Dendê. Cara, você nunca falou nada assim antes. Encontrar Dinha foi tão barril assim?

— Não... Você tá certo... Falar com Dinha mexeu comigo. Não quero morrer, oficórssimente... — Severino forçou um sorriso. — Eu devo estar mesmo escutando muito Legião Urbana, só isso.

— Não tente mascarar comigo, porra. Não me venha com esse sorriso falso.

— Bonfim, eu estou bem. Encontrar a Dinha me fez lembrar o que deixei para trás.

— Se quiser, posso dividir esse peso com você... — sugeriu Bonfim, referindo-se às suas habilidades emocatalisadoras.

— Não! Você prometeu. Eu estou bem.

Severino se levantou e caminhou em direção à cabine de pilotagem. Ele bateu na porta, mas não teve resposta alguma.

— Vamos lá, Tiê.

Nada.

— Se serve para alguma coisa, deixei o porrildo lá no fundo da nave.

A porta metálica deslizou. Antonieta estava sentada na cadeira de comando, examinando arquivos no computador central. O homem pulou no assento de copiloto ao lado dela e passou a examinar a vista privilegiada. Estavam na altitude de cruzeiro, e o entardecer esparramava as cores do cansaço pelos singelos flocos de nuvens logo abaixo deles. Fazia tempo desde a última vez em que esteve na cabine de uma nave, testemunhando a paz que só a distância de tudo podia trazer. Lá, no meio do céu, era como se a galáxia inteira pudesse ser resumida ao interior da nave.

— Você se lembra do dia em que nos conhecemos? — perguntou Antonieta, sua atenção ainda voltada para o monitor central.

— Claro. Primeiro dia no treinamento Carcará. Oficina de táticas de combate.

— Todo mundo me tratou como uma estranha. — Os olhos de Antonieta permaneceram focados no trabalho. — Ninguém quis se aproximar... só você.

Severino não sabia o que responder, por isso, ficou calado.

— Você me perguntou se eu sabia onde ficava o banheiro — continuou ela.

— Sério?

— Sim. Eu apontei a direção e você seguiu seu caminho. Sem gaguejar, sem me examinar. Apenas me perguntou: "Você sabe onde fica o banheiro? Eu preciso tirar água do joelho."

Severino riu.

— Ahhh, sempre fui um poeta.

— *O valor é a lembrança*... Você ri, mas, para pessoas como eu... Ninguém pergunta para os estranhos e os bizarros onde as coisas estão. A gente só serve para ser evitado.

— Ou eu estava muito apertado. — Ele tentou brincar.

— Chega a ser patético... Gostei de você logo de cara só porque perguntou onde era o banheiro.

— Bem, eu não diria patético.

— Por todas as possíveis definições da palavra, é patético. Mas tudo bem. Mais patético que isso foi quando os outros colegas souberam que Albérico era meu pai adotivo. Eles passaram a fingir que me adoravam. Passaram a me tratar como gente.

— Eu nunca havia pensado em uma coisa... — disse Severino com espanto. — Sem você, Tiê, eu jamais teria conhecido Filó. Você me apresentou ao Albérico, e foi o Albérico quem me levou até aquela cerimônia de São João na órbita de Saturno. Lá, eu conheci Filó.

— Veja só o cupido que sou. — Antonieta sorriu para o amigo.

— A gente começou a dançar forró no exato momento em que a luz do sol tocou os anéis de Saturno. Até aquele dia, eu sempre gostei de todas as mulheres de uma vez só. Mas aquela foi a primeira vez que gostei de uma para sempre. Nosso primeiro beijo foi entre estrelas e uma chuva de meteoros. Foi... — Ele suspirou. — Tem nada tão grande para comparar. Cinco minutos depois, ela me deu um tapa no rosto.

— Um tapa?

— Ela perguntou qual era meu trabalho. Eu respondi que estava no treinamento Carcará. Uma Paladina do Sertão de chamego com um futuro Carcará Carmesim, verdadeiros Romeu e Julieta do agreste.

Os dois riram juntos, algo que não faziam há muito, mas muito tempo.

— Você sente saudade da vida em carmesim?

— Um pouco. Sinto falta da rotina estável, da camaradagem, da "normalidade". — Ele fez aspas com os dedos.

— Sua exoneração não te impede de tentar uma vida como oficial aqui em Cabula XI. Você sempre foi um ótimo inspetor.

— Mesmo não respondendo à Federação, a gente sabe que todo oficial é marionete nas mãos da Harpia Dourada. Além do mais, cansei da papelada e da burocracia. Meu trampo é tudo com que posso lidar no momento.

A nave seguiu pelo espaço aéreo de Cabula XI em direção ao Parque das Mutaris. Graças a sua genética, Antonieta não necessitava de longas horas de sono, e sugeriu que Severino dormisse um pouco, mas o homem simplesmente não conseguia ignorar as regras de uma vida newtoniana. O passado tinha uma força de atração própria, proporcional ao rombo causado pela explosão que lhe custou um braço, um olho e um irmão.

A possibilidade de Jeremias ainda estar vivo era uma ideia poderosa, volumosa e densa demais para ser ignorada. Enquanto parte de Severino negava a possibilidade de tal verdade, dentro dele crescia um sentimento amarelo, belo e incontrolável. Reencontrar seu irmão, alma com quem dividiu os maiores segredos e as maiores conquistas de sua vida, seria como nascer de novo.

O Parque das Mutaris era um arquipélago no meio do oceano Arcádico. Durante os primeiros anos de federalização do Sistema Sucupiral, o complexo de ilhas funcionou como um dos centros de pesquisa e preservação da flora e fauna do planeta Cabula XI. A Reserva Mutaris, contudo, foi abandonada havia alguns anos e atualmente não passava de um conjunto de prédios abandonados ao léu e caindo aos pedaços.

Após realizar uma varredura nas redondezas, certificando-se de que a ilha estava de fato abandonada, Antonieta pousou a nave às setenta e oito horas da noite, horário local. Apesar de confiar nas palavras de Juventino Marrone, havia a possibilidade de que os assassinos estivessem monitorando suas comunicações ou, pior ainda, a seguindo. Ao acionar os trens de pouso, a inspetora se armou com uma carabina Corisco & Lampião e ofereceu a Severino uma pistola energizada.

— Só para o caso de uma emergência.
— Claro. — Severino guardou a pistola na cintura.

Estavam na pista de pouso do antigo complexo de pesquisa. A noite era de céu claro e poucas nuvens, com as três luas de Cabula XI brilhando logo acima do horizonte. As luzes externas na nave estavam acesas, revelando as já notórias praias de areia verde da região. A maré calma, com pequenas ondas que de tempo em tempo quebravam sobre a orla, emitiam uma onomatopeia cheia de preguiça. Severino andou até o ponto em que a areia ainda era fofa e seca, aproveitando a brisa noturna.

Bonfim acompanhou o amigo.

— Só faltava uma cervejinha gelada — comentou o puiuiú após um longo suspiro.

— E não é?

— Me prometa que, quando a gente terminar esse perrengue em que a gente se meteu, a gente vai pegar parte do que Dinha nos pagou e vai aproveitar uma praia, um pouco de sombra e água fresca.

— Depois de pagar a conta de luz, a conta de água, o IPVAA e o IPTU atrasado, não vai sobrar muita coisa.

— A imutabilidade da vida, hein?

— Alguém me disse que ser alguém neste mundo tem custo — brincou Severino.

— Ô se tem. Viver é caro como uma porra. Custa a vida todinha.

Um ponto brilhante surgiu no horizonte, levando Antonieta a examinar o radar em seu uniforme. Como esperado, era a nave de Juventino Marrone, que pousou em um movimento suave e fluido. A ponte de acesso se abriu, e uma intensa luz ofuscou a vista dos três. Do interior da nave, uma silhueta imponente se fez notada, surgindo no meio da cortina de fumaça levantada pelos motores ainda quentes. Juventino Marrone era um senhor de sessenta anos, apesar de não transparecer a idade já avançada.

Juventino estava sozinho, um procedimento incomum, em especial para cargos diplomáticos, como era o caso dos Arribaçãs, geralmente acompanhados por assessores, secretários e tradutores. Ao descer da ponte de sua nave, o homem andou até Antonieta e estendeu a mão para a inspetora, seus largos dentes alvos se destacando em um sorriso repleto de rugas.

— Carcará Antonieta, é um prazer conhecê-la.
— O prazer é todo meu, senhor.
— Senhor Callado — cumprimentou Juventino.
— Severino — corrigiu o outro. Era assim que gostava de ser tratado.
— Severino. Senhor Bonfim.
— Opa — respondeu Bonfim, ansioso para testar os protocolos formais da Federação.
— Presumo que estejam repletos de perguntas — comentou o oficial. — Serei o mais breve possível.

Os três caminharam até o interior da nave de Juventino Marrone, um veículo maior, com três andares. O Arribaçã ligou o holograma em seu salão de inteligência, um cômodo circular, repleto de computadores e servidores dedicados, e projetou as fotos oficiais dos dois agentes Carcarás assassinados.

— O que vou dividir com vocês é de extrema urgência e de extremo sigilo. Só o faço porque acredito piamente que não tenho alternativa. Há exatos sessenta e cinco dias, recebi um relatório por meio de um endereço eletrônico impossível de ser rastreado. Ele continha documentos que apontavam irregularidades nos relatos financeiros da empresa ProPague.

Antonieta encarou Severino, que, por sua vez, fez o máximo para manter sua compostura. Contudo, o passado parecia querer invadir o presente, e o olho do homem o traiu.

Notando a reação de seus convidados, Juventino continuou:

— Eu conheço bem seu caso, Severino. Devo confessar que, dez anos atrás, achei sua história absurda e, admito, concordei com sua exoneração. Contudo, quando comecei a examinar a papelada que recebi, foi impossível não recordar seu caso e, obviamente, comecei a notar os paralelos. Recuperei os autos de seu julgamento, e lá estavam todas as coincidências que eu não podia ignorar, principalmente as compras de terreno não declaradas e a aquisição não reportada de equipamentos avançados. A ProPague estava fazendo algo e queria manter esse algo escondido.

— Só que com dez anos de atraso... — comentou Bonfim.

— Correto. Mas descobri mais. Documentos e transações na ordem dos bilhões. A ProPague aprendeu com o erro que cometeu no passado. Desta vez, através de empresas laranjas, andou molhando os bolsos da Federação. Eu ainda não descobri até onde a corrupção vai, mas suspeito que a Harpia Dourada esteja envolvida — conjecturou Juventino, referindo-se ao posto mais alto da hierarquia da Federação, responsável por comandar toda a cadeia militar.

— Não... — Antonieta suspirou.

— Sim, infelizmente. Ficou claro que essa seria uma investigação delicada, mas, se eu não quisesse chamar a atenção dos culpados, não podia trabalhar sozinho. Foi quando me vi no meio de um dilema. Em quem eu podia confiar se eu não sabia até onde ia a mão da ProPague? O que a gente faz quando tem medo de pegar uma maçã estragada? A gente não procura nas cestas e nos mercados. A gente tira da própria árvore. Elias e Bruno tinham acabado de terminar o treinamento Carcará. Eram os melhores de suas turmas e com um histórico exemplar.

— Caralho, qual é o nome disso que tô sentindo? Ahhh, *déjà-vu* é o nome — brincou Severino, apesar de seu semblante sério e raivoso.

— Sim, senhor Callado, *déjà-vu* me parece ser o termo mais apropriado. Eu iniciei uma investigação sigilosa com Elias e Bruno, mas obter evidências contra uma empresa tão poderosa como a ProPague se mostrou um verdadeiro labirinto burocrático. Ficamos meses estagnados. Até que recebi outro e-mail de nosso informante misterioso. Na mensagem, apenas um endereço: Av. Princesa Isabel, número 179, apartamento 804, Barra, Salvador, Bahia.

— E o que achou lá? — perguntou Severino.

— Elias e Bruno encontraram isso.

Juventino fez um movimento com a mão, e a imagem de um prédio surgiu no holograma.

— Uma empresa? — questionou Bonfim.

— Um prédio residencial, de todas as coisas neste mundo. O apartamento em questão estava no nome de uma senhora falecida já há um tempo. Investigando mais, notamos que, mesmo a proprietária estando morta, as contas estavam em dia. Pagas sempre antes do vencimento por uma conta digital com informações claramente falsificadas. Achei prudente enviar meus Carcarás. Lá chegando, Bruno e Elias encontraram caixas e caixas repletas de informações privilegiadas: arquivos, pesquisas, investigações, correspondências, transações. Entre elas, relatórios e e-mails trocados entre Clapsson Tergonvier, Jeremias Callado e o nosso estimado senhor Severino Callado.

— Mas a Federação apagou todos os nossos registros oficiais — disse Severino.

— Bem, não todos, aparentemente, pois estavam lá, senhor Callado. Os relatórios que apontavam sonegação na compra de terreno no interior do Pará, assim como aquisição de centenas de equipamentos, alguns ilegais.

— E foi o informante desconhecido que te mandou lá? — Antonieta se aproximou do holograma, examinando bem os arquivos que haviam sido descobertos.

— Exatamente.

— A gente sempre achou que estavam construindo uma arma. Uma bomba — disse Severino.

— Faz sentido — respondeu Juventino. — Como uma das maiores apoiadoras da Federação, com contratos na casa dos trilhões, é compreensível achar que a ProPague esteja investindo em armamentos que garantissem sua soberania.

— Filhos de uma gota serena. — Bonfim cuspiu. — Não basta o poder que já têm na mão?

— Sejam quais forem seus motivos, a empresa parece ter retomado os planos de dez anos atrás. E estamos cientes disso tudo graças à nossa fonte desconhecida, que optou por nos contatar através de uma alcunha nada menos que peculiar.

Juventino fez um movimento com seu polegar e o indicador, dando zoom na imagem projetada no holograma. Severino leu o nome que constava no endereço eletrônico.

— Carnegão Fumegante. — As palavras caíram da boca como se tivessem peso.

— Reconhece o nome, senhor Callado?

— Esse foi o apelido que Jeremias e eu demos para Clapsson Tergonvier — respondeu Severino, apoiando-se na base da mesa holográfica.

Sua respiração perdeu a sintonia com o corpo, e os músculos logo começaram a tremer.

Juventino Marrone ponderou por alguns segundos a informação que havia acabado de escutar.

— Curioso.

— Você não entende, Juventino. Tirando eu, as únicas pessoas que conheciam esse apelido estão mortas. Ou deveriam estar mortas...

O Arribaçã mexeu mais uma vez em seu holograma, trazendo à tona a projeção de um dos arquivos recuperados na investigação de Elias e Bruno. Nele, uma troca de e-mails entre Jeremias e Severino. Ele aumentou a imagem para que só os trechos selecionados tomassem a projeção.

— Nos arquivos que recuperamos, há quatro comunicações eletrônicas entre você e seu irmão no qual um de vocês usa o termo Carnegão Fumegante. Seja lá quem teve acesso a esse material antes de cair em nossas mãos, esse indivíduo pode muito bem estar usando esse codinome por tê-lo achado interessante. Não necessariamente isso significa que o próprio Carnegão Fumegante seja a pessoa por trás da investigação.

Severino examinou o arquivo, sentindo o corpo afundar no peso do próprio ser. Estava diante de uma explicação plausível para que tal apelido tivesse retornado do mundo dos mortos. Contudo, por mais que aquela resposta fosse lógica, pensar que Jeremias podia ainda estar vivo era uma centelha que inflamava seu espírito. Chamas que não respeitavam combustão, queimavam sem deixar cinzas e que não apagariam facilmente. Chamas que também poderiam consumi-lo.

— Se contarmos com a missão iniciada por Clapsson Tergonvier, este caso já custou a vida de quatro Carcarás Carmesins — continuou Juventino. — Alguém quer pôr um ponto-final nessa investigação, e eu presumo que esse alguém está disposto a matar quem for preciso.

— E qual seria nosso próximo passo? — indagou Antonieta.

— Infelizmente, as demandas da Federação, principalmente com o Sexagenário chegando, me impedem de prosseguir com a investigação sozinho, visto que isso chamaria a atenção dos culpados e me transformaria na próxima vítima. Se é que já não sabem ou suspeitam de minha interferência. Presumo que estejam tão ansiosos quanto eu para entender o que está acontecendo, correto?

— Sim — responderam Antonieta e Severino ao mesmo tempo.

— Porra, tô cercado por gente que do nada tá corajosa. Falar *não* agora pegaria mal, né? — respondeu Bonfim.

— Por algum tempo, minha única pista foi o fato de que eu estava muito perto de comprovar que o deputado Kim

Holiday Moledo recebeu propina de uma empresa fantasma — explicou Juventino —, mas que o capital mesmo estava vindo da ProPague. Quando tentei me aproximar, o desgraçado tirou a própria vida bem na minha frente.

— Que coisa horrível — respondeu Antonieta, com preocupação honesta.

— Ainda acho que o pai dele está envolvido nisso tudo também.

— E quem é o pai dele? — questionou a capivara.

— Vocês devem conhecer: senador Ludwig Sesim Moledo.

— Sim, claro — respondeu Bonfim. — Um revisionista escroto e defensor ferrenho dos Estados Confederados do Sul.

— Eu tenho certeza de que o filho tirou a própria vida para proteger o pai.

— Ludwig ainda está na Terra? — questionou Severino.

— Sim, em seu quinto mandato.

— Então é para lá que iremos — anunciou Antonieta. — *O real não está na saída nem na chegada: ele se dispõe para a gente é no meio da travessia.*

— Sua investigação, assim como o fato de que o senhor Callado teve seu nome escrito em sangue, já são de conhecimento de toda a corporação — continuou Juventino. — Vocês não estão seguros. Aconselho a não usarem meios de transporte oficiais ou seus nomes de registro. Sugiro um expresso galáctico.

— Um expresso galáctico? — indagou a capivara.

— Sim. A melhor forma de se manter anônimo é no meio de uma multidão.

— Quem vai é coelho — respondeu Bonfim. — Latinha de sardinha sem rota de fuga.

— A Federação monitora todos os saltos Guineensis que acontecem em espaço exterior. Além do mais...

O monitor da nave de Juventino Marrone começou a piscar. No radar, três naves de pequeno porte se aproximavam da Reserva Mutaris. Julgando pela formação, velocidade e estratégia abordadas, o ataque aconteceria em breve.

— Mas que porra! — gritou Juventino, sua voz rasgada pela frustração.

Antonieta, Severino e Bonfim correram até o monitor.

— O que foi? — questionou Severino.

— A Federação nos achou! — O oficial se apoiou no centro de comando da nave e sentiu a cabeça afundar nos ombros. Pegou ar e deixou a raiva correr pelo corpo. Ao ter seu sangue mergulhado em adrenalina, um sorriso brotou no rosto do oficial. Não que fosse compartilhar isso com seus novos colegas de investigação, mas parte dele, parte grande, sentia saudades do tempo como soldado de campo. — Vou posicionar as armas da nave em uma defesa automática, isso talvez nos dê algum tempo para fugir.

Outro alarme começou a tocar no interior da nave. Luzes vermelhas, espalhadas pelo teto e pelos corredores começaram a piscar.

— Mísseis disparados e a caminho. Merda. Temos pouco tempo. Vocês, naquele armário ali! — Ele apontou. — Peguem tudo que puderem de armamento e se escondam no complexo de prédios logo ao sul de nós. De lá, prosseguimos até sua nave, e vamos torcer para que não a tenham identificado também. Caso contrário, teremos que aceitar a pior das alternativas.

— Essa já não é a pior das alternativas? — indagou Bonfim enquanto Antonieta corria em direção ao armamento.

— Combate direto deve ser a última alternativa. Esses soldados são os piores inimigos que vocês já enfrentaram!

— Como você sabe disso? — perguntou Antonieta.

— Porque o que está chegando é um esquadrão Urubutinga.

Ou seja, estavam sendo caçados pela tropa de elite da Federação.

— Vamos!

Os quatro correram para o lado de fora, seguindo em direção a um dos escritórios abandonados. Juventino chutou a porta, deixou o resto do grupo entrar e ficou de tocaia na entrada, examinando os pontos brilhantes que cresciam no firmamento. Assim que os mísseis entraram no alcance do sistema de defesa, a nave do Arribaçã começou o ataque automático, disparando centenas de projéteis energizados. A defesa, contudo, não acertou todos os alvos, e a nave do Arribaçã foi alvejada por um pequeno bombardeio.

O som das explosões reverberou pelo prédio, fazendo o chão embaixo de Severino tremer. O barulho intenso afetou a audição aguçada de Bonfim, que deu dois passos para trás e quase caiu. Para o puiuiú, aquilo foi como levar uma porrada de um pugilista. Severino acolheu o amigo, agachando-se a seu lado.

— Bem, eles vão fazer uma varredura e mais cedo ou mais tarde nos encontrar em seus radares térmicos. A melhor chance é tentar correr até a nave da Carcará Antonieta.

— Eu não sei vocês, mas não estou me sentindo particularmente confiante em enfrentar um esquadrão Urubutinga com uma pistolinha energizada — disse Severino, que, com a outra mão, servia de apoio para Bonfim, ainda atordoado.

— Toma. — Antonieta puxou duas granadas de plasma e as apertou contra o peito de Severino, que segurou o armamento com certo espanto. — Ao que tudo indica, não acharam minha nave ainda.

— Ainda bem. Essa é a chance de vocês fugirem — disparou Juventino.

— *Vocês*? — perguntou Antonieta, assustada com a implicação daquela frase.

— A gente precisa de uma distração. Com licença, senhor Callado. — Juventino retirou as granadas da mão de Severino, que protestou com um enrugar de cenho. — Vou usar essas belezinhas aqui para chamar a atenção deles e depois me encontro com vocês.

— Juventino, não acho que seja inteligente a gente se separar. — Antonieta o segurou pela gola do uniforme. — Sem sua ajuda, sem seu depoimento e aval, qualquer investigação nossa será prontamente encerrada.

— Não planejo morrer hoje, minha companheira. Mas precisamos de algo que nos dê vantagem contra nossos adversários. Uma distração me parece...

Antes que Juventino terminasse seu argumento, uma grande explosão interrompeu a conversa. Do outro lado do pátio, destroços da nave de Antonieta estavam em chamas.

— Vamos ter que ir a pé até a Terra. — Bonfim tentava manter seu otimismo se agarrando ao sarcasmo.

— Mas que porra! — Pela primeira vez, Juventino pareceu desesperado.

— Não vamos deixar que isso abale nossa confiança. — Antonieta tomou o controle da situação. — Estamos protegidos aqui e não temos nada a perder. Um animal desesperado é um animal perigoso.

— Você tem o espírito de São Judas Tadeu dentro de você, Carcará Antonieta — afirmou Juventino, sorrindo.

O Arribaçã usou o dispositivo em seu antebraço e fez uma varredura arquitetônica do escritório em que se encontravam.

— Esta porta é o único ponto de acesso deste escritório. Seremos alvos fáceis aqui. Nossa melhor chance, agora, é lá fora. Vocês me seguem. Antonieta, proteja a retaguarda.

Antes de deixar o prédio, Juventino espalhou as granadas pelas paredes do escritório, explosivos que podiam ser acionados ao primeiro sinal de aproximação dos soldados. Os quatro correram até o lado de fora e se protegeram atrás de um muro de concreto caindo aos pedaços. Seguiram agachados até o final da construção, quando Juventino usou a luneta de sua carabina energizada para espiar os avanços dos inimigos. Contou vinte e quatro soldados Urubutingas no solo, divididos em seis grupos e em procedimento de varredura completa dos escritórios. No ar, duas naves vasculhavam o perímetro, seus holofotes ligados, dedos de luz que penetravam a escuridão da noite, enquanto a terceira nave permanecia pousada.

— Estão chegando perto do prédio em que a gente estava. Nossa melhor chance é tomar uma das naves para nós. Quando escutarmos a explosão, a gente vai correr em direção à mata. Lá, vamos estar no absoluto escuro e sem comunicadores. A batalha será gloriosa.

Por trás das palavras de Juventino estava a sede por combate que o levou a se tornar o herói da Revolta de Cajazeiras XX.

Assim que as bombas explodiram, o coração de Severino acelerou novamente. Fez questão de correr atrás de Bonfim, certificando-se da segurança do amigo, cuja anatomia o tornava completamente despreparado para o combate e para uma fuga apressada.

— Parem — murmurou Juventino, levantando o punho fechado.

Antonieta, Severino e Bonfim obedeceram ao comando, escorando-se nos troncos das árvores, usando-os como proteção.

— Não tem como escapar, companheiros. — A voz era um suspiro, mas as palavras eram furacão. — Vamos entrar em conflito. E pessoas assim só respeitam uma regra: eles puxam uma faca de lâmina energizada, você puxa uma pistola.

Eles mandam um de nós para o hospital, a gente manda um deles para o necrotério. Esse é o jeito Urubutinga.

A escuridão ganhou um terrível aliado com o silêncio que se alastrou pela mata, intensificando ainda mais a sensação de solidão. Severino escutava apenas a própria respiração, como se toda a galáxia estivesse comprimida dentro de seu pulmão.

E, então, a treva se desnudou. Os holofotes das naves Urubutingas cortaram as matas da Reserva Mutaris. Disparos energizados começaram a voar pelo ar, acertando os troncos das árvores e lançando lascas de madeira para todos os lados.

Juventino revidou com disparos precisos, que acertaram alguns de seus antigos parceiros de combate. Logo, Severino, Antonieta e Bonfim também atiravam, sem tanto sucesso.

— Agora só há um jeito de terminar essa investigação! — gritou Juventino. — Vocês conhecem a história do corneteiro Lopes?

— Aula agora? — Bonfim tentava proteger seus ouvidos, mas os disparos alfinetavam a alma.

— E existe professora melhor que a vivência?

Juventino apertou alguns botões na interface eletrônica de seu uniforme, ligando os alto-falantes nela embutidos. Ele aumentou o volume ao máximo, fazendo com que a música *"Vesti La Giubba"*, da ópera *Pagliacci*, ecoasse por toda a redondeza.

Tomado pelos ímpetos de Ogum, Juventino atacou.

E o tempo se esparramou.

E ognum applaudirà! Tramuta in lazzi lo spasmo ed il pianto In una smorfia il singhiozzo e'l dolor...

Disparos voavam de seu rifle como vaga-lumes *kamikazes*, cortando o ar em uma coreografia vagarosa, desrespeitando os ponteiros que ditavam a vida, seguindo em direção aos alvos com determinação e sem qualquer traço de medo. O homem berrava, usando a própria voz como arma. Do outro lado da mata, corpos de Urubutingas iam ao chão, alvejados pelo espírito ominoso do Arribaçã.

Juventino se inclinou, posicionando-se para mais um ataque, quando seu coração foi cortado por um disparo. Enquanto o homem provava seu último tropeço antes do grande silêncio, seu corpo foi alvejado por centenas de ferrões em forma de partículas energizadas, dançando ao ritmo da música que pulsava pelas fibras de seu uniforme.

Ridi, Pagliaccio, sul tuo amore infranto
Ridi del duol che t'avvelena il cor!

Testemunhando o fim de Juventino Marrone, Severino, Antonieta e Bonfim passaram a atirar a esmo, seus corações possuídos pelo medo e pela certeza de que estavam prestes a ser eliminados. Atiraram até a munição chegar ao fim.

Antonieta pulou em direção aos companheiros de investigação, colocou-se à frente deles, girou sua carabina e a segurou como se fosse um bastão. Não muito distante, escutavam os passos dos soldados Urubutingas amassando as folhas secas sobre o chão, sons cada vez mais próximos.

Nos alto-falantes do uniforme de Juventino Marrone, a voz reconfortante e cheia de paz do locutor Renato Cordeiro:

— Esta foi *"Vesti La Giubba"*, famosa aria do compositor Ruggero Leoncavallo. Rádio Serendipidade, tocando a música certa para seu momento.

Eu sou a chuva que lança a areia do Saara
Sobre os automóveis de Roma

Foi a vez da voz de Maria Bethânia se fazer ouvida. Assim que o primeiro arpejo de violão deu início ao ritmo da música, Severino largou uma risada alta e forte, repleta de confiança. O algoritmo inteligente da rádio não falhava, e Severino sabia que aquela música tocava porque *ela* estava por perto.

— Vocês estão fodidos, seus desgraçados!

Eu sou a sereia que dança, a destemida Iara
Água e folha da Amazônia

No interior da mata, um vulto avançou sobre um dos Urubutingas, lançando-o ao chão e sumindo antes mesmo que seus colegas percebessem o ataque.

— Vocês se acham miseravões? Vocês não sabem é de PORRA nenhuma! — gritou Severino.

Eu sou a sombra da voz da matriarca da Roma Negra
Você não me pega, você nem chega a me ver

MEU SOM TE CEGA, QUEM VO

CARETA, É CÊ?

Os soldados de elite logo perceberam que havia mais alguém naquela mata. Alguém que corria nos suspiros do pavor e que vivia sempre no canto dos olhos.

— Equipe Alfa, atenção...

Antes que o comandante pudesse proferir mais uma palavra, ele sentiu um ardor atravessando seu bucho. Logo acima do umbigo, um pequeno triângulo brilhante pulsava, cortando seu couro na intensidade que parecia ser de mil sóis. O vulto puxou o facão de lâmina energizada do corpo do comandante e a usou para cortar os outros três Urubutingas.

Ainda sob o manto negro da escuridão, Severino e seus companheiros conseguiam escutar os gritos e o combate que acontecia nas redondezas. Um a um, os soldados tombavam, e aqueles que momentos atrás caçavam passaram a ser caçados.

Contudo, os soldados de elite ainda eram numerosos, e um deles se aproximou do local em que Severino, Antonieta e Bonfim se escondiam. O homem os encontrou agachados atrás do tronco de uma larga árvore. A lanterna de seu rifle os cegou por um instante, tempo apenas para que fechassem os olhos e se preparassem para o fim.

O disparo, contudo, nunca veio. Apenas o som de ossos sendo partidos após um impacto metálico. O corpo do soldado voou, sumindo nas penumbras da mata. Seu rifle foi ao chão, caindo sobre um amontado de pedras. Pelo ângulo, a lanterna iluminou a face cromada de uma Defendente, carrancas robóticas de combate e proteção.

Foi quando Severino sentiu o doce perfume de pitanga suspenso no ar.

Filomena surgiu atrás de Juá. Seus olhos de jabuticaba, mais afiados que qualquer lâmina de facão, cortaram Severino ao meio, trazendo de volta memórias de dias melhores, dias de rede e de cafuné. A mulher trajava o uniforme padrão das Paladinas, gibão e chapéu de couro, e seu facão de lâmina energizada brilhava como uma fogueira viva, lançando centelhas de calor ao ar como se fosse noite de São João.

— Preparem-se para correr! — gritou ela. — Juá, carregue o puiuiú.

— É o quê?

Bonfim pensou em protestar, mas a carranca robótica simplesmente pegou o pequeno puiuiú com uma das mãos e começou a correr em direção à nave de Filomena.

Severino se perdeu no próprio ser. Corria, mas também estava parado, preso no momento. Em sua mente, conversas inteiras se desenrolaram, beijos foram trocados e roupas foram ao chão. Tinha vinte anos de idade de novo, com a vida inteira no horizonte e poucos arrependimentos na bagagem.

Filomena guiou o grupo até sua nave. Assim que estavam dentro do veículo, a mulher permaneceu na porta, guardou seu facão e começou a atirar contra o esquadrão Urubutinga que fechava o cerco. Juá colocou Bonfim no chão e foi direto para a cabine de pilotagem da nave.

— Isso foi humilhante, obrigado — disse o puiuiú a ninguém em específico.

Antonieta se juntou a Filomena e ajudou a impedir os avanços dos soldados de elite da Federação. As duas ficaram posicionadas na ponte de acesso, até que a nave decolou e os soldados no solo deixaram de oferecer risco ao grupo. Filomena correu até a cabine e se sentou na cadeira de copiloto.

— Vamos, vamos, vamos, Juá. Não quero ter que lidar com três naves Urubutingas.

— A melhor estratégia, Salvaguarda, é um salto Guineensis.

— Nessa altura? — perguntou Antonieta, arfando.

— É possível, Juá? — indagou Filomena.

— Arriscado, mas matematicamente possível — respondeu a carranca.

— Ótimo. Coloque as coordenadas e jogue duro.

Juá e Filomena começaram a apertar os botões nos painéis de controle, preparando a nave para um salto em uma velocidade mais rápida que a luz.

— Isso não me parece uma boa ideia. Fui humilhado sendo carregado daquele jeito pra morrer num salto — comentou Bonfim.

— Não se preocupe! *Fulôzinha* é uma nave danada de boa!

Alarmes dentro da cabine começaram a tocar, indicando a aproximação de naves inimigas.

— Juá?

— Dez segundos, Salvaguarda — respondeu a robô enquanto apertava mais botões no painel.

— Eu não acho que a gente tenha meio segundo — disse Bonfim, sua concentração focada na aproximação dos propulsores inimigos.

— Mísseis em alcance.

— Juá, querida.

— Tenha fé nos números, Salvaguarda... — continuou ela, programando as coordenadas.

— Fé eu tenho, mas eu preciso de...

Antes que Filomena terminasse, estavam no espaço, flutuando logo acima da atmosfera de Cabula XI. Juá girou sua cabeça, moldada na forma de uma carranca, e encarou a comandante. O rosto era sólido, a mesma expressão estampada no metal, mas Filomena sabia que Juá sorria para ela.

— Um milagre? Não sou santa. Sou algo melhor: uma inteligência artificial, sem erros de cálculo — respondeu.

— Engraçadinha.

Filomena levantou e procurou por Severino, que, por algum motivo, não se encontrava na cabine de pilotagem. A mulher não estava ansiosa por aquele reencontro, mas não havia como escapar, agora que os dois dividiam a mesma nave. Antonieta deu a entender que pretendia seguir Filomena, mas Bonfim segurou sua perna e fez um sinal negativo que balançou todas as suas fitinhas.

Severino estava no compartimento de carga, no fundo da nave, sentado em algumas caixas de munição, seu único olho funcional mirando o chão. Filomena se encostou na parede e cruzou os braços.

— Salvaguarda, hein? — perguntou ele ao notar a aproximação.

— Completando sete anos, na verdade.

— Uau... parabéns superatrasado. Sei o quanto você queria o cargo. — O rosto não se levantou, dedos que se alisavam, clamando por um carinho que sabia não vir.

— É...

— Dinha colocou um rastreador na nave de Antonieta, não foi? — questionou ele.

— Você conhece muito bem mãinha. Me espanta que não tenha pensado nisso.

— Eu estou enferrujado. Consequências de ser um terço máquina. — Ele levantou o braço mecânico, numa tentativa de fazer graça.

O silêncio foi a melhor e a pior resposta.

— Filó, eu...

— A gente não vai ter essa conversa, Severino. — Filó permaneceu encostada na parede, braços cruzados, uma fortaleza inteira de músculos tensionados. — Não vou escutar suas desculpas. Não quero e, mesmo que quisesses, não fariam bem algum. Honestamente, desculpas possuem data de validade, e as suas já estão podres faz tempo. O que quero saber é o que levaria um esquadrão Urubutinga a matar um Arribaçã. Federação atacando seus próprios agentes? No que você se meteu, Severino?

Olho de Dendê explicou toda a situação para Filomena. Os oficiais assassinados, seu nome escrito em sangue e como Juventino Marrone havia desenterrado a investigação que lhe custara tudo. Filó era mulher dura, carne de pescoço da melhor qualidade, mas não era impassível de compaixão. Conhecia bem aquele homem, sabia o quanto ele amava o irmão e como perdê-lo foi aterrador.

De certa forma, ela também foi vítima daquele atentado.

— A gente está indo para a Terra, desmascarar os malditos e terminar essa porra de investigação que já dura dez malditos anos — decretou Severino.

— Você vai para a Terra? — Ela ainda mantinha sua postura.

— Esses caras estão nos seguindo, Filó. Mataram dois Carcarás e um Arribaçã. Sem contar que essas são as mesmas pessoas responsáveis pela morte do Jeremias e do Clapsson. Então, sim, pode ter certeza de que vou para a Terra.

Foi então que Filomena se permitiu ver Severino pelo que era no momento, e não pela memória que carregava em sua dor. A coluna curvada, o olhar perdido, a mão de carne e osso apertada em um punho fechado. Ela se sentou ao lado do homem, não muito perto, afinal, havia um abismo entre eles, mas próximo o suficiente para que tal ato fosse, em si, um sinal de empatia.

— Sabe o que é estranho? Eu me bati com Juventino Marrone não tem nem um dia cabulense — contou ela.

— Sério?

Severino encarou os olhos de jabuticaba e se perdeu. Lá estava ele, ao lado dela, lugar que parecia certo de estar.

— Nos chamaram para averiguar um deputado corrupto que aumentou o preço do óleo de dendê em Mombaça. Quando o encontrei, ele estava frente a frente com Juventino Marrone, ambos com suas armas apontadas. O deputado se matou e Juventino continuou como se nada tivesse acontecido. Eu não pude ignorar, comecei a futucar tudo que as Paladinas tinham sobre o sujeito.

— Esse deputado... o nome dele era alguma coisa Moledo?

— Sim! — exclamou Filomena, espantada. — Kim Holiday Moledo. Como você sabe?

— Pois bem, antes de morrer, Juventino Marrone disse que o pai desse deputado estava envolvido de alguma forma nessa investigação. Que, de algum jeito, estava conectado com a explosão que matou Jeremias e com os assassinatos dos Carcarás Carmesins.

— Eu bem que tentei descobrir o que estava acontecendo. Passei as últimas horas pesquisando tudo que podia encontrar sobre Kim Holiday Moledo.

— Você estava investigando o meu caso sem saber...

Severino não quis, mas sorriu. Sorriu ao se dar conta de que o cosmos, em toda a sua grandeza, em toda a sua infinitude de possibilidades, sucumbia diante do axé que o mantinha conectado àquela mulher. De todas as naves, em todos os planetas, em toda a galáxia, ele tinha que entrar justamente na nave dela?

— É. — Não havia traço de sorriso no rosto de Filomena, apenas dor. — Tem coisa de que a gente não foge. Vocês suspeitam do motivo por trás desses assassinatos e atos terroristas?

— Aparentemente, a ProPague está usando a tecnologia da propulsão Guineensis para desenvolver um novo tipo de arma. Estão deturpando a invenção do velho Albérico, Filó.

Pensar no pai de consideração era como caminhar por vales de roseirais: a trilha era bela, o perfume era doce, mas era impossível não se arranhar nos espinhos. Filó amava o velho Albérico, prezava os momentos que dividiram e tudo que ele fez por ela. Contudo, por mais que tentasse, não conseguia ignorar o fato de que Albérico jamais assumira sua vida ao lado de Dinha.

— E vocês pretendem ir para a Terra descobrir o que está acontecendo, é isso?

— E colocar um fim na construção dessa possível arma.

Filó deu um suspiro profundo e se levantou.

— *Fulôzinha* é uma boa nave, mas não vai levar a gente até a Terra.

— *A gente?* — retrucou Severino.

— Sim. Se a ProPague está criando uma arma e está contando com a ajuda da Federação, isso só pode significar uma de duas coisas: eles querem aumentar ainda mais o poder da Federação ou querem colocar a Federação no bolso de uma vez. Seja qual for a razão, nós perdemos. As Paladinas logo serão um alvo.

— Juventino Marrone disse que nossa melhor chance seria viajar num expresso galáctico — lançou Severino.

— Um expresso?

— Seríamos só mais alguns na multidão.

— Certo, vou avisar Juá e vamos começar a nos preparar — anunciou Filomena ao dar as costas, caminhando em direção à cabine.

— *Filó! Sei que você não quer ouvir desculpas, então não vou pedir, mas saiba que terminar com você foi a coisa mais difícil que fiz. Mas também foi a coisa menos egoísta que fiz e uma das poucas ações de que me sinto verdadeiramente orgulhoso. Eu sabia exatamente para onde minha vida estava indo depois da explosão. Eu sei exatamente o que perdi naquele dia e não queria ser a pessoa que impediria você de ser você. Olhe só para as coisas que conquistou. Agora olhe para mim, um nada. Eu te salvei do fardo que seria amar um homem-âncora.*

Ele sentiu as palavras se atropelando para sair, mas conseguiu segurá-las e engoli-las de volta.

E, assim, calado ele ficou.

8

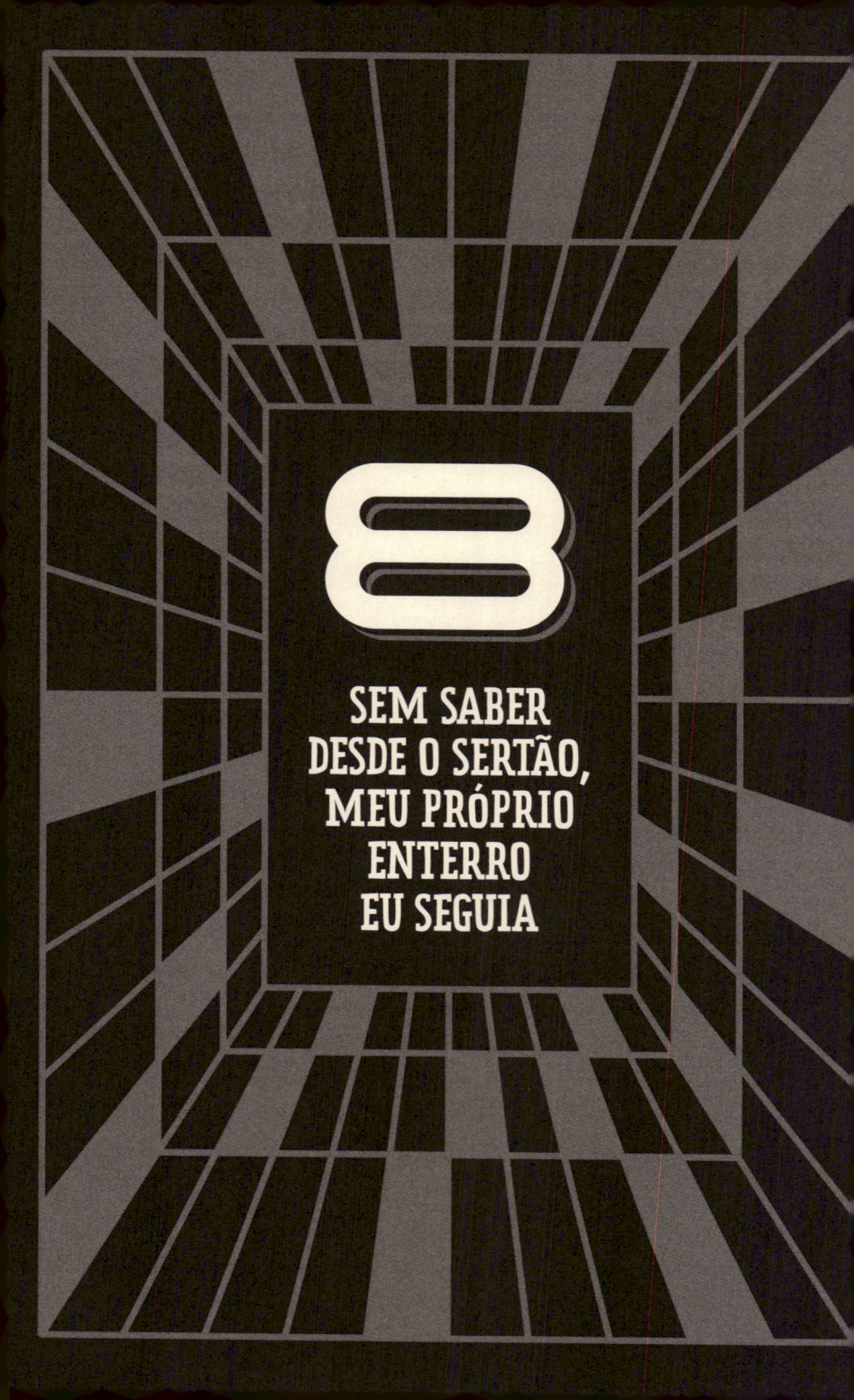

**SEM SABER
DESDE O SERTÃO,
MEU PRÓPRIO
ENTERRO
EU SEGUIA**

Bando principal está formado,
baita motivo de alegria.
Certo que ninguém naquela nave
vive estado de euforia.
Se aqui tudo tivesse certo,
uma boa prosa não seria.

O foco de toda história
deve sempre ser o conflito.
Não tenha pena de leitor, não,
deixe ele sempre aflito.
Aperte e retorça com fé,
tenha prazer em ser maldito.

O sofrimento do passado,
ele vive em nossos rastros.
Uma chama reascenderá
flutuando entre os astros.
Ardor intenso e volátil,
que não precisa de balastros.

Os laços de afeto
ainda precisam de nó.
Perdidas ao vento,
sem chamego, sem xodó.
É só questão de tempo,
e efeito dominó.

A ESTAÇÃO INTERGALÁCTICA JOSÉ DO PATROcínio ficava entre o planeta Cabula XI e o planeta Zolriatis. Com mais de trezentos quilômetros quadrados, o complexo atendia aos cidadãos do Sistema Sucupiral e era o ponto de acesso para variados destinos da galáxia, com milhares de expressos interestrelares aportando e zarpando todo santo dia.

Graças aos contatos das Paladinas do Sertão, Filomena conseguiu passaportes falsificados para todos, assegurando o anonimato tão crucial para a missão. Além disso, também se certificou de que todos tivessem malas com compartimentos secretos, indetectáveis pela segurança, possibilitando que pudessem viajar armados. Apesar da bondade de Antonieta, que se ofereceu para arcar com os custos da viagem, Severino preferiu usar o dinheiro que havia coletado recentemente para pagar a passagem dele e a de Bonfim, fato do qual seu amigo puiuiú seguia reclamando.

— Pobre que esquece que é pobre se lasca duas vezes — resmungou ele ao ser ignorado.

O grupo estava programado para embarcar no Expresso 22.22, que partiria para a Terra em uma viagem de sete dias, em uma dobra equivalente a 343 vezes a velocidade da luz. Capaz de comportar até oitenta mil passageiros, o Expresso

22.22 fazia parte da mais nova e moderna frota do Comboio Galáctico, uma das empresas subsidiárias das Corporações ProPague.

Enquanto estavam na fila para embarcar, Severino admirou a beleza e a magnitude do veículo, cujo design era um híbrido de trem-bala, cruzeiro e ônibus espacial. Duas figuras de proa adornavam o avante do expresso: as imagens dos bois Garantido e Caprichoso. A fachada esquerda era pintada predominantemente de vermelho, com padrões geométricos, estrelas e flores multicoloridas, enquanto a direita era predominantemente pintada de azul. Durante sua vida como Carcará Carmesim, Severino executou muitas viagens interplanetárias, sempre com naves da Federação, que também tinham sua parcela de pompa e circunstância, mas nada que chegasse aos pés daquela real maravilha da engenhosidade humana.

Devido ao preço elevado, o grupo se hospedou no setor Garantido do expresso, com preços mais populares. Mesmo com o desconto Perreché, eles tiveram que alugar cômodos nos níveis inferiores, com cabines menores, apertadas e ainda mais baratas. Severino e Bonfim ficaram no quarto G-8053, Filomena e Juá ficaram no quarto G-8089, enquanto Antonieta ficou no quarto G-7922, um andar acima de seus companheiros, em um cômodo que podia atender melhor suas particularidades morfológicas.

O embarque foi tranquilo, apesar do grande número de passageiros e da inspeção pessoal de cada tripulante, que deveria estar com trajes na cor de seu boi de escolha, sendo proibido se adornar com a cor do boi contrário. Quem mais sofreu com essa decisão foi Bonfim, que teve que se despedir momentaneamente das fitinhas azuis em sua vasta cabeleira.

Após desfazer a pequena mala, com três peças de roupa e alguns produtos de higiene pessoal, Severino se deitou na cama e ficou em silêncio, encarando o teto.

— Pequeno, não é? — Bonfim tentou engatilhar um papo.
— Hun-hun.
— Aparentemente, janelas e esticar os braços são luxos dos quais nós, reles mortais, não podemos gozar.

Após alguns minutos do mais puro tédio, Bonfim se levantou.

— Bem, se quer ficar aqui com essa cara de bufa fria, vou dar um rolê para ver qual é de mesmo desse expresso.

O corredor do oitavo andar estava movimentado, com passageiros ainda se estabelecendo em seus quartos. Bonfim detestava estar cercado por humanos, que tendiam a ignorar qualquer ser menor que eles. Ao chegar no elevador, o puiuiú logo notou que a viagem seria longa e irritante: a engenharia da nave claramente não fora pensada para acomodar sua espécie, visto que o painel do elevador estava alguns centímetros além de seu alcance, mesmo pulando.

Após algumas tentativas fracassadas, um dedo cilíndrico e metálico o socorreu, apertando o botão por ele. A seu lado estava Juá, a imensa carranca robótica protetora de Filomena.

— Achei que fosse seu protocolo ficar ao lado de sua dona cem por cento do tempo — disse Bonfim, já dentro do elevador.

— A Salvaguarda não é minha dona, ela é minha comandante. E ela ordenou que eu tirasse duas horas de descanso.

— E o que é que uma Defendente faz em seu tempo livre?
— O bar?
— Sério? Ê lê-lê, agora a gente tá falando a mesma língua!

Após subir até o terceiro nível e passar pelas casas de jogos e boates, Juá e Bonfim pararam no primeiro quiosque que encontraram, chamado *8aki*. Bonfim pediu uma caipirinha de seriguela, enquanto Juá pediu uma dose de gim-tônica, que foram prontamente servidas. O primeiro gole da bebida, gelada e doce, desceu pela garganta do puiuiú em um carinho repleto de memórias agradáveis; nada de investigações, assassinatos ou mistérios. Havia, contudo, um problema: sem Severino, a bebida não cumpria sua missão etílica, impedindo que ele pudesse desfrutar das maravilhas da embriaguez. Havia a possibilidade de usar suas habilidades emocatalisadoras no coitado na mesa vizinha, que já estava mais para lá do que para cá, mas o puiuiú se sentia sujo usando desconhecidos.

Beberia pelo simples prazer de beber.

Após matar mais da metade do copo, Bonfim notou que sua companheira metálica estava parada, de braços cruzados sobre a mesa, seus olhos de carranca voltados para o copo de gim-tônica, ainda intocado.

— Não vai beber? — perguntou ele.

— Não tenho boca nem sistema digestivo.

— Verdade... Oxi! Por que pediu, então?

— Gosto de olhar as bolhas.

— As bolhas?

Juá notou o tom sarcástico na voz de Bonfim.

— Seu prazer com bebida vem do sabor, o meu prazer vem de testemunhar as bolhas.

— Ok.

— Cada bolha, cada uma delas, está respeitando diversas forças da natureza: pressão atmosférica, gravidade, atrito, reações químicas. E, ao chegar à superfície, elas deixam de existir. Cada bolha tem sua vida. E cada bolha respeita as leis que a tornam bolha. Em cem por cento das vezes, mesmo que não tenha ninguém as vigiando. Milagres cotidianos que passam despercebidos por todos. Sim, gosto de olhar as bolhas.

— Então tá. — Bonfim bateu seu copo no dela. — Tchin-tchin para as bolhas, minha amiga carranca.

— Você brinca, mas a realidade é essa. Eventos magníficos são perdidos por olhares desatentos. A indiferença é mais cruel que a morte — concluiu Juá.

— Se eu bebesse seu gim-tônica agora, você ficaria muito puta? — provocou Bonfim.

— Eu não sinto raiva.

— Opa, então posso beber. — Bonfim esticou a mão para o copo, mas foi impedido por Juá

— Não terminei de falar. Isso não significa que eu não possa machucar você por pegar o que é meu.

— Defina "machucar".

— "Machucar" do tipo: eu arrancaria todas essas fitinhas que você usa para esconder sua cara.

— Ok, ok. Pindaíba, não é pra tanto. Tô só tentando aliviar a tensão aqui. Parece que todo mundo ao meu redor acabou de ler *O meu pé de laranja lima*.

— *O meu pé de laranja lima*?

— É, porra. — Bonfim se levantou e deixou Juá sozinha no bar. — Você não estava tirando onda de sua mente artificial incrível, máquina depressiva do cacete? Tem wi-fi de graça em todos os andares. Pesquise. É um livro triste pra dedéu. Foi uma puta de uma piada inteligente...

Enquanto Bonfim seguia seu caminho, nos alto-falantes espalhados pelo Expresso 22.22, a capitã Danielle Pimenta anunciava o início da decolagem, com a nave partindo em direção ao Portal Guineensis, construção em forma de Y com um campo giroscópico de energia entre as duas extremidades menores. Essa energia servia como impulso para os motores das naves de grande porte, permitindo a dobra espacial e viagens em uma velocidade maior que a luz.

Severino estava no convés, caminhando em direção à proa da embarcação, lugar ideal para testemunhar o salto. O deque era coberto por uma imensa abóbada de material reforçado, com placas polarizadas que protegiam e permitiam observar a beleza e a vastidão do espaço. De onde estava, Severino podia ver as duas torres do Portal Guineensis se abaixando, indicando que a viagem interplanetária estava prestes a iniciar. Devido a seu formato em Y e por servir como impulso para as naves, o Salto Guineensis era popularmente conhecido como badogar.

Assim que a nave se aproximou do campo de energia, tudo ao redor se esticou. Estrelas e planetas se tornaram fios de açúcar na escuridão da galáxia, fluindo acima dos passageiros como um rio de luz. Logo após o salto, o sistema de iluminação do expresso foi acionado e os vidros polarizados se tornaram opacos, simulando a noite para todos no convés.

Sem ter o que fazer, Severino zanzou até a popa da embarcação, seus pensamentos perdidos na possibilidade de reencontrar o irmão. Se, por acaso, Jeremias estivesse por trás daquela investigação, qual seria sua primeira reação? Raiva ou alívio? Daria nele um soco ou um abraço?

Severino se encostou no corrimão e ficou a admirar o pouco que podia ver através do vidro polarizado. Ao longo da vida, dividiu muitas cervejas com o velho Albérico, passando horas conversando sobre a tecnologia Guineensis. E mesmo após dezenas de explicações minuciosas, com papéis dobrados e furados, com molas contraídas e estendidas, Severino jamais conseguiu compreender o que acontecia durante uma dobra espacial. Pelo pouco que assimilou, a nave estava relativamente parada, ao mesmo tempo que o espaço, em si, dobrava.

Ele riu.

Como gostaria de ouvir o velho Albérico naquele momento. Certamente ele teria conselhos sábios para dividir com Severino, que perguntaria o que fazer para colar os pedaços da alma de volta no lugar.

— Uma pessoa que olha assim para o céu só pode estar apaixonada ou atrás de um milagre.

Ao lado de Severino, um naigosa também tentava vislumbrar as maravilhas do universo. A espécie alienígena, oriunda do planeta Bihaqueha, era um pouco maior que os puiuiús, donos de peles acinzentadas e enrugadas, membros inferiores curtos e dois olhos imensos, que tomavam conta de aproximadamente trinta por cento de seus rostos. Os naigosas também eram a mais nova espécie a integrar a Federação Setentrional, fato que podia ser notado pelos sotaques, ainda desacostumados com toda a malemolência da língua oficial galáctica.

— Boa dicção para um naigosa — desconversou Severino. — Acertou em cheio os cês e os dês.

— Os percalços de um povo com língua de pedra. Yakhá é meu nome. E o seu, humano?

— Amarildo. — Severino usou o nome que estava em seu passaporte falsificado.

As risadas dos naigosas lembravam o som de rochas rolando.

— Ahhh, nomes terráqueos são tão engraçados.

— Claro... porque a gente encontra Yakhás em toda esquina.

— Uma verdade em Bihaqueha. Nome bastante comum lá. Mas me diga, humano, olha para as estrelas atrás de um milagre ou porque está tomado pela paixão?

— Um pouco dos dois, se eu for completamente honesto — respondeu Severino.

— Em meu planeta, a gente tem um dizer. Traduzindo, seria mais ou menos assim: as estrelas chamam nossa atenção, mas há mais escuridão do que luz na galáxia. Há mais ausências do que presenças no espaço, e para ser alguém, você tem que brilhar.

— Bonito...

— Viajando sozinho? — perguntou o naigosa.

— Com alguns amigos.

— Eu mal posso esperar para chegar à Terra. A celebração do Sexagenário promete ser uma festança. Presumo que você, como a grande maioria aqui, está indo para o aniversário da Federação.

— Pode-se dizer que sim.

— Simpatizei com você, Amarildo.

— Simpatizei com você também, Yakhá.

— Eu e minha esposa vamos jantar no Salão Encarnado. Encontrarei você lá?

— Não — respondeu Severino. — Nós, dos andares inferiores, jantamos no Salão Perreché.

— É mesmo? Eu estou no quarto G-4008, e você?

— G-8035.

O naigosa assobiou.

— Lá embaixo.

— História da minha vida — disse Severino.

— Bem, sejam quais forem os motivos que o levam a olhar as estrelas, espero que encontre aquilo que procura, Amarildo.

— Obrigado, Yakhá. Que a gente se encontre novamente.

Severino zanzou por mais uma hora, até que decidiu tomar um chope em um dos bares espalhados pelo convés. A tenda emulava um antigo quiosque de praia terráqueo, feito de madeira e com palhas de coqueiro no topo. A alguns metros de onde Severino se sentou, no palco de apresentações, uma banda de grimolianos se apresentava. Seres bípedes e lânguidos, eles tinham rostos que eram uma mistura entre a face de um cavalo e um tamanduá, só que sem a linguinha. Todos usavam o mesmo figurino, predominantemente vermelhos, repletos de lantejoulas, adereços em forma de coração, suas jubas penteadas e ensebadas de gel.

Bate forte, coração vermelho
Explode de felicidade
É tão bonito ver meu povo assim, sorrindo
Brincando na maior cumplicidade

 A cerveja desceu gelada, em um alívio que o homem não sentia havia alguns dias. Ao provar o amargo tão familiar, ponderou a possibilidade de aproveitar aquele momento e se divertir um pouco. Não estava particularmente alegre, não tinha muitas razões para comemorar, mas não havia nada que pudesse fazer naqueles sete dias de viagem. Poderia, ao menos, fingir alegria. E alegria fingida, vez ou outra, enganava o coração o suficiente para dançar.

A galera enlouquece
Sou do São José
Eu sou de cima
Eu sou da tribo perrechê

 E foi isso que decidiu: curtiria o que restava de vida, porque tudo indicava que ele não viveria até o fim daquela investigação.

Barra de cetim
Coração na testa
Couro de veludo
Meu boi pra mim é tudo

Severino se juntou ao público ao redor do palco, dançando ao ritmo charmoso dos grimolianos. E, enquanto os pés pulavam e a cintura requebrava mediante o ritmo da toada, Severino esqueceu que ele era ele. Esqueceu Filomena e Bonfim, Jeremias e Clapsson, esqueceu seu Olho de Dendê e as mortes que testemunhou. Ele era apenas uma pulsação de vida baseada em carbono, dançando entre as estrelas em uma viagem mais rápida que a velocidade da luz.

Após alguns chopes, cansado de tanto requebrar, Severino voltou à mesa, se sentou e esperou o suor secar.

— Você ainda sabe dançar.

Filomena, que tinha uma garrafa de cachaça em uma mão e dois copos na outra, sentou-se na cadeira oposta à de Severino, bem de frente para o homem.

— Capoeira me deu gingado.

Filomena serviu pinga nos copos e arrastou um até Severino. Ela olhou para o nome da quitanda e depois para o ex-namorado.

— Mama Grave... Que diabos isso significa?

— Os caras têm mania de colocar nome inglês em bar. Pouco importa o que significa se soa bacana.

Silêncio reinou entre os dois por alguns longuíssimos segundos.

— É verdade que consegue ver as mortes das pessoas com esse seu olho aí? — perguntou ela.

Severino bebeu um pouco da cachaça e sentiu a goela arder.

— É verdade.

— Foi painho que fez isso? Ele sabia que tu teria esse "poder"? — Filó mimicou as aspas com os dedos.

— Mais ou menos. O velho Albérico disse que o olho seria capaz de ver além, eu só precisava achar o psicotrópico correto.

— Deve ter sido uma festa e tanta achar o psicotrópico correto.

Filó apoiou um dos cotovelos no encosto da cadeira, bebendo e examinando melhor a figura diante dela.

— Nem tanto. Essas merdas abrem abismos dentro de você... e quando você já é um abismo ambulante... Bem, redundâncias abissais à parte, isso já diz muito sobre as visões, não?

— Qual foi a chave que abriu seu olho para as mortes alheias, Xique-Xique?

O homem tirou uma lasca de raiz preta do bolso da camisa e mostrou à mulher.

— Jurema? — Filó se debruçou e logo reconheceu.

— Ela mesma.

Filomena agora estava mais próxima de Severino, tanto que seu perfume o inebriou muito mais que a cachaça em sua mão.

— E aí, como é ver através dos olhos de uma alma morta? — indagou ela.

— Quase sempre desesperador. É sentir o medo do desconhecido e, assim que o mistério está prestes a se revelar, acordar.

— Tu nunca viu o outro lado?

— Não. Assim que chego no grande silêncio, acordo.

— Morrer constantemente e continuar — falou Filomena enquanto se servia de mais uma dose de pinga. — Não deve ser fácil.

— Morrer nunca melhorou a vida de ninguém — brincou ele. — É algo, pelo menos.

— Nunca te tomei por um fatalista...

— Consequências de morrer.

Severino se debruçou na mesa e sorriu, mas, ao contrário do que esperava, a reação de Filomena foi bater o copo na mesa.

— Mas tu não morreu, homem.

— Eu morri, Filó...

— Eu não sei quantas mortes tu testemunhou com esse olho aí. — Ela usou a mão que segurava o copo de pinga para apontar em direção ao Olho de Dendê. — Mas a verdade universal continua sendo esta: só se morre uma vez, Severino. A morte é uma cobradora muito séria. Não dá documento e só recebe uma vez. Você pode tentar usar essa desculpa, mas tu não morreu. Tu tá vivinho. Morto de verdade não tem desculpa. Morto só tem duas coisas: a porra da lápide e toda a saudade que deixa para trás.

Severino nada falou. A mulher não merecia ser confrontada.

— Painho morreu, você não! — vociferou ela. — O que você fez não foi morrer, foi *fugir*. O que você fez foi dizer adeus. É muito diferente.

— Terminar com você foi a última pá de terra num caixão ambulante, Filó. — Ele abaixou a cabeça.

— Não. — Filomena bebeu mais. — As motivações e as consequências não têm muita importância. O que vale é a atitude. O gesto desejado no momento desejado. E você foi um covarde.

— Fui, não nego. Mas foi melhor para você, acredite. Tivesse eu ficado, não tenha dúvida, Filó, não existiria uma versão de você melhor do que esta que está agora diante de mim. Quando você se apaixona por uma âncora, todo afeto é afogamento. E eu não ia te levar comigo. Posso não ter morrido, não vou te contrariar, mas peso morto eu sei que sou.

— Falar do "e se" é perda de tempo, Severo. "E se" não existe — declarou Filomena.

— A filha do velho Albérico vai negar realidades paralelas e distorções temporais?

Severino brincou, e Filomena, pega desprevenida, riu.

Como era gostoso escutar aquele som. Após algum tempo sorrindo, olhos perdidos entre estrelas derretidas, Filomena entornou mais um copo cheinho de cachaça.

— Ele provavelmente acharia uma explicação cheia de bereguêdes e estribuligos para me provar errada.

— Era impossível conversar com ele quando caía no cientifiquês.

— Eu lembro que, uma vez, ele usou a teoria da relatividade para me convencer a arrumar meu quarto — disse Filó.

Ambos riram dessa vez. Os dois se debruçaram sobre a mesa, o mais próximo que estiveram em dez anos.

— Funcionou?

— Funcionou. O que é que o velho não conseguia, Xique-Xique?

— Verdade. Vida boa... Conquistou tudo e, no final, o que lhe restava era apenas conquistar a morte também.

Severino levantou o copo, Filomena brindou e ambos beberam mais uma dose de pinga.

— Você nunca recebeu um centavo da herança dele? — perguntou Severino.

— Filha de consideração não é algo que lei protege. Muito menos se for uma Paladina. Acho que ninguém acreditaria que ele e mãinha estavam tanto tempo juntos.

— Seria mesmo difícil para um João Qualquer acreditar que o garoto-propaganda da Federação era apaixonado pela Matriarca das Paladinas do Sertão. Montecchios e Capuletos, destinados pela má estrela a serem amantes inimigos.

— Você viu os dois juntos, viu como funcionavam bem. Do jeito deles, claro, mas vou te dizer, o sorriso de mãinha era sempre mais largo ao lado dele.

— Como duas peças num quebra-cabeça. Mas a gente teve nossos momentos também.

— Tivemos. — Filó se encostou na cadeira, afastando-se um pouco, a voz tremida pela saraivada de memórias que atravessava sua mente.

— Você se lembra do final de semana em Faruei? Dois dias completamente pelados.

— Lembro. — Filomena riu. — Sua cantada terrível. *Nessa rede dorme dois, mas acorda três.*

A risada se intensificou. Severino também riu.

— Ahh, colé, o bróder tem que apimentar as coisas...

— Ahhh, claro, porque o que uma mulher mais quer ouvir antes de transar é que pode engravidar...

— Verdade.

Ambos riram e beberam mais.

No palco, a banda começou um xote gostoso.

Que falta eu sinto de um bem
Que falta me faz um xodó
Mas como eu não tenho ninguém
Eu levo a vida assim tão só

A garrafa acabou, a risada acabou, mas os olhos continuaram conectados. Severino arrastou sua cadeira e se sentou ao lado de Filomena. Ele apertou a mão dela, ela beijou os lábios dele. Levantaram e dançaram forró juntos.

Colados.

Nem ar passava entre eles.

Eu só quero um amor
Que acabe o meu sofrer
Um xodó pra mim
Do meu jeito assim
Que alegre o meu viver

No elevador, trocaram afagos e beijos calorosos.

Ao chegar à porta, Severino colocou a chave na fechadura, mas não funcionou. Tentava beijar Filomena e abrir o quarto ao mesmo tempo, mas, por algum motivo, não conseguia fazer ambas as coisas.

A porta se abriu em um movimento brusco, revelando um curemêmê de toalha na cintura e com uma expressão puta da vida.

— Posso ajudar vocês? — quis saber ele, com cara de poucos amigos.

— Oxi. — Severino se assustou. — O que você está fazendo no meu quarto?

— O que você está fazendo no *meu* quarto? — retrucou o curemêmê.

— O 8035? — perguntou Severino.

O imenso alienígena apontou para a placa na porta, indicando que estavam, de fato, no quarto G-8035. Filomena puxou a chave na mão de Severino e examinou.

— Seu quarto é o 8053, Severo. — Ela colocou a chave de volta na mão dele. A chama que ardia no bucho da mulher e fazia a pele dela queimar era intensa, mas maior que o desejo foi lembrar a dor de ser esquecida. — Eu vou para o meu quarto. Isso seria um erro.

— Não, não, não, Filó...

— Até amanhã, Xique-Xique.

Filomena seguiu seu caminho pelo corredor ao mesmo tempo que o curemêmê começou a rir.

— Vai dormir sozinho hoje, humano.

— Para sua informação, não, não vou. Eu vou dormir com um puiuiú.

— Urh! — O curemêmê fez uma cara de desgosto. — Ela me parecia uma opção melhor.

E fechou a porta, deixando Severino sozinho, dengoso por um cafuné e sóbrio, a pior combinação naquele momento.

— Errado não tá — murmurou ele para a porta fechada.

E arrastou os pés até seu quarto.

🪐

Filó disparou pelos longos corredores, ansiosa para deitar em sua cama e esquecer o acontecido. Ela tinha acabado de quebrar uma promessa que havia feito para si mesma e estava indignada, apesar do sorriso tolo que se atrevia a surgir. Severino era a montanha que rompia a linha perfeita do horizonte. A imensa pedra em seu passado, grande demais para sumir na distância, não importava o quanto navegasse. E como se aquela noite não estivesse longa o suficiente, ela encontrou Bonfim escorado na porta de seu quarto.

— Essa noite só fica melhor...

— Bom te ver também — respondeu Bonfim ao se levantar.

— O que você quer?

— Vamos conversar?

Filomena entrou no cômodo e se sentou na beira da cama.

— Diga.

— A vida de Salvaguarda parece te fazer bem — disse o puiuiú ao se acomodar em uma das malas espalhadas pelo chão.

— Obrigada. Tenho certeza de que você não veio aqui me elogiar, Bonfá. Desembucha logo.

— Filó, sempre direta ao assunto. Amolada como uma peixeira.

— Bonfá...

— Filó, você sabe que te adoro, mas eu faria tudo para proteger Severino, então vim só pedir para tomar cuidado para não abrir feridas que ainda estão cicatrizando.

— Dez anos se passaram, Bonfá — disse Filó. — O que tinha que cicatrizar já cicatrizou.

O puiuiú ficou em silêncio por um instante.

— Eu e você sabemos que tem corte que nunca fecha. Na melhor das hipóteses, a gente lida com o sangramento.

— O que você quer de mim? Eu estou aqui para ajudar, não para reatar um relacionamento que está morto e enterrado.

— O que você e Severino tinham não fica enterrado por muito tempo, Filó. É amor *highlander*, e como já diria a grande dupla de poetas: *o que é imortal não morre no final*.

— Muito engraçadinho, Bonfá.

— Tem jeito não, querida. Vocês carregam amantessidão — filosofou o puiuiú. — É como sacudir uma moeda pra cima e ver ela caindo sempre do mesmo lado. Como apostar numa roleta viciada que toda vez para no mesmo número. Como um baralho de cartas marcadas.

— Eu decido meu destino, Bonfá.

— Você me conhece, Filó. Sabe que não sou dado a romantismo, mas olhe só onde a gente está. Olhe só as cartas que foram distribuídas para que a gente estivesse com essas mãos, neste jogo. De toda a vastidão do possível, vocês se encontraram de novo. E eu não sei se Severino consegue te deixar uma segunda vez.

— Deixe de coisa.

— Filó, vou te contar um troço que prometi levar para o caixão. E eu só conto porque sei que você jamais vai repetir o que vou falar. Desde o dia que conheci Severino, eu e ele criamos o pacto de que eu só usaria minhas habilidades emocatalisadoras nele quando a gente saísse para beber. E sempre foi assim. Boas farras. Bebedeiras épicas. Mas, depois da explosão, depois do julgamento e da exoneração, depois do dia em que terminou com você, eu vi algo no olho dele que me assustou. Me assustou a ponto de quebrar o pacto que fiz com meu irmão. Eu invadi a cabeça de Severino e vi algo assustador: ele queria se matar.

Um segundo de silêncio se estendeu pela eternidade, perdido em uma dobra espacial.

— Dividi as emoções dele sem que ele soubesse — continuou Bonfim. — Ainda assim, carregando só metade do fardo, foi a coisa mais difícil que já fiz. Não me arrependo, mas também sei que não foi o correto. Mas ali, na cabeça do meu irmão, vi sentimentos que ninguém merece sentir.

Bonfim se levantou e caminhou até a porta.

— Tenho certeza de que se eu tivesse do seu lado naquele dia, Filó, eu também sentiria muita dor. Eu não quero nem vou justificar o que ele fez, mas posso garantir, por experiência própria: ficar ao lado dele durante aquele mês custou parte de minha alma. Certamente custaria a sua também.

— Se eu estivesse com ele, talvez não fosse tão ruim assim — disse Filomena baixinho, enquanto uma lágrima escapava do olho.

— Arrependimento nem sempre significa que escolhemos o caminho errado. O certo pode ser remédio amargo. A verdade é que a gente faz o que pode para proteger quem a gente ama. E, às vezes, tudo que resta a fazer é pular em cima da granada e abraçar a explosão.

9

DIZE QUE LEVAS SOMENTE COISAS DE NÃO

É no meio da caminhada
a hora que deves atacar.
Pegar o leitor desatento,
sua segurança abalar.
A história está fervendo,
hora das coisas chacoalhar.

Uma tática muito boa
é a de matar coadjuvante.
Os sentimentos se emaranham
e a história vai adiante.
Segurança evapora, e sim,
tudo fica mais excruciante.

Seguido nosso bando,
uma sombra espreita.
Percorre invisível,
sem levantar suspeita.
É bicho ruim mesmo.
Eu nem quero ver. Eita.

No meio do espaço,
a caminho da Terra,
desejos são contidos,
a paixão, porém, berra.
Guardado lá no fundo,
o amor se desenterra.

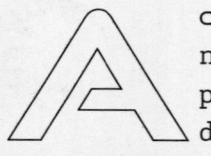

AO LONGO DO DIA, ANTONIETA SENTIA A necessidade de se banhar, usando a água fria para regular sua temperatura interna. As demandas da vida Carcará, infelizmente, a impediam de atender suas vontades pessoais, restando apenas o horário do sono para gozar de tal necessidade. E como ela gostava daquele momento, propício para relaxar, ler e pensar nas coisas belas da vida.

Não era o caso daquela noite. Dormir em uma banheira que não fora projetada para atender sua anatomia era praticamente uma forma de tortura. Antonieta era maior e mais larga que um humano comum, e seu corpo simplesmente não conseguia permanecer inteiramente submerso o tempo todo. A coluna estava curvada e as patas inferiores, doloridas.

Obviamente, por se tratar de um expresso do Comboio Galáctico, havia a possibilidade de se hospedar em quartos maiores e com regalias mais apropriadas para satisfazer alguém como ela, mas essa realidade estava além de suas possibilidades financeiras.

Sua rotina matinal, tão prazerosa, virou um pesadelo, pois nem mesmo o desjejum ela conseguia fazer, já que o serviço de quarto não chegava aos níveis inferiores, forçando-a a treinar com o estômago vazio, algo que comprometia seriamente a intensidade dos exercícios.

Após terminar sua atividade física, Antonieta sentou-se na beira da cama e leu um pouco. Prometeu a si mesma apenas quarenta páginas, mas, no fim, leu cento e cinco.

Um dos maiores prazeres que existem é sair depois de uma pancada de chuva pesada mas ligeira e sentir nos pés a água morninha empoçada nas lajotas que o sol vinha esquentando. Dafé lembrou que, se vô Leléu estivesse no Baiacu e não na Bahia resolvendo negócios, reclamaria ao vê-la de saia arrepanhada e descalça, arrastando os pés nas poças com os artelhos bem abertos para desfrutar melhor do calorzinho.

Inspirada por essas palavras, Antonieta se perguntou qual seria um dos maiores prazeres de sua vida. Sua rotina matinal era uma delas, mas certamente havia mergulhos mais profundos que o simples desjejum. Claro que havia. Ela gostava dos dias melancólicos, quando a alma aceitava visitar a tristeza apenas pela saudade de chorar. Não tinha motivo ou dia certo para chegar, era coisa que corria como brisa e derrubava como furacão. E, quando ela se via no olho da tempestade, a solução era abrir os velhos álbuns de fotografia. Acariciava o papel como se fosse a pele do pai, chorando pelo que jamais poderia abraçar novamente, o tipo de dor que faz você se arrepender de todo segundo vivido longe da pessoa amada.

Mas ela estava longe de casa, sem álbuns, sem sua hidrocama, sem sua biblioteca e sem a comida de que tanto gostava. E, ao se ver longe de todas as coisas que a acalentavam com o conforto da rotina, Tiê se viu obrigada a confrontar sentimentos que ignorava havia anos. Olhar para si era como encarar a vastidão do espaço. Toda a luz, todo o calor, toda a gravidade estavam longe demais para tocá-la, apenas pontos brilhantes distantes, nada mais do que sonhos inalcançáveis.

Ela andou até o armário e colocou uma roupa civil, algo que não fazia com muita frequência. Andar sem seu uniforme Carcará era o equivalente emocional a andar pelada pela multidão. Contudo, a missão fazia todo desconforto, todo cansaço, valer a pena. Finalmente Antonieta sentia que estava fazendo algo de valor. Finalmente sentia que sua vida tinha algum propósito além de sonhar com uma maldita promoção no trabalho.

Ao sair do quarto, notou uma pequena comoção no corredor: pessoas, das mais variadas espécies, conversavam perto das escadas de acesso entre os andares.

— O que aconteceu? — perguntou ela.

Uma das humanas que estava mais próxima de Antonieta a encarou com nojo e se afastou da inspetora com um sopro de asco.

Ao perceber tal comportamento, um grimoliano se apressou para responder:

— Alguém foi assassinado no oitavo andar.

Antonieta desceu a escada empurrando quem estivesse em seu caminho. Seguiu a aglomeração até encontrar a fonte por trás da curiosidade mórbida: de longe, viu o corpo morto de um curemêmê estendido na cama, sinais de um confronto e um rastro de sangue que se espalhava pelas paredes do quarto.

Uma cena de crime muito semelhante à que encontrou em Batoidea.

Como era padrão em todas as viagens interestelares, uma dupla de Carcarás Carmesins trabalhava a bordo do expresso, responsáveis por averiguar eventos como aquele.

Antonieta correu até o quarto de Severino e bateu na porta. Foram batidas fortes e nervosas. O homem atendeu ao chamado com resmungos, de cara fechada. Parecia ter acabado de acordar, e seu semblante era a mais pura derrota da alma humana.

— Ressaca, sono, tchau — disse, fechando a porta.

— Severino — Antonieta forçou a porta na direção contrária e adentrou o cômodo —, um dos passageiros foi assassinado.

E com algumas míseras palavras, a ressaca deixou de ser o maior perrengue naquela manhã.

— Puta merda... Você acha que tem a ver com a gente? — perguntou ele.

— Eu não entendo por que mataram um curemêmê, mas é bem...

— Pera, você disse curemêmê? — interrompeu Severino, intrigado.

— Sim.

— Quarto... — Ele pensou por um segundo. — Foi no quarto G-8035?

— Isso — confirmou Antonieta. — Como você sabe?

Severino se levantou e foi até uma de suas malas.

— Você está com sua pistola? — perguntou ele.

— Não... Eu estava indo para o café da manhã.

— Então toma. — Ele lançou uma das armas que trazia consigo. — A gente precisa ir até o quarto de Filomena checar se ela está bem.

— Ela tem uma Defendente com ela, tenho certeza de que está bem.

— A gente vai conferir. Bonfim, porra, acorda.

O puiuiú acordou, erguendo parte do corpo da cama.

— O que foi? — perguntou com a voz rouca.

— Mataram um passageiro no 8035.

— E o que a gente tem a ver com isso, meu rei? — indagou Bonfim, ainda zonzo.

— Ontem, no convés, um naigosa puxou papo comigo. Ele me pareceu ser só mais um passageiro. Conversa vai, conversa vem, ele me perguntou o quarto em que eu estava hospedado e eu disse 8035. Decorei errado.

— E você acha que ele é o assassino? — perguntou Tiê.

— Oficórssimente.

— Um naigosa assassino? — questionou Bonfim, se espreguiçando.

— É, por essa eu também não esperava — retrucou Severino.

— É como descobrir que o E.T., do Spielberg, era na verdade um jagunço.

— Foco, Bonfim.

— Só tô dizendo. Uma coisa não combina com a outra.

— A gente está indo ver se Filó está bem. Você vem?

— Sozinho que eu não vou ficar — respondeu o puiuiú, se apressando para se levantar. — Vergonha da porra morrer na mão de um naigosa.

Ao abrir a porta do quarto, Severino se deparou com Filomena, que estava prestes a bater. Sem proferir sequer uma palavra, ele a abraçou. Sua carne amoleceu em um alívio completo.

— Vocês souberam, então? — perguntou ela por cima do ombro de Severino, que ainda a abraçava.

— Temi que tivessem te achado — disse ele, soltando a Paladina, constrangido.

— Eu estou aqui para evitar isso — respondeu Juá logo atrás de Filó, e seu corpo imponente corroborava a afirmação.

Antonieta puxou todos para dentro do cômodo.

Juá ficou em pé, assim como Filomena, enquanto o resto se sentou nas camas, todos apertados naquele espaço minúsculo.

— Eles nos acharam de algum jeito. — Antonieta tentava elaborar uma estratégia, mas tudo que conseguia pensar era que agora haviam se tornado alvos fáceis e sem rota de fuga aparente. — Severino, você disse que foi um naigosa que perguntou o número de seu quarto?

— Foi, porra.

— Que história é essa de naigosa? — indagou Filomena, preocupada.

— Depois eu explico — respondeu Severino.

— Isso é interessante — comentou Antonieta, alheia à conversa dos dois.

— Interessante? — questionou Severino.

— É. Os naigosas foram anexados recentemente, ainda não têm representantes em nenhum ramo da Federação. Dessa vez, eles não mandaram Urubutingas para nos caçar. Estamos lidando, muito provavelmente, com mercenários. Ou seja, a Federação não quer chamar atenção para si.

— Estamos de igual para igual — concluiu Severino.

— Pelo menos no que diz respeito à abordagem. Não sabemos quantos são. E eles ainda por cima têm a vantagem de saberem que Severino e eu estamos no meio disso tudo — disse Antonieta.

— Se eles sabem de Severino, sabem de mim — constatou Bonfim.

— Eles provavelmente sabem de todos nós, o que significa que precisamos descobrir mais sobre eles. Equilibrar o jogo. — Antonieta se levantou e foi até a porta. — Pelo que vi, a segurança do expresso consiste apenas de Suindaras. — A inspetora se referia a uma das classes da hierarquia da Federação Setentrional, formada por soldados e cabos. — Isso e dois Carcarás Carmesins que estão, neste momento, cuidando da cena do crime.

— Sim, e?

— Achar um naigosa na lista de passageiros será relativamente fácil.

— Se ele me deu o nome verdadeiro, o que eu duvido, ele se chama Yakhá — relatou Severino.

— E onde vai achar uma lista de passageiros? — perguntou Filó.

— Essa é a parte difícil. Nós teremos que invadir a central de segurança do expresso.

— Alguma ideia?

— Bonfim e eu vamos dar um jeito de descobrir a identidade deles — anunciou Antonieta. — Olho de Dendê, você procura por aquilo que só seu olho pode ver.

— Nem comi um acarajé hoje e o mundo já tá pedindo demais de mim — respondeu Severino sem um pingo de entusiasmo.

🪐

— Primeiro, foram as fitinhas azuis. Agora, minhas fitinhas vermelhas. Não estou Garantido, muito menos Caprichoso — resmungou Bonfim, apalpando as fitinhas que sobravam em sua cabeleira.

— A central de segurança fica no lado Zeca Xibelão do expresso. Nada que a gente possa fazer a não ser tirar o vermelho e vestir o azul — comentou Antonieta.

Antonieta e Bonfim estavam no fim de um extenso corredor, vigiando o escritório de segurança do Expresso 22.22. Ambos vestiam a cor do boi Caprichoso, violando a regra primordial daquele veículo intergaláctico. Contudo, naquele momento, isso era o menor dos perrengues, já que planejavam cometer intransigências ainda piores. A capivara havia colocado uma película inteligente sobre o painel de acesso, dispositivo que revelaria o código digitado pelos Carcarás

Carmesins. Havia convocado o puiuiú para ajudá-la, pois precisava da sensibilidade de seus ouvidos para alertar qualquer tipo de aproximação uma vez que estivessem dentro do escritório.

— Qual é o plano aqui, Antonieta? — indagou Bonfim.

— Esperar os Carcarás...

— Não agora, pindaíba. O plano final!

— Descobrir e impedir os planos da ProPague.

— Nós cinco contra uma empresa que é basicamente dona da galáxia?

— Infelizmente, só podemos contar uns com os outros.

— Joana Angélica tinha Deus do lado dela e mesmo assim morreu.

— *A vida é cheia de obrigações que a gente cumpre, por mais vontade que tenha de as infringir deslavadamente.*

— Bonito, bonito — disse Bonfim. — Mas me diga uma coisa: vamos imaginar que tudo dê certo. As marés são feitas de cachaça e a gente, de alguma forma, conseguiu impedir os planos da ProPague. Você acha mesmo que a Federação vai te aceitar de braços abertos?

Antonieta não havia parado para pensar nisso.

— Querendo ou não, seus dias de Carcará Carmesim acabaram, minha amiga capivara — declarou o puiuiú.

— Independentemente das consequências, a gente não faz o certo para ser louvado. *Não prometo vencer, mas lutar.*

— Fique se dizendo isso e um dia talvez acredite. Mas me parece que seu espírito e seu emprego não parecem dialogar entre si — disse Bonfim. Antonieta estava prestes a responder, mas o puiuiú a interrompeu. — Shhhh, alguém está saindo do elevador.

Uma Carcará Carmesim surgiu no outro lado do corredor. Apesar do nome indicar a cor padrão dos inspetores galácticos, o militar em questão trajava cores azuis. Respeitando a tradição secular, todos os oficias a bordo do Expresso 22.22 trajavam uniformes especiais, que trocavam de coloração no momento em que atravessavam de curral, o nome dado para cada setor do expresso.

Assim que ela digitou a senha no painel de segurança, os números apareceram no leitor eletrônico no pulso de Antonieta.

— 07-08-20-12 — murmurou ela para Bonfim.

Os dois permaneceram agachados no fim do corredor, apenas aguardando o momento certo para agir.

— Eu acredito piamente no que disse — soltou Antonieta de repente.

— Pois tenho pra mim que você usa palavras dos outros para esconder as próprias — rebateu Bonfim.

— Já me conhece tão bem assim, companheiro puiuiú? Não sabia que minha carne era transparente e que minha alma era exposta.

— Que outros motivos você teria para usar frases de outras pessoas?

Os olhos de Antonieta miravam o grande corredor, aguardando a possibilidade de descobrir a identidade dos assassinos que galgavam seu calcanhar.

— Quando meu pai descobriu o laboratório onde fui criada, ele me achou num tanque, abraçada com um livro e com a identificação E.T.G.H. 76.87/9 tatuada nas costas. Eu tinha consciência, sabia ler, mas não tinha nome. Eu achava que aquelas histórias que lia eram todas sobre mim, mesmo quando nenhuma delas tinha uma capivara geneticamente modificada. Pois tenho pra mim, Bonfim, que, antes de ser uma vida à base de carbono, sou uma vida à base de palavras. Livros compõem meu DNA.

Bonfim encarou a inspetora e procurou no fundo de seu bucho um comentário sarcástico, mas nada encontrou.

Após alguns minutos de espera, a oficial finalmente saiu da sala e retornou em direção ao elevador. Antonieta e Bonfim correram até o painel eletrônico, digitaram a senha e adentraram o escritório sem grandes complicações. Antonieta se apressou em direção ao computador, usando sua interface holográfica antes que a máquina entrasse em descanso automático e o uso fosse bloqueado. A inspetora acessou a lista de passageiros e procurou pela presença de algum naigosa, mas logo descobriu que não havia ninguém listado com aquela identidade. Ela buscou na lista de tripulantes, igualmente sem sucesso.

— Não há um único naigosa ou Yakhá nos registros — constatou Antonieta.

— Oxi, oxi, oxi. E o que isso significa?

— Isso significa que eles entraram no expresso de forma ilegal ou com a ajuda de alguém. Droga! — A inspetora bateu a pata na mesa, fazendo a projeção holográfica tremer.

— Calma, a gente ainda tem uma linha de ação clara.

— E qual seria?

— Você é uma Carcará, Antonieta. Qual é o lema de vocês?

— *Olhos atentos, garras afiadas.*

— É assim que a gente vai caçar eles — respondeu Bonfim.

— Mas eles têm todas as informações. Como fazer com que se exponham?

— Ah, minha amiga, criando um alvo grande pra caralho que ninguém pode ignorar.

🪐

Severino e Filomena se aproximaram do quarto G-8035, que estava sob a vigília de dois Suindaras enquanto os Carcarás Carmesins conversavam com os médicos da embarcação, anotando os depoimentos oficiais para preencher seus relatórios. A comoção ainda era grande, com curiosos aglomerados e debruçados sobre a fita de isolamento em torno da cena do crime. O burburinho era intenso, com pessoas comentando e fofocando sobre o que poderia ter acontecido com o coitado do curemêmê, cujo corpo ainda permanecia no quarto, coberto por um plástico preto.

— Certo, você precisa de uma gota de sangue, é isso? — perguntou Filó.

— É.

— Tudo bem. Acho que consigo passar pelos Suindaras. A gente só precisa de uma distração.

Severino encarou a mulher com surpresa.

— Você sempre foi meio ninja, mas nem você passaria despercebida com esse tanto de gente aqui.

Filomena examinou melhor os arredores e concordou com o homem.

— Você tem alguma ideia melhor?

Os médicos do Expresso 22.22 voltaram ao quarto, colocaram o corpo da vítima em uma maca e começaram a encaminhá-la em direção ao elevador.

— Vez ou outra, a ideia mais idiota é a melhor — anunciou ele.

Severino passou pela aglomeração, aproximou-se o máximo que podia da porta e começou a gritar.

— Não, porra! Não! Esse é meu amigo, caralho!

Ele pulou a fita de segurança e correu em direção à maca, abraçando o corpo.

Os médicos, atônitos, ficaram paralisados diante da cena, dando a Severino a chance de melar sua mão com o sangue amarelo do curemêmê.

Um dos Suindaras o puxou.

— Senhor, por favor.

— O Marcelo era meu melhor amigo!

— Marcelo? — perguntou o oficial. — O nome da vítima era Pertilon Cancavras.

— Esse não é o Marcelo?

— Não, senhor.

— Ah, graças a Deus... Coitado.

Severino se afastou com passos vagarosos. Ao se aproximar de Filomena, o homem mostrou a palma da mão, embebida com os fluidos do falecido.

— Isso não foi lá muito respeitoso com o morto — protestou Filomena.

— Honraremos o coitado capturando seu assassino. Agora vamos.

Os dois retornaram ao quarto de Filomena, protegido por Juá, que estava dentro do cômodo, parada em frente à porta, tal qual uma carranca gosta de ficar. Severino e Filó estavam nervosos, com o coração acelerado. Severino abriu o compartimento de seu braço mecânico e esfregou os dedos sujos de sangue.

— Como é o processo? — Os olhos de jabuticaba acompanhavam todos os movimentos do homem.

Severino puxou uma lasca de raiz de jurema-preta do bolso da camisa e mostrou para Filó.

— Eu vou colocar essa raiz na boca e vou apagar completamente. Mas, aqui dentro — ele apontou para a cabeça —, vou ver tudo que o coitado viu antes de morrer.

— Eu preciso fazer alguma coisa?

— Reza aí, que isso nunca fez mal.

Severino se sentou na cama, colocou a raiz debaixo da língua e esperou.

Em questão de segundos, o psicotrópico surtiu efeito e o homem tombou sob o colchão. Ao testemunhar a cena, Filó segurou a mão humana de Severino, acariciando-a vagarosamente com seu polegar.

Ô, DE

Ô QUARTINHO APERTADO

OI? TEM ALGUÉM AÍ?

DE TANTO LEVAR
FRECHADA DO TEU
OLHAR, MEU PEITO ATÉ
PARECE SABE O QUÊ?
TÁUBUA DE TIRO
AO ÁLVARO

...GRAÇADO...

OI? TEM ALGUÉM

ALGUÉM AÍ?

TEM ALGUÉM

OI? Ô, DESGRAÇADO...

ESSES **HUMANOS** SÃO UNS BICHOS ENGRAÇADOS...

Severino acordou.

Estava deitado na cama de Filomena, seu corpo pesado, suor frio cobrindo cada molécula de seu couro. A cada nova morte testemunhada, ele sentia o nó da vida se afrouxando, perdição que tirava dele o chão e o firmamento. Entretanto, ao acordar e encarar os olhos de jabuticaba, Severino achou o desejo de esticar o tempo, de prolongar cada segundo, de sugar cada gota de esperança que ainda restava dentro dele.

— O que você viu? — perguntou Filó.

— Um humano matou o curemêmê. Ele foi cruel, escroto... coisa horrível.

— Você reconheceu o humano?

— Não. — Severino ainda sentia uma dor fantasma na região do peito, traços de uma morte que não o matou. — Mas ele é fácil de identificar.

— Como ele era?

— Um Filho da Lança.

— Um Guerreiro do Maracatu? — questionou Filomena, incrédula. — Eles estão envolvidos com a Federação? Eles são nossos aliados. Não é possível.

— Não sei explicar, Filó. Um mercenário dissidente, talvez?

🪐

O convés do Expresso 22.22 estava tomado pelo fuzuê. No palco, As Metamorfoses da Alma, uma banda de grimolianos, tocava uma música agitada, celebrando a última noite da viagem de volta à Terra. No meio daquela baderna boa, Severino estava sentado na companhia de Filomena, tomando a terceira garrafa de Davera. Por cinco dias, eles se sentaram na mesma mesa, comunicadores a postos, apenas aguardando algum movimento dos mercenários que os seguiam.

— Estou achando que o Filho da Lança não vai sair da toca, meu povo. Cinco dias e nada.

— Paciência é como rapadura, Severino, quebra os dentes se for com muita fome — disse Antonieta pelo comunicador.

A inspetora estava em seu quarto, examinando as câmeras de segurança que ela havia raqueado dias atrás. Pulava de tela em tela, buscando qualquer atividade suspeita.

— E você, Bonfá? — perguntou Filomena.

— Se vocês pararem de conversar, já ajuda.

O puiuiú estava no posto de observação do convés, o ponto mais alto do expresso. Ele se concentrava na difícil tarefa de ignorar todas as distrações e usar suas habilidades emocatalisadoras para pressentir qualquer tipo de ameaça. O número de foliões, contudo, dificultava sua empreitada.

No meio da muvuca, Juá usava seus olhos de carranca para escanear a multidão, fazendo uma varredura mais técnica e objetiva. Caminhava pelos foliões em passos vagarosos, processando centenas de informações ao mesmo tempo.

— A gente passou os últimos dias aqui, no espaço mais aberto do expresso, e nem mesmo um esbarrão a gente tem para contar — reclamou Severino em seu comunicador. — Vamos aceitar que eles não querem nos atacar assim.

— Hoje o movimento é muito intenso. Eu mal consigo manter meus olhos em vocês com tanta gente passando na frente das câmeras — respondeu Antonieta.

— Boi-bumbá é isso aí mesmo — disse Severino.

— Até agora, nada de armas nas minhas leituras — complementou Juá.

— Tente aproveitar a festa, Severino — disse Antonieta. — Vocês, pelo menos, podem brincar.

— Ela tem razão. Não adianta essa cara de chorumelas. Vamos, me diga aí, o que tem feito de bom esses últimos anos? —

perguntou Filomena, tentando distrair a mente de seu companheiro de aventura.

Ela, que trajava um vestido amarelo, serviu um copo de cerveja para Severino, que estava de calça jeans e camisa social roxa.

— Investigando. Nada de glamoroso, infelizmente, Filó. Nada que chegue perto das histórias de quando eu era Carcará — falou ele, mais alto que o normal, tentando ser compreendido apesar da música.

— Você ainda mantém contato com aquele informante tictiquiano?

Severino riu.

— Tyrsonil Norumbeitirx. Como é que você me esquece um nome como esse, mulé?

— Tyrsonil. — Filomena riu também. — Você ainda fala com aquele traste?

— Não. Quando disse que morri, eu não estava exagerando. A única pessoa que continuou comigo foi o Bonfim.

— Única?

— Única — repetiu ele.

Após alguns segundos de troca de olhares, perguntou:

— Como tem sido a vida de Salvaguarda das Paladinas do Sertão?

Sem que Filó notasse, ele empurrou a cadeira e se aproximou mais um pouquinho.

— Muita reunião com gente que não suporto. Horas escutando lenga-lenga de político corrupto que não faz o serviço. Isso sem falar nos milhões e milhões de merdas que a Federação promove pela galáxia. Ou seja, tudo que mais amo nesse mundo.

— Oxente, não era seu sonho? — questionou Severino.

— Era, mas as coisas mudaram muito. Antigamente existia uma rebeldia, sabe? Antes, a Federação era o inimigo a ser desafiado, o rei esperando a guilhotina. Mas agora o inimigo é grande demais, Severino. Não tem como vencer. Tem hora que parece que as Paladinas fazem parte da engrenagem. Tem hora que acho que eles nem se preocupam com nossas intervenções. Pelo contrário, até que gostam. Somos o inimigo desejado, fácil de controlar.

— O inimigo é importante para qualquer forma de governo — concluiu Severino.

— Tem gente que já sabe que as Paladinas vão aparecer e resolver o problema, seja ele qual for. Mês passado mesmo, tinha um prefeito em Zolriatis que estava cortando a verba da merenda das crianças. Você acredita que o povo começou a reclamar que as Paladinas não estavam tomando uma providência? Não reclamavam da porra do político eleito por eles, mas reclamavam de nós. Cambada de escrotos.

— Vocês resolveram?

— Claro. Vamos deixar criança passar fome? Não vamos.

— Você queria um combate, não é?

— Mais do que isso — desabafou Filomena. Ela arrumou a alça do vestido e se debruçou na mesa. Havia uma fome dentro dela que não seria saciada com dentes. — Sabe o que desejo mesmo? Um culpado. É isso. E pegar ele na hora da culpa. Entre o crime e a lei. E fazer minha regra nele. Mas rico não tem culpa, rico tem é privilégio.

— Essa é a Filó que eu conheço. — Severino sorriu. — Carne de pescoço, sangue nos olhos.

— Um brinde à chance de chafurdar a ProPague na própria lama que ela criou.

— Tchin-tchin.

Os dois beberam o que restava de cerveja em seus copos.

— Parece que não morderam a isca — informou Antonieta no comunicador.

— Ou... — Severino encarou os olhos de jabuticaba e sorriu. — Ou a gente não usou uma isca grande o suficiente.

— Como assim? — perguntou Bonfim.

Severino se levantou e caminhou em direção ao coração da festa. O homem subiu no palco, aproximou-se do vocalista grimoliano e cochichou algo em seu ouvido. O alienígena gargalhou e deu o microfone ao humano, que esticou a mão em direção a Filomena.

— Essa é pra você!

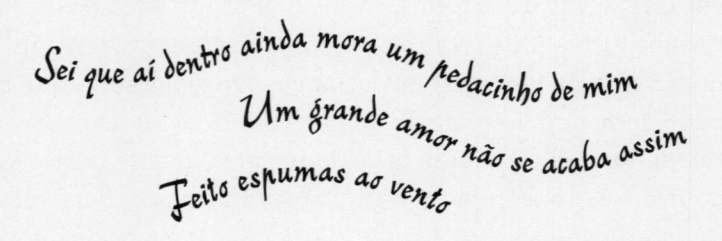

Sei que aí dentro ainda mora um pedacinho de mim
Um grande amor não se acaba assim
Feito espumas ao vento

De sua mesa, Filomena riu como criança besta.

— Esse idiota — murmurou ela.

— Põe idiota nisso — respondeu Bonfim de seu posto.

Não é coisa de momento, raiva passageira
Mania que dá e passa, feito brincadeira
O amor deixa marcas que não dá pra apagar

Os músicos grimolianos acompanharam o ritmo ditado por Severino, incendiando ainda mais o coração dos foliões presentes, que cantavam junto com ele.

— Severino, meu rei, não dá para acompanhar você com esse movimento todo — gritou Antonieta no comunicador.

— Ele tirou o comunicador do ouvido — respondeu Filomena.
— Idiota.
— Põe idiota nisso.

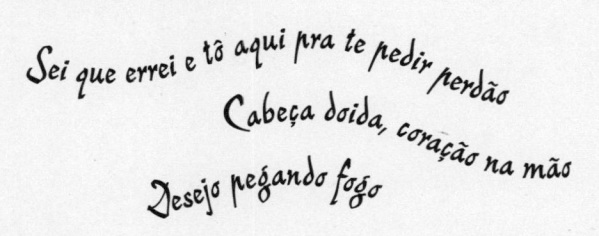

Sei que errei e tô aqui pra te pedir perdão
Cabeça doida, coração na mão
Desejo pegando fogo

Bonfim se escorou no corrimão da plataforma de observação e se deixou levar pela voz de Severino, que fazia o maior papelão de sua vida. O homem pulou do palco e começou a caminhar em direção a Filomena, abrindo o mar de foliões como uma versão micareteira de Moisés. No chão, ele brincou e dançou ao lado do boi Garantido e de seu tripa, fervendo ainda mais os ânimos da multidão. Fazia tempo que Bonfim não testemunhava seu melhor amigo agindo daquela forma, tão leve e descompromissado, tão... Severino. O puiuiú respirou fundo e relaxou a musculatura, permitindo que seus nervos emocatalisadores pudessem ingerir toda a energia que pulsava no convés do Expresso 22.22.

Como foi bom sentir a alegria genuína de seu melhor amigo. Em toda a sua experiência com sentimentos alheios, de todas as risadas ébrias que desfrutara, nada podia ser comparado ao prazer que Bonfim provava naquele momento.

No meio da multidão, a alguns passos de Filomena, Severino sentia o sangue pulsando em suas veias. Sentia o calor de uma vida latente, presa em uma crisálida de carne moribunda que se recusava a necrosar. Havia morrido diversas vezes até então, havia passado muito tempo temendo o grande silêncio.

Mas agora ele cantava.

Cantava, pois estava vivo.

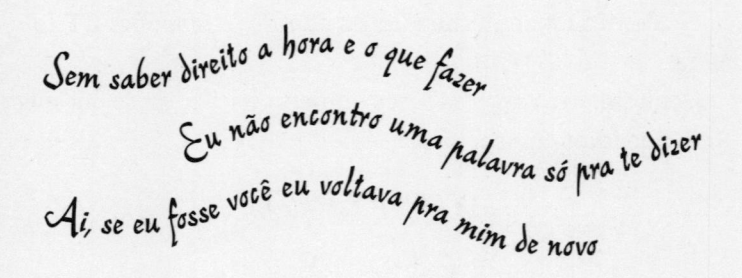

Sem saber direito a hora e o que fazer
Eu não encontro uma palavra só pra te dizer
Ai, se eu fosse você eu voltava pra mim de novo

Severino estendeu a mão para Filomena. Mais do que um convite para dançar, aquela era a mão esticada de alguém que desejava escapar do abismo. A mão de alguém que desejava ser salvo.

Morrer é fácil, basta abraçar a queda.

Filomena segurou sua mão, e eles dançaram e cantaram juntos.

— Filomena, você me escuta?

— Oi? Antonieta?

— Algo aconteceu com o Bonfim.

— O que tem o Bonfim? — perguntou Filomena.

— Bonfim? — questionou Severino, ainda com Filomena em seus braços. — O que tem Bonfim?

— Ele não está respondendo e Antonieta não está o achando nas câmeras de segurança — respondeu Filó.

Severino sentiu a gravidade o puxando de volta ao chão, de volta à realidade. Toda a alegria evaporou no escorrer de um suor frio e inquietante. Ele largou a mulher que sempre amou e fitou o posto de observação do convés, vazio.

— Meu melhor amigo não, porra...

🪐

Bonfim nasceu em uma Zolriatis já anexada à Federação Setentrional, um planeta bem diferente do lugar em que seus pais haviam sido criados. Os puiuiús estavam no meio de uma revolução social e científica quando entraram em contato com os primeiros exploradores humanos, permitindo que eles pudessem usufruir de forma mais intensa as novidades que, literalmente, vinham dos céus. Em questão de anos, as trundras, construções triangulares de madeira e palha, típicas de Zolriatis, foram substituídas por metal e concreto, possibilitando a construção das primeiras metrópoles locais.

O processo de adaptação foi facilitado pelos poderes emocatalisadores dos puiuiús, que conseguiam assimilar com naturalidade todas as complexidades de um salto tecnológico tão abrupto. E foi graças à habilidade de acessar e compartilhar sentimentos e sensações alheias que os puiuiús se tornaram seres requisitados por toda a galáxia, fossem para atuar como oficiais de segurança, assistentes emocionais para depressivos e suicidas, ou como os melhores interrogadores da galáxia.

Durante sua adolescência, Bonfim focou suas energias no estudo da psicanálise puiuiú, principalmente na polêmica hipótese do duo-ser. Segundo alguns teóricos, a noção do ser poderia ser expandida com a descoberta das conexões emocatalisadoras dos puiuiús. A hipótese se sustentava no fato de que aquela espécie poderia servir como um apêndice psicológico para outras mentes, no papel de funcionários ou empregados pagos para servirem como depósito emocional.

A noção era controversa, com implicações morais e éticas questionáveis, mas, infelizmente, era algo bem comum entre os puiuiús de baixa renda. Muitos deles, em nome de uma vida mais confortável e estável, aceitavam canalizar as emoções negativas de seus patrões, abonando-os dos fardos da vida moderna. Bonfim trabalhou com muitos puiuiús resgatados de situações de exploração, ajudando-os a processar os sentimentos que por tanto tempo filtraram, mas que não compreendiam plenamente.

Durante seus trabalhos, após anos de terapia, Bonfim escreveu em um artigo:

A dor não existe. Ela não tem corpo, não tem alma nem vontade. A dor nada mais é que um sinal muito forte de seu corpo para alertar que algo está seriamente errado. Desligue certa parte de seu cérebro e a dor some. Fora do ser, a dor é só uma ideia.

E era exatamente isso que Bonfim tentava fazer no momento: desconectar-se de suas limitações físicas e ignorar os socos desferidos pelos seus captores.

Ele falhava.

— Vamos lá, desgraçado! Quem é o Carnegão Fumegante?!

Quem interrogava e torturava Bonfim era um mercenário humano. Trajado com um manto multicolorido e uma volumosa peruca vermelha, vestimentas tradicionais dos Guerreiros do Maracatu, o bandido esmurrava o puiuiú, que estava atado a uma cadeira de metal pelos braços e pernas. No outro canto do quarto, o mercenário naigosa testemunhava aquela cena de agressão com um sorriso torto na cara.

— Pera, pera, pera — pediu Bonfim. — Desculpa, eu tenho que dizer que é extremamente desconcertante ser torturado por um dos Filhos da Lança e pelo E.T. do Spielberg. Vocês eram para ser do bem.

— Mano, ele é tirado a comediante. — O naigosa riu do outro lado do cômodo.

— Eles sempre são. Acham que o humor vai salvá-los — respondeu o humano, limpando o sangue verde de Bonfim da mão. — Olha só para ele. Ainda acha que vai sobreviver. Você já morreu, amigo.

— *Anamauê, auêia, aê* — disse Bonfim antes de cuspir um punhado de sangue. — Você tá traindo seus irmãos de luta, desgraça.

— Meus irmãos de luta já não sabem lutar da forma certa. Yakhá, cuide dele enquanto vou ali notificar o patrão que temos um em nossas mãos.

O mercenário pegou sua lança, adornada com fios elétricos, e saiu do cômodo.

— Com prazer, chefia.

O naigosa sorriu. Seu rosto, quase símio, com ossos largos marcados nas sobrancelhas, se contorceu em um olhar nefasto.

— Seu nome é Yakhá? — perguntou Bonfim.

— Sim. Alguma piadinha?

— Não. Fosse Galileu, eu teria. Ouvi uma piada de um legista lá em Cabula XI. Nunca admiti, mas achei engraçada.

— Galileu?

— Eu não li, mas Gali*leu*.

— Horrível — disse o naigosa. — Imagine só, essa será sua última piada.

— Putz, não tinha pensado nisso. Que crime horrível, não é? Morrer com piada de tiozão?

— Você já está fazendo hora extra neste mundo.

— É necessário sempre acreditar que um sonho é possível, né não? Quem são vocês, na vera?

— Eu sou seu fim — respondeu o naigosa enquanto testava dois bastões energizados, lançando faíscas ao ar.

— Não acredito que você disse isso. Você é um infringimento de direitos autorais ambulante, é isso que você é.

— Onde está o Carnegão Fumegante?

— Já tentou procurar lá onde o Sol não brilha?

O mercenário encostou os bastões no couro de Bonfim, fazendo o puiuiú ter espasmos violentos. Após alguns segundos, o naigosa puxou o dispositivo de tortura e se afastou de sua vítima com passos vagarosos, saboreando aquele momento de poder.

— Onde está o Carnegão Fumegante?

Bonfim buscou ar, mas seus pulmões pareciam quatro balões velhos e murchos, sem nó para segurar nada a não ser dor. O puiuiú apertou as mãos e tentou ignorar tudo que corria por seu corpo, mas estava enraizado naquele momento.

— Quanto mais você resistir, mais dor vai sentir — ameaçou o naigosa. — Me diga, e sua morte será rápida e indolor.

— Puta frase clichê de bandido que canta de galo.

— Dor, então.

— A dor não existe. Ela não tem corpo, não tem alma nem vontade. A dor nada mais é que um sinal muito forte de seu corpo para alertar que algo está seriamente errado. Desligue certa parte de seu cérebro e a dor some. — Bonfim lutou para proferir as palavras que ele tão bem conhecia. — Fora do ser, a dor é só uma ideia.

— Certo.

O naigosa encostou o bastão no corpo de Bonfim mais uma vez, fazendo o puiuiú berrar. Seu corpo convulsionava e a pele ardia como se estivesse sendo esticada de dentro para fora.

— A dor não existe! — gritou o naigosa entre gargalhadas. — É só coisa de sua cabeça!

Bonfim chorou. Seu corpo parecia pequeno demais, rasgando sobre o peso de comportar um oceano de aflição e agonia. Ele sentiu seus músculos desligando e um sopro frio de escuridão correndo por sua coluna. Pensou em Severino e se o amigo iria acessar suas visões — ou, melhor dizendo, suas sensações — para descobrir como ele morreu. Aquela ideia deu certo conforto: Severo ao menos saberia que os últimos pensamentos do puiuiú foram dedicados a ele.

— *O tempo ruim vai passar, é só uma fase...* — balbuciou Bonfim.

— É o quê? — Pela primeira vez, o mercenário demonstrou irritação com a postura do puiuiú.

— *Minha família precisa de mim...* — Bonfim lutou contra as palavras que teimavam em ganhar força.

— Tu nunca mais vai ver sua família.

— Liga essa porra no máximo, então, e venha, *que o sofrimento alimenta mais minha coragem!* — gritou o puiuiú.

O naigosa se aproximou do dispositivo, aumentou a intensidade até o limite possível e usou os bastões para eletrocutar Bonfim. O puiuiú aproveitou o que lhe restava de força e usou sua concentração e sua habilidade emocatalisadora para direcionar todos os estímulos nervosos para o cérebro do naigosa. A mente do jagunço fritou e o alienígena tombou sobre o corpo de Bonfim, que aproveitou para puxar a faca na cintura de Yakhá e se livrar das amarras que o prendiam à cadeira.

— Desgraça.

Bonfim chutou o corpo do naigosa, pulou sobre o carrasco e abriu a porta com cautela, usando sua audição aguçada para conferir se estava seguro. O puiuiú seguiu seu caminho até as escadarias do porão. O corpo doído mal se sustentava em pé. Mancava. Mesmo direcionando toda a dor para a mente do naigosa, as sequelas físicas eram coisas que não podia ignorar, por mais talentoso que fosse no controle de suas habilidades. Estava sujo, suas fitinhas do Senhor do Bonfim endurecendo com o sangue seco.

Ao entrar no quarto, Bonfim encontrou seus companheiros de viagem debruçados sobre os computadores de Antonieta, cada um vasculhando as centenas de câmeras de segurança espalhadas pelo Expresso 22.22. Ao perceber o retorno de seu melhor amigo, Severino correu até ele, se ajoelhou e o abraçou forte.

Tudo doía, mas Bonfim aceitou o carinho sem reclamar ou tecer uma piada sarcástica. Pensou, inclusive, em liberar suas habilidades emocatalisadoras novamente só para sentir aquele afeto curativo.

— Você está bem? — perguntou Severino, examinando-o.

— Nada que um band-aid não vá colocar no lugar e que uma cachaça não conforte — respondeu Bonfim.

— Como você conseguiu escapar? — questionou Filomena.

— Com meu charme irresistível, Salvaguarda. Conheci nosso amigo dissidente dos Filhos da Lança, sujeitinho agradável pra caramba.

— Ele que fez isso contigo?

— Ele e o naigosa. O naigosa está morto, mas o outro não estava lá na hora de minha fuga.

— E por que diabos te machucaram tanto? O que eles queriam? — Antonieta fechou o computador que estava em seu colo.

— Eu não acho que estão muito preocupados com a gente. Eles queriam saber quem é o Carnegão Fumegante.

— Então trata-se realmente de uma pessoa? — perguntou Antonieta.

— Eles têm medo do Carnegão Fumegante, quem quer que ele seja — disse Bonfim antes de se sentar no chão.

Após um banho demorado, o puiuiú deixou que Juá o examinasse. A carranca robótica tinha em sua programação básica conhecimentos de primeiros socorros e de enfermagem. Enquanto a Defendente tratava os ferimentos do puiuiú, Severino acompanhou todo o procedimento com olho atento, roendo as unhas e zanzando de um lado para o outro. Estava puto da vida, com os punhos coçando, desejando uma chance de machucar o desgraçado que ousou tocar em Bonfim. No fundo de sua mente, entretanto, um pensamento angustiante crescia: estaria seu irmão por trás de todo aquele mangue?

10
NÃO TENHO MEDO DE TERRA (CAVEI PEDRA TODA A VIDA)

Narrador é bicho mentiroso,
e nem tudo deves acreditar.
Ele vai fazer tudo que pode
para seu leitor ludibriar.
Ele vai e mexe a mão aqui,
só para te enganar acolá.

Essa história que conto aqui
é para ser pura diversão.
Todos esses nossos personagens
ao fim da jornada chegarão.
Ou será apenas mais um truque,
narrador usando enganação?

Estamos, mais uma vez, na Terra,
o ponto em que começamos.
E do clímax desta narrativa,
aos poucos, nos aproximamos.
Hora de testar a impavidez
dos personagens que amamos.

O mistério sobre a explosão,
bem, este ainda paira no ar.
Mas não demora muito, logo,
ele também deve se revelar.
E essa angústia que mata,
ela finalmente vai acabar.

Severino amava o irmão,
mas aquela maldita explosão
com saudade cortou seu coração.
Não tem remédio, não tem oração,
que dê fim a sua lamentação.
Só restava uma ponderação,
seria o fim da separação?

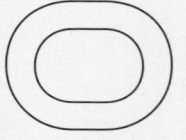

Os motores movidos a propulsão guineensis desaceleraram, planetas e estrelas deixaram de ser fios de ouro e voltaram a ser pontos distantes na vastidão da galáxia. Diante de todos, a terceira pedra a dançar ciranda em volta do Sol se fazia vista com toda a sua resplandecência azul.

Entre a órbita da Terra e sua lua, flutuando como um colosso em maré morta, estava a Estação Intergaláctica Emília Freitas, ponto de entrada e saída do destino mais procurado pelos sistemas anexados à Federação Setentrional.

Recepcionando os passageiros e turistas estavam as estátuas, feitas em ônix, de Exu, orixá mensageiro, intermédio entre o humano e o divino, padroeiro das estações intergalácticas, e de Nanã, a grande senhora da vida e da morte. Suas vestimentas, vermelhas e roxas, respectivamente, eram feitas com rubis e ametistas, cintilando a luz intensa dos letreiros neons e dos outdoors holográficos espalhados pela estação.

Assim que os pés de Severino pisaram no chão de gravidade artificial, o homem se viu perdido no meio de uma multidão apressada e nervosa. Em uma das passarelas, uma dupla de músicos de rua tocava viola e sanfona de oito baixos. Eles se apresentavam sobre um tapete puído, com caixas de som pequenas porém potentes. Eram humanos, vestiam roupas espalhafatosas e repletas de adereços. O vocalista tinha bigode espesso, usava um chapéu de caubói e seu nome estava escrito com glitter na caixa do violão: Ricardo Coração dos Outros.

Na Lua, o lado escuro é sempre igual
No espaço, a solidão é tão normal
Desculpe, estranho, eu voltei mais puro do céu

Severino levantou a cabeça e mirou a imensa claraboia daquela magnânima construção. Em forma circular, o grande domo tinha uma borda multicolorida, com mosaicos que contavam a história da Rainha do Ignoto e suas Paladinas do Nevoeiro, história que celebrava uma utopia digna de se aspirar, marco da cultura nacional e dos estados que formaram a União Setentrional.

Mas era a vista da Terra que realmente chamava a atenção de Severino.

Sempre estar lá, e ver ele voltar
Não era mais o mesmo, mas estava em seu lugar

O planeta em que nasceu, lugar de descanso eterno de sua mãe e de seu pai, estava diante de seu olho, e, mesmo que fosse apenas uma ilusão, sentir a Terra ao alcance de sua mão o levou a esticar o braço, cobrindo o planeta inteiro com seu dedão metálico.

Sempre estar lá, e ver ele voltar
O tolo teme a noite como a noite vai temer o fogo
Vou chorar sem medo
Vou lembrar do tempo de onde eu via o mundo azul

A distância era apenas um atestado físico do lugar que queria ocupar naquele universo que parecia não conhecer fim. A metragem em anos-luz podia ser relevante para corpos celestiais, para órbitas e saltos, mas, para Severino, era como se nada tivesse mudado. Sempre esteve lá, mesmo não estando, pois sabia que um homem podia sair de casa, mas a casa nunca saía do homem.

Ele largou uns trocados na caixa dos músicos e retornou ao grupo, que seguia em direção à área de embarque dos traslados, naves que levavam os passageiros até o solo terrestre. Caminhavam juntos, lutando contra a verdadeira torrente de pessoas que transitavam pela estação.

Se a imagem da Terra pairando sobre ele não fosse o bastante para comprovar que estava de volta a seu lar, a muvuca apertada, os gritos dos vendedores de capelinha e o cheiro de acarajé frito certamente despertavam todos os sentidos nostálgicos de Severino. Aquela era sua chance de colocar os fragmentos de sua alma de volta ao lugar e enterrar de vez o que já estava realmente morto.

As viagens da estação espacial até o solo soteropolitano eram longas, mas, para Severino, que tentava absorver tudo que açoitava seus sentidos, o tempo passou em um suspiro. Mal sentiu o chacoalhar da reentrada na atmosfera terrestre e de repente já estava diante do Mercado Modelo, cercado por arranha-céus e perdido no trânsito de aerocarros e buzús maglevs. Tombada como patrimônio cultural da humanidade, a construção destoava das demais edificações, não só pela manutenção de sua arquitetura neoclássica e pelas duas esculturas de Carranca que guardavam seus portões de entrada, mas pela aura que exalava. Era um canto com muita história e muitos viveres, coisas imateriais que achavam seu jeito de se encrustar no concreto.

Pendurada na fachada do Mercado Modelo, uma imensa faixa celebrava a aproximação do Sexagenário da Federação Setentrional.

— Olha a fitinha do Senhor do Bonfim, uma tá por dois, leve cinco por cinco, pai. Tá a fim? — perguntou um vendedor que se aproximava.

— Acho que já temos o suficiente. — Mesmo machucado, Bonfim fez questão de balançar as fitinhas que cobriam seu corpo.

O vendedor tirou os óculos de realidade aumentada, abaixou o volume de seu carrinho de vender café flutuante e encarou Bonfim com um ar de espanto e admiração.

— Porra, pai! Puiuiú brocou. Tem mais fitinha que eu! Esse aí tá mais protegido que homem branco no Congresso!

Filomena enviou uma mensagem para Maria del Valle, mulher que lutou ao lado de Dinha durante a Guerra Vermelha, avisando-a que estavam em solo terrestre. Maria era a Ganhadeira de Salvador e uma das grandes autoridades no cenário cultural e político baiano.

Não demorou muito, Del Valle enviou um aerocarro para conduzir o grupo até sua residência. Uma vez no ar, o bairro do Comércio e a Baía de Todos-os-Santos mostraram todas as suas cores. A ponte Salvador-Itaparica se estendia como um tapete branco sobre um mar anil e calmo, repleto de cargueiros, cruzeiros e embarcações dos mais variados tamanhos. No meio da travessia, uma imensa estátua de Iemanjá. Na mão esquerda, a rainha do mar segurava seu abebé prateado, e, na direita, uma cachoeira artificial fluía sem parar, criando um túnel de água para todos os motoristas que faziam o traslado.

Do alto, todos puderam admirar o Oxalá de Todos, monumento erguido à semelhança da divindade criadora dos homens e senhor absoluto da vida. Construída ao lado da Basílica Santuário Nossa Senhora da Conceição da Praia, a estátua representava a figura do Grande Orixá apoiado no opaxorô, seu tradicional cajado. Da forma como havia sido planejado, o opaxorô fora construído usando a estrutura do Elevador Lacerda como base, preservando a arquitetura e a funcionalidade do primeiro elevador urbano do mundo.

Pairar sobre Salvador era como retornar ao útero do tempo. Quando moleque, Severino jogou futebol nos campos suspensos do Rio Vermelho e pulou das ruínas do quebra-mar nas águas do Porto da Barra, tradições que pareciam atemporais. Todo dia 2 de fevereiro, seguia a mãe na festa de Iemanjá, aprendendo a respeitar todos os nomes que a rainha do mar tinha. Com dezoito anos, tirou seu brevê para aerocarros sobrevoando o Parque Pituaçu, mesmo local onde, seis anos antes, deu seu primeiro beijo na boca.

— Eita, terrinha bonita essa a nossa, viu?

Com o Tratado Setentrional, após o fim da Guerra Vermelha, Salvador retornou ao posto de capital brasileira. O novo governo federal decretou a arborização oficial de todas as metrópoles, recuperando a natureza devastada durante os séculos passados. Graças a essa determinação, coqueiros e amendoeiras voltaram a pavimentar o calçadão da Barra, pintando de verde o palco da maior festa em toda a galáxia.

A casa de Maria del Valle ficava na Ilha de Itaparica, no distrito da Gamboa. Ao pousarem no quintal do terreno, a brisa costal tratou de carregar o perfume do sargaço e do capim molhado, preenchendo o pulmão de Severino com memórias do avô.

A Ganhadeira recebeu o bando na companhia de duas Paladinas, suas seguranças pessoais. Sua pele era dourada pelo sol, os olhos eram apertados e os cabelos lisos escorriam pelos ombros. Ela trajava uma longa bata vermelha e os pés seguiam descalços, perdidos em um capim bem cuidado e rasteiro.

— Mêna! Quanto tempo, minha querida. Yalodê. — Ela abriu os braços para Filomena.

— Yalodê, dona Maria. Saudades.

As mulheres se abraçaram.

— A última vez que te vi foi na sua iniciação como Salvaguarda. Senti tanto orgulho de você, pequena! — Maria segurou o rosto de Filomena com suas mãos mirradas e veias sobressalentes, encarando os olhos de jabuticaba como se fossem janelas para o ontem.

— Obrigada...

— Juá, querida, Yalodê.

A Ganhadeira virou sua atenção à Defendente.

— Yalodê, dona Maria — respondeu a carranca robótica, curvando o corpo em sinal de respeito.

— Este é o bando de que você falou na mensagem? — Maria encarou o restante do grupo. — Almas que planejam pagar uma visita ao senador Ludwig?

— Sim — respondeu Filomena.

— Certinho. Vamos acomodar vocês primeiro.

A Ganhadeira apresentou o grupo à sua residência. A casa era amarela e com portas azuis. Quadros de Carybé e fotos de Pierre Verger decoravam as paredes e os corredores, enquanto as janelas brincavam de ser arte também, revelando a beleza das praias itaparicanas. A casa era grande, mas assim também era o número de residentes, já que Maria del Valle fazia questão de dividir tudo que tinha com suas irmãs, do teto que a protegia até a comida em seu prato. Todos os convidados foram acomodados em um mesmo quarto, com Severino e Bonfim dividindo uma cama de casal, enquanto Filó e Antonieta ficaram com o beliche, já que Juá não necessitava de cama.

Após um banho refrescante e com os buchos aquecidos por porções de mingau de tapioca, o grupo foi convidado até a sala principal da residência, onde Maria del Valle os aguardava. Estava sentada em uma das poltronas de vime, tomando suco de acerola, admirando o vento que balançava as cortinas e as alpínias espalhadas pelo cômodo. A Ganhadeira aguardou todos se sentarem e apertou alguns botões em seu relógio inteligente, fechando as portas da sala e acionando um holograma na mesa de centro.

— Filomena me disse que precisam interrogar o senador Ludwig Sesim Moledo.

— Isso — confirmou Severino. — O Arribaçã Juventino Marrone deixou claro que pistas indicavam que o senador estava envolvido nos planos da ProPague. Planos que custaram a vida do próprio Juventino, de dois Carcarás, de meu antigo superior e de meu irmão.

— Eles estão construindo algo, dona Maria — complementou Filomena. — Algo que promete ser uma ameaça para todos nós.

— A Carol aqui é minha Paladina mais miserê. — Maria apontou para a guerreira, uma mulher de cabelos pretos cacheados e curtos que trajava um uniforme muito semelhante ao de Filomena, com tons de couro um pouco mais escuros. Carol acenou com a cabeça. — Ela conseguiu a planta baixa da mansão do senador, que, para nossa sorte, está na Bahia para as celebrações do Sexagenário.

Maria del Valle mexeu em seu relógio, e um mapa translúcido, em três dimensões, começou a girar sobre a mesa de centro.

— A chance de vocês é esta. Ele estará em sua mansão hoje à noite, segurança mínima, pá-pum, entra e sai.

— Não podemos fazer isso pelo viés da legalidade? — questionou Antonieta, sentada na cadeira mais próxima do holograma, examinando bem a disposição arquitetônica da residência.

— Sob qual legalidade você acha que ele se sentirá compelido a compartilhar as informações de que precisa? — A velha sorriu.

A capivara pensou em responder, mas não havia respostas dentro dela. Querendo ou não, o brasão que ela tanto defendeu, que por anos carregou próximo ao peito, estava manchado.

Toda a disciplina que tinha, toda a rigidez em seguir protocolos, nada disso a ajudaria naquele momento, visto que o alvo de suas investigações era a própria corporação à qual batia continência.

Dona Maria mexeu mais uma vez em seu relógio, desligando o holograma e abrindo as portas, convidando o brilho intenso a cegar, momentaneamente, todos.

— O dia é jovem, assim como vocês. Sugiro que aproveitem o dia lindo, tomem um banho de mar, descansem e aproveitem essas últimas horas de sossego. Bater na porta do senador será o fim de uma vida tranquila. É o tempo de que Carol precisa para planejar opções táticas de como deve ser a operação para infiltrar a residência de nosso estimado senador.

— Acho que devemos... — Severino começou a protestar, mas seus lábios foram incapazes de continuar, uma vez que a Ganhadeira levantou a mão.

— Não sabemos que trilhas terão que seguir, jovem Olho de Dendê. Este aqui pode ser o último reduto de alívio e de paz. Xangô é forte porque ele respeita a luta.

O bando se levantou sem saber muito bem o que fazer. Estavam muitos dias seguindo apenas a inércia do momento, dançando conforme o ritmo da música.

Sem nada em mente, Antonieta caminhou pela varanda até chegar ao limite do terreno, que acabava em um quebra-mar. A maré estava baixa, e ela avistou as centenas de poças que se formavam nos corais, pequenas piscinas naturais que brilhavam com um verde azulado intenso. A capivara se sentou na borda da construção de pedra e ficou a admirar a vista de Salvador, lá do outro lado da Baía de Todos-os-Santos. O cheiro de sargaço era forte, não inteiramente agradável, mas repleto de sensações.

O mar era um convite.

Dona Maria se aproximou, sua bata vermelha e seus cabelos longos balançando com a força de Iansã.

— Às vezes a gente descobre o orixá da pessoa assim que bate o olho nela. Jogar búzios é só constatar o que já se vê — disse ela, o olhar perdido no horizonte.

— Perdão? — disse Antonieta.

— Você é filha de Oxumaré. Aposto tudo que tenho.

O rosto da Ganhadeira permaneceu como estava, encarando a fina linha que separava o azul do mar do azul do céu.

— Eu não tenho religião, desculpe.

— Não precisa pedir desculpas. Sua fé é sua. Já teve tempo em que Oxumaré não tinha simpatia pela chuva também. Hoje, ele e a chuva são uma coisa só. Tem história que é assim mesmo, a gente se acha no lugar que menos espera.

— Compreendo.

— Posso dar uma sugestão que Exu suspirou aqui no ouvido dessa velha?

— Claro.

Maria del Valle pousou a mão no ombro da capivara.

— Aceite o convite e vá mergulhar.

Vislumbrando a oportunidade de atender seus sonhos, Antonieta pegou um maiô e uma canga emprestados com as Paladinas. A capivara se vestiu, botou um livro debaixo do braço, uma toalha sobre os ombros e seguiu seu caminho com uma canção boba nos lábios e um sorriso no rosto.

A praia estava absolutamente vazia, um momento no tempo e no espaço só para ela. A maré baixa brincava de ser chocalho, com ondas que iam e vinham sem grandes ambições e em um ritmo constante, uma música de solidão e preguiça.

Assim que suas patas pisaram na areia fofa e quente, o calor correu por sua coluna e fez morada no cangote, arrepiando tudo que tinha de corpo. O azul a chamava, mas Antonieta preferiu esperar. Fazia tempo que não lia, e as palavras lhe faziam mais falta do que o ar que ela respirava. Além do mais, queria prolongar aquele prazer e aproveitar a intensidade do desejo.

Estendeu a toalha, se sentou, abriu o livro e, antes do mergulho molhado, mergulhou seco nas páginas.

Leléu se escondeu atrás dos dendezeiros para chorar e pensou que esta vida é doida, doida, doida. Como é possível a pessoa assistir a si mesma chorando? Não sabia, mas era o que estava acontecendo — ele se vendo com o rosto contorcido, o peito soluçando, a garganta doendo de tanto gemer estrangulada, as lágrimas descendo que nem chuva apesar da força que fazia para estancá-las, apertando as palmas das mãos contra os olhos. Talvez tivesse chorado quando era menino, mas não se lembrava, porque negrinho cativo, sem mãe nem pai nem protetor, desde cedo aprende a não chorar.

— Tá lendo o quê?

A mão fria da realidade achou seu caminho pelo mundo mágico e trouxe Antonieta de volta. A seu lado estava Severino, sua pança saliente caindo de leve sobre a sunga verde. Antonieta fechou a obra e revelou a capa.

— *Viva o povo brasileiro*? — perguntou ele.

— É mais do que um título, é uma celebração — respondeu Antonieta, seus pequenos olhos pretos mirando a extensão da praia, que seguia amarelinha até sumir no alcance das vistas. — Você sabe que João Ubaldo nasceu aqui, não é? Ele amava Itaparica. Escreveu este livro curtindo a vida boa.

— Sortudo.

— Isso ele foi.

Após alguns segundos de silêncio e contemplação, Severino se sentou ao lado da amiga, cutucou-a com um soco jocoso e disse:

— Eu não sei se falei isso antes, mas obrigado.

— Pelo quê?

— Você arriscou tudo para me ajudar, Tiê.

— Estava claro que havia algo de estranho no caso — retrucou ela. — Sem falar que eu passei anos treinando a seu lado, Severino. Acho que te conheço o suficiente para saber que você não era o responsável pelos assassinatos.

Os dois se encararam.

— Mas você não precisava se arriscar.

— Diante do certo e do errado não há escolha, meu amigo.

— Bem, que bom que há pessoas como você neste mundo. — Severino estava sentado, seus braços apoiados sobre os joelhos. — O velho Albérico fez um bom trabalho.

Antonieta sorriu.

— De certa forma, ele é o culpado por este pequeno grupo de perdedores. Sem ele, seríamos completos desconhecidos — disse ela.

— É verdade. Ele chegou a te apresentar à Dinha e à Filomena?

— Não. Ele sempre manteve essa parte da vida em segredo.

Um pé de brisa correu pela orla, balançando os pelos da capivara.

— Toda hora que paro e penso que um dos maiores nomes da Federação Setentrional tinha um caso com a líder das Paladinas do Sertão, eu não consigo evitar de sorrir — disse Severino.

— *O amor tudo pode, para ele não há obstáculos de raça, de fortuna, de condição; ele vence, com ou sem pretor, zomba da Igreja e da Fortuna, e o estado amoroso é a maior delícia da nossa existência, que se deve procurar gozá-lo e sofrê-lo, seja como for.*

— Bonito.

— Os livros sempre parecem ter respostas melhores do que nós podemos dar na realidade.

— Ô, dia bonito — elogiou Severino após encher seus pulmões. — Dá até vontade de esquecer tudo e aproveitar a vida assim.

— Seria uma fuga, mas seria uma bela fuga. — Antonieta riu.

— Ficar na beira da praia assim faz a gente pensar em cada coisa besta, né não?

— Tipo o quê?

— Sei lá... — Severino se balançou na areia, aproximando-se mais de Tiê. — Tem hora que queria voltar no tempo e mudar uma coisa qualquer do passado, só para ver o quão diferente minha vida seria. Só para ter noção do impacto das coisas, sabe? — Severino relaxou as costas, quase deitando na areia, usando os cotovelos para manter o dorso em um ângulo de quase quarenta e cinco graus. — Tipo: teve uma vez em que o aerocarro de meu pai quebrou e eu perdi um dia de escola com ele no mecânico.

Isso eu tinha o quê, uns sete anos? Talvez oito ou nove. Mas, enfim, eu tinha uma namoradinha na época, coisa de criança, mãos dadas, nada mais do que isso. Ela terminou comigo porque faltei ao dia em que a gente ia ensaiar a dança de apresentação de São João do colégio. Eu chorei tanto, Tiê. Tanto. Jeremias ficou do meu lado o tempo todo, me consolando. Foi minha primeira fossa por paixão. Fico imaginando como minha vida seria diferente se ela não tivesse terminado comigo ou se aquele maldito carro não tivesse quebrado. Você tem pensamentos assim?

— Tenho, mas é assunto chato. Vai matar o toalha agradável.

— Oxi, deixe de besteira. Se está dentro de você, desembucha.

Antonieta suspirou. As patas passearam pela canga, alinhando-a, acertando as dobras.

— Os cientistas que me criaram não estavam pensando em mim como uma pessoa, mas sim como um experimento. E uma das coisas que fizeram foi tirar de mim aquilo que não achavam necessário para os desejos deles. Eu não tenho útero. E vira e mexe eu penso como seria minha vida se eles tivessem me dado isso só de empatia, a chance de ser mãe. Ter um filho. Ler livros para ele toda noite, antes de dormir. Mas eu precisaria de outro igual a mim para isso. E não há outro igual a mim.

— Você já pensou em adotar?

— Ah, isso é só pensamento ao vento. Você sabe que a vida de um Carcará dificulta e muito a chance de ter uma família. Só gostaria de ter a oportunidade. Da escolha final ser minha.

— E você ainda pensa em ser Carcará quando tudo isso terminar?

— Não sei...

— Bem. Qualquer criança seria sortuda em te ter como mãe, Tiê. — Severino se levantou, tirou a areia grudada em seu corpo e mirou o mar. — Vamos?

— Vamos.

A água salgada não era o tipo de mergulho a que ela estava acostumada. Mesmo assim, as ondas de Janaína eram cheias de encantamento, lavando aquilo que não se suja, mas que precisa de atenção. Aquela provocação de Severino levou Antonieta a perceber que ela estava seguindo uma cartilha que não necessariamente contemplava suas verdadeiras ambições e paixões. Se tornar uma Carcará Carmesim foi a forma que encontrou de conquistar um lugar no mundo, de ter mais do que simplesmente seu nome como identidade, mas, agora que se via diante da possibilidade de não sobreviver àquela missão, ela compreendia o erro por trás de suas decisões: ela vivia para se redimir de um erro que jamais cometera.

Estava cansada de pedir perdão por existir.

🪐

Juá estava sentada em um banco de concreto, vigiando o pequeno portão de acesso do terreno. Seus olhos de carranca fitavam a entrada enquanto as mãos, com seus grossos dedos metálicos, dobravam um folíolo de coqueiro para fazer um sapo de origami. Fazia a arte sem pressa, seus membros seguindo um ritmo meticuloso e preciso.

Do outro lado do pequeno pátio, deitado em uma das redes da varanda, Bonfim acompanhava a vigília da Defendente, que estava na mesma posição havia quase duas horas.

— Cansa ser robô? — perguntou Bonfim.

— Sua pergunta não faz sentido — respondeu Juá sem interromper a confecção de sua arte.

— Você sente cansaço emocional?

— Não sinto cansaço algum.

— Deve ser ótimo não cansar. Ficar alerta o tempo inteiro. Dá para ser mais produtivo. Mas, também, porra... tem hora que o cansaço é tão bom, que sei não. Nada como um cochilo depois de bater um prato de feijoada, ainda mais se tiver pimenta de Angatu.

— Não saberia dizer.

— Porra, Angatu é um planetinha miserável, mas a pimenta é a melhor da galáxia.

— Não tenho paladar, então... — disse Juá.

— Tudo bem, eu também não sei o que é cor.

Bonfim pulou da rede e se aproximou de Juá. Mesmo sem a visão apurada dos olhos, usando suas habilidades ecolocalizadoras, o puiuiú conseguia identificar bem tudo ao redor, reconhecendo, na mesa diante da carranca robótica, uma coleção de sapinhos, todos feitos por folíolos de coqueiro.

— Uma saparia? — perguntou Bonfim.

— Oi?

— Coletivo de sapos é saparia — disse o puiuiú, brincando.

— Curioso.

— Não é? Tem uns coletivos que fazem sentido. Saparia é um deles. Boiada, baleal. Tem alguns que não fazem sentido, mas fazem, saca? Matilha, manada, rebanho. Agora, vou te contar: quem pegou panapaná para coletivo de borboleta tava de sacanagem.

— Hun-hun — comentou Juá, sem interesse algum nos comentários do puiuiú.

— Qual é a desses sapos todos, Juá?

A Defendente girou a cabeça e encarou o pequeno alienígena.

— Nós vamos para uma batalha perigosa. Podemos muito bem não sobreviver ao dia de hoje. Estou fazendo muiraquitãs para nós.

— Muiraquitãs?

— Amuletos de proteção e força. Os verdadeiros são feitos em pedra, mas, na ausência de um original, faz-se um com todo o bom intento da alma.

— E robô tem alma? — rebateu Bonfim, não se aguentando e partindo para a provocação.

— E humano tem? Você tem?

— *Touché* — respondeu o puiuiú, aproximando-se ainda mais da mesa. — Um desses é para mim?

Juá pegou um fio de couro e amarrou no muiraquitã que estava em sua mão. Ela então depositou o colar em volta do puiuiú com delicadeza. A tira de couro logo se perdeu na cachoeira de fitinhas do Senhor do Bonfim, mas o sapinho de folha de coqueiro permaneceu à vista, parecendo um broche.

— Que a energia positiva que eu depositei nesse presente te proteja — entoou Juá.

— Obrigado...

Bonfim não sabia lidar bem com demonstrações de afeto e ficou em pé diante da carranca robótica, sem saber o que fazer ou falar. Juá encarou o puiuiú aguardando algum tipo de interação, mas, ao notar que ele também estava sem reação, apontou para o espaço vazio no banco de concreto e convidou o companheiro a se sentar.

— Quer que eu te ensine? — perguntou ela.

— Pode ser.

Juá se agachou e retirou uma folha do amontoado que estava no chão. Ela então tratou de explicar o procedimento todo, pacientemente descrevendo cada dobrar de folha, cada movimento singular.

Enquanto a robô e o puiuiú trabalhavam juntos, Antonieta e Severino regressaram da praia, seus corpos ainda molhados. O homem seguiu em direção à ducha ao ar livre, enquanto a capivara preferiu se secar ao sol. Antonieta caminhou pelo terreno e encontrou Filomena sentada em um balanço de madeira. O brinquedo estava amarrado a um dos galhos de uma frondosa amendoeira. Antonieta se aproximou e se sentou no balanço ao lado.

Ao notar a aproximação da capivara, Filomena, que escutava música, tirou um dos fones de ouvido.

— Escutando o quê? — perguntou Tiê.

— Geraldo Azevedo.

— Gosto dele.

— Ah, é bom demais — concordou Filó.

A conversa, fática por essência, morreu. Folhas se desgarraram das árvores-mães e valsaram diante delas.

— Estranho, não é? — Antonieta começou a embalar sutilmente seu balanço.

— O quê? — perguntou Filomena.

— A gente só se encontrar assim.

— Ahhh... — A mulher compreendeu as palavras da capivara, tirando o outro fone do ouvido. — Painho...

— Exato. O velho Albérico.

Dois apelidos, três almas, o mesmo sentimento.

— Ele me contou que tinha outra filha. — Filomena desmanchou, mesmo permanecendo intacta. — Ele falou que, assim como eu, essa filha não saiu de dentro dele, mas que isso não era nada no grande esquema das coisas. *Flores que nascem nas sombras dos ipês podem não dividir a mesma fibra, podem viver vidas bem diferentes, mas as raízes se tocam de algum jeito.* Foi o que ele me falou.

— Ele tinha o dom da oratória, não é? — comentou Antonieta.

— Um de seus vários talentos.

As palavras se encontravam no ar, mas os olhos não conseguiam fazer o mesmo, procurando refúgio ao mirarem o chão.

— Quando ia passar um tempo fora, ele sempre me mandava mensagens, fotos. Mal sabia eu que ele estava vivendo o amor mais proibido da galáxia. — Antonieta e Filomena riram juntas. — Já imaginou? Albérico e Dinha: ele é o rosto da Federação, ela, a Matriarca das Paladinas do Sertão. — Antonieta esticou os braços, visualizando o letreiro daquele filme proibido. — Destinados a serem rivais, vivem um caso de amor. As pessoas jamais acreditariam se a gente contasse.

— Eu quase não acredito, e olha que eu vivi para ver.

— Por que acha que ele nunca juntou essas duas partes da vida dele? — questionou Tiê.

Entre cada resposta, pausas que preencheriam o mar.

— Medo, provavelmente — respondeu Filomena. — Só ele saberia dizer ao certo. A verdade é que a Federação jamais aceitaria o amor dele com mãinha. Quem sabe ele tenha feito isso para nos proteger. Não sei.

— Poderíamos ter sido irmãs — disse Tiê.

E, com aquelas palavras, as duas finalmente se encararam.

— Sim, poderíamos. Uma Carcará e uma Salvaguarda irmãs, que ironia do destino.

— Acho que nunca mais vou colocar aquele uniforme vermelho. — Até a própria Antonieta se surpreendeu com o comentário.

— Sério?

— Nunca me senti pertencente à organização. E, honestamente, parecia que a organização também não tinha interesse que eu pertencesse a ela.

— Bem, você não vai me ouvir defendendo a Federação. — Filomena riu.

Novamente, o silêncio reinou entre as duas.

— Geraldo Azevedo... — Antonieta suspirou. — Tem música que vai direto pro coração, né não?

— Tem, sim.

Filó ofereceu um dos fones. Antonieta colocou o dispositivo em sua orelha esquerda ao tempo que Filó fazia o mesmo em sua orelha direita. O fio branco se convergia entre as duas, virando um só no colo da humana.

Se você vier
Até onde a gente chegar
Numa praça
Na beira do mar
Num pedaço de qualquer lugar

A brisa acariciou a amendoeira, derrubando folhas vermelhas e gastas pelo tempo. A viola de Geraldo ritmava a canção, desenterrando com cada nota, dentro de cada uma, lembranças de quando as duas eram crianças. Elas nada falaram, mas nas imagens que só os olhos da mente podiam criar, projeções do passado começaram a correr pela grama, brincando juntas e dividindo uma irmandade que lhes fora negada.

E nesse dia branco
Se branco ele for
Esse canto
Esse tão grande amor
Grande amor
Se você quiser e vier
Pro que der e vier
Comigo

11

SERÁ DE TERRA TUA DERRADEIRA CAMISA

Passamos do momento na trama
em que o ritmo vai desacelerar.
Para a missão diante deles
nosso bando vai se preparar.
Sempre sob os olhos dos orixás,
proteção eles devem exorar.

Por trás de toda a angústia,
os planos da empresa ProPague.
Chamas que ainda vivem a arder
não se acha nada que afague.
E o que Severino deseja
é que essa flama se apague.

Ansioso e determinado
para sua missão terminar,
Severino fará umas coisas
que não serão fáceis de aceitar.
E o que antes estava junto,
infelizmente, vai se separar.

Só aquele que sofre na pele
tem direito de clamar certeza
para comensurar as palavras
que definem sua tristeza.
Abraçar o que o outro sente,
ninguém realiza tal proeza.

Não resta muito tempo juntos.
Breve, não teremos mais assuntos.
Reta final. Passados consuntos.
Hora de desenterrar defuntos.

O ritmo, então, vai acelerar.
Ação atrás de ação, sem parar.
E o livro já, já vai acabar.
As páginas vamos apimentar.

O DIA MORREU DEVAGARZINHO, REVELANDO, no vestido da noite, um broche de tapioca, de brilho intenso e de carícias poderosas. Sob a testemunha das estrelas, uma fogueira imensa ardia e, ao ser beijada pela brisa costal, as chamas levantavam centenas de vaga-lumes amarelos e vermelhos, colorindo o breu com o brilho de sua paixão.

Juá, Bonfim, Severino e Filomena estavam na varanda, enfileirados diante de Maria del Valle, que trajava um vestido amarelo com padrões geométricos azuis, verdes e vermelhos. A Ganhadeira arrumava alguns produtos que estavam espalhados em travessas de barro sob um tapete de palha.

— Cadê Tiê? Ela não é de sumir assim — perguntou Severino, olhando para os lados.

Após a conversa com Filomena, a capivara pegou sua bagagem, trancafiou-se no almoxarifado das Paladinas do Sertão e de lá não saiu.

— Ela disse que ia se preparar para a missão de hoje — respondeu Filomena em um cochicho.

— Ela vai perder a...?

— Ela está chegando. Consigo escutar a respiração dela. — Bonfim colocou um fim àquela conversa de sussurros.

A capivara surgiu da escuridão, seu antigo uniforme Carcará tingido de preto, só se tornando visível graças às chamas da fogueira.

— U-lá-lááá. — Severino esticou o último á de forma jocosa.

— A cor preta me pareceu mais propícia. Afinal, estou enterrando parte de meu passado — disse a capivara, abrindo os braços para mostrar todo o uniforme.

— É isso mesmo, Tiê!

E, assim, o tom brincalhão de Severino morreu em palavras tão perfeitas para o momento.

— Antes de pedir proteção, temos que fazer a limpeza — informou dona Maria ao se levantar e se aproximar do grupo.

A ialorixá ergueu seu defumador, feito com uma lata de leite em pó velha e furada no fundo com pregos. Fumaça escorria por entre os buracos em uma cascata de brumas, preenchendo a varanda com o perfume de sálvia, alfazema e tabaco. A velha balançava o incensário improvisado próximo ao corpo de seus amigos, limpando-os de todas as energias negativas.

Com o ambiente preparado, Juá, Bonfim e Antonieta se afastaram do centro dos trabalhos, deixando apenas as duas almas devotas exercendo seus pedidos de proteção e força. Dona Maria deu início ao ebó de Filomena, esfregando acarajé e quiabo pelo corpo da mulher. As mãos seguiam um ritmo que não era daquele tempo. Sabedoria que não tem professor que ensine. Coisa que vem de lá.

Ao terminar, dona Maria encarou Filó, almas que estavam em sintonia.

— Yalodê.

— Yalodê.

Já em Severino, ela esfregou bolo de farinha, acaçá e ovos brancos, indo da cabeça aos ombros, braços e pernas. Ela apertou um punhado de pipoca contra a cabeça do homem, deixando com que flocos escorressem em um banho que parecia desrespeitar as vontades do tempo e da gravidade, pois nada caía, apenas fluía.

— Que Oxalá te proteja. Ossaim, meu filho, manda te dizer que seus dias com raiz de jurema-preta já foram. Você carrega um cemitério nesse olho vermelho. Chega, meu filho. Que seus olhos enxerguem apenas a vida. Que Xangô e Ogum lhe deem força.

Dona Maria esfregou velas brancas por todo o corpo de Severino.

— Que nenhum mau-olhado caia sobre você. Que seus inimigos falhem e não tenham influência alguma em seus dias. — A mulher começou a quebrar as velas. — Não estou quebrando sua força, estou partindo a força de seus inimigos — repetia ela a cada vela partida, pedindo que Severino quebrasse as velas também, usando as mãos e os pés.

Ao terminar a limpeza, dona Maria entregou a Severino e Filomena uma garrafa pet com água e folhas amassadas de macaçá, alecrim e mirra. Severino foi ao banheiro, desnudou-se e foi aos poucos enchendo as mãos e tirando o que restava do ebó ainda preso ao seu corpo. Enquanto se lavava, pedia proteção, saúde e sabedoria.

Como ditava o ritual, não se enxugou. Vestiu a camisa e a calça ainda com a pele úmida, deixando marcas molhadas em suas vestimentas. Apesar disso, sentia-se um novo homem, revigorado, cheio de força e confiança.

— Axé — disse ele ao sair do banheiro e encontrar seus companheiros. — Vamos visitar o senador.

🪐

O grupo usou uma das naves Ajapá de dona Maria, veículos de médio porte, extremamente silenciosos e praticamente impossíveis de serem captados pelos radares mais modernos. A porta lateral esquerda estava aberta, possibilitando que Filomena e Antonieta, nas pontas, pudessem visualizar o terreno metros abaixo delas. Voavam em uma velocidade de duzentos quilômetros por hora, vento balançando seus cabelos e pelos de forma violenta.

— Eu me pergunto o que a ProPague está planejando construir — questionou Juá, que pilotava a nave.

— Não temos ideia — respondeu Filó através de seu comunicador intra-auricular.

A mulher trajava camisa longa, colete e calças pretas, ideais para uma missão furtiva.

— Só espero que a gente não encontre algo como os planos para uma Estrela da Morte — brincou Severino. — De Han Solo ou Luke Skywalker eu não tenho é nada.

— Bem, você tem um mini-Chewbacca colorido — retrucou Juá, referindo-se a Bonfim.

— Ai, ai. Mini-Chewbacca colorido... — repetiu o puiuiú, com desdém. — Primeiro: eu não falo grunhindo. Segundo: Severino não me tem. Eu sou do mundo. Terceiro: eu sou incomparável, não tem nada igual a mim nesta porra. Quatro: vai catar um coquinho.

A nave seguia em direção à Praia do Forte, distrito luxuoso e rico da Bahia, a noventa quilômetros de Salvador. As luzes neons dos prédios e das construções aos poucos foram minguando, dando espaço a uma área verde, com poucas residências. Como sempre, os ricos e poderosos se afastaram do centro urbano, criando colônias fechadas para suas ambições desenfreadas. Quem gosta do carnaval de rua é o povo, rico gosta é de camarote e área *viaipí*.

Os ponteiros dos relógios miraram o norte quando Juá pousou a nave. Estavam a alguns metros de distância da residência do senador, longe o suficiente para não chamar a atenção dos seguranças, que, embora fossem poucos, podiam dificultar a missão.

Dali em diante, seguiriam a pé.

A carranca tomou a dianteira, aproveitando a visão noturna de seus olhos robóticos para detectar qualquer presença indesejada, enquanto Bonfim seguia logo atrás, tentando escutar qualquer aproximação. O bando correu até chegar ao topo de um morro, com vista privilegiada para a mansão do senador Ludwig Moledo.

Filomena puxou um binóculo com termografia infravermelha e fez uma leitura do local. Contou quinze seguranças fazendo ronda no perímetro externo. Todos vestiam coletes táticos e tinham seus rostos protegidos por capacetes. Antonieta, que usava a mira de seu rifle para enxergar a distância, vasculhou as janelas e encontrou o senador em seu escritório. A capivara guardou a arma e acionou a interface digital de seu uniforme.

— Ele está no escritório, como a gente suspeitava. Do outro lado do terreno, numa daquelas árvores lá — Tiê apontou —, eu terei uma vista melhor para agir.

— Severino e eu vamos invadir a mansão e interrogar o senador — disse Filomena.

— Juá e eu vamos dar conta dos seguranças — complementou Antonieta.

— E eu fico aqui, paradinho da Silva, são e salvo, na escuta de qualquer coisa estranha — murmurou Bonfim.

— Fechado.

Antonieta, Juá, Severino e Filomena correram até os fundos do terreno. A carranca robótica se aproximou do portão de ferro, usou a força de seus punhos metálicos e facilmente partiu o cadeado que trancava a lingueta. Ao passar pelo portão arrombado, Severino e Filomena sacaram suas pistolas energizadas, programadas para disparos não letais.

Enquanto corria pela propriedade do senador, Antonieta notou algo diferente em sua postura. Era como se a armadura, apenas pelo fato de estar pintada de preto, estivesse mais leve. Ainda sentia o velho senso de obrigação e de dedicação, sabia de suas responsabilidades, mas o alvo de seus anseios, agora, era de outra ordem.

O foco agora era ela.

Não demorou muito para que a capivara encontrasse o primeiro segurança, que estava com a viseira do capacete levantada, fumando. Ela se aproximou pela retaguarda e usou seu rifle para atordoar o homem, que apagou sem um suspiro extraviado. Antonieta atravessou o pátio e subiu em uma das árvores mais altas das redondezas, escalando-a até que estivesse em uma altura propícia para ficar de tocaia.

Com a luneta do rifle, testemunhou a desenvoltura de Juá, que, apesar da aparência robusta, movimentava-se com certa leveza, andando pelas sombras enquanto nocauteava os seguranças do senador.

— Severino, Filó, dois guardas logo adiante — alertou Antonieta pelo comunicador.

— Beleza — murmurou Severino. — E aí, Filó, eu vou no da esquerda, você vai no da direita?

— Querido, me bata um abacate. Me espere aqui.

Filomena andou calmamente com sua pistola erguida. Assim que os dois guardas estavam próximos o bastante, ela disparou duas vezes, levando ambos ao chão. A mulher abriu a porta dos fundos e sumiu do campo de visão de Severino.

— Severo, sou eu. — A voz de Bonfim soou no comunicador. — Estou usando um canal reservado. Tudo tranquilo aí?

— Sim. Filó foi conferir se está tudo certo na cozinha e na sala.

— Belê...

Nas ondas estáveis do silêncio, Severino notou que havia algo de estranho com seu melhor amigo.

— Tudo certo, meu rei? — perguntou ele.

— Você está pensando em voltar para Cabula XI depois que tudo isso terminar? — questionou Bonfim.

— Oi?

— Você está pensando em voltar para Cabula XI depois que a gente terminar o caso?

Severino baixou a pistola em sua mão e pensou por um tempo.

— Eu realmente não tinha pensado no futuro. Presumo que sim. Por quê? — questionou ele.

— Sei lá. Eu também moro lá. Seria legal saber que vou continuar tendo uma casa depois que esta maldita investigação terminar.

— Oxi, por que você deixaria de ter casa, meu rei?

— Eu consigo perceber que os laços entre você e Filomena estão se renovando. Parece que você acordou para a vida... e eu acho isso ótimo, claro.

Severino analisou a resposta do amigo.

— Talvez eu tenha achado coisas que pensei ter perdido, mas isso não quer dizer que vou te abandonar.

— Caralho, você acha mesmo que sou seu Chewbacca, né? — gritou Bonfim em seu ouvido.

— Oxi, oxi, oxi, oxi, oxi. — A dúvida era tamanha que o oxente veio parcelado. — De onde veio isso? — Severino não podia se dar ao luxo de falar mais alto que um sussurro.

— Eu não sou um apêndice, Olho de Dendê. Eu tenho uma vida agitada e completa que não inclui você.

— Eu sei disso, meu velho. Mas você e eu é algo para o resto da vida, caralho. Você é minha família, cara. Eu quero morar com você até o dia em que a terra me abraçar.

Bonfim não esperava por aquela resposta.

— E você e Filó?

— Cara, eu ainda amo a Filomena. Nunca deixei de amar, na vera. Se ela me quiser na vida dela, se ainda houver espaço para mim na rotina dela, isso só vai acontecer se você estiver comigo, Bonfim. Não quero uma vida sem tu não, negão. Eu te amo, seu porrinha.

— Eu também te amo, Olho de Dendê. Beijo na sua bunda cabeluda — respondeu o puiuiú, afobado, desligando o canal privado.

— Agora que a conversinha acabou a gente pode seguir com a missão ou quer ficar aqui e esperar para ser capturado? — O rosto de Filomena surgiu atrás do vão da porta.

— Vamos lá. — Severino sorriu ao se levantar.

Filó e Severino atravessaram a cozinha, a sala de estar e só pararam quando dois guardas passaram pelo hall de entrada, as luzes de suas lanternas cortando a escuridão como espadas luminosas. O casal se agachou atrás de um sofá de seis lugares, coberto por uma manta de pele de onça. Filomena pensou em agir, mas notou que os homens seguiam seu caminho desatentos, conversando sobre o último BaVi, a maior rivalidade futebolística brasileira. A mulher deixou os guardas seguirem na direção de Juá, que certamente daria um jeito de neutralizá-los.

Assim que se sentiram seguros, subiram as escadas que levavam ao segundo andar. Nas paredes da mansão, fotos do senador em encontros e eventos políticos, além de registros de suas notórias caçadas, posando com animais abatidos dos mais variados tamanhos. Vencidas as escadas, os dois atravessavam um longo corredor, até que foram surpreendidos por um dos seguranças. O homem estava prestes a agir quando um disparo energizado o acertou no ombro, fazendo com que uma corrente elétrica de vinte miliamperes corresse por seu corpo, levando-o a apagar por completo.

Severino se aproximou da janela e fez um sinal de ok para Antonieta, que os acompanhava pela lente de seu rifle, a centenas de metros de distância.

A porta do escritório estava entreaberta, com uma música clássica escorrendo pelas frestas. Filomena adentrou o cômodo com cuidado, em um movimento silencioso. As paredes eram rústicas, com tijolos avermelhados sobressalentes. O chão era de madeira nobre e escura, com um imenso tapete central. O senador estava sentado, escrevendo algo em sua escrivaninha de jacarandá, vasta como uma mesa de jantar. Tinha a pele branca e repleta de rugas, sobrancelhas grossas e olheiras profundas. Acima dele, Jesus Cristo chorava pela humanidade em um crucifixo gigantesco, daqueles que só se encontravam em igrejas velhas e ricas.

— Senador Moledo? — Filomena estava com a pistola apontada para o homem.

— Não quero nada agora, Carmem, estou ocupado — respondeu o senador em um tom impaciente, sem se virar.

— Não tem ninguém para te servir agora não, senador.

Filomena sorriu para o velho, que ergueu os olhos sem sinal algum de susto ou temor no semblante. Pelo contrário, ele parecia em pleno domínio dos acontecimentos, fechando as mãos e interligando os dedos.

— Não é todo dia que se recebe a visita ilustre da Salvaguarda das Paladinas do Sertão.

— O senhor me conhece?

— Entrei na política muito antes de você pensar em ser gente, garota. O rapaz a seu lado, contudo, não reconheço.

— Vamos manter assim — disse Severino. — Gente como eu não curte muito escutar nosso nome saindo de bocas como a sua. — Ele se sentou em uma das cadeiras do lado oposto da escrivaninha, pistola em mãos também. — Rico só conversa com pobre para pedir algo ou para colocar culpa.

— Presumo, pelas armas apontadas, que estão aqui por motivos que fogem da cordialidade de uma visita formal, certo?

— Estamos aqui porque a gente sabe que teu rabo está envolvido nos planos da ProPague. — Severino apertou a pistola na mão.

— Ah, isso.

— Sim, isso.

— E por que eu falaria sobre isso? — A voz velha continuou serena.

— Porque isso já custou a vida de dois Carcarás, um Arribaçã e a de seu filho — respondeu Filomena.

— As Paladinas do Sertão estão me dando uma lição sobre a lei? Essa é boa.

— Não somos contra todas as leis, senhor. Só contra aquelas que oprimem e matam — respondeu Filó calmamente, mas sem abaixar a arma.

— Bonito, mas irrelevante, minha querida. Não se escolhe que lei respeitar ou não.

— Engraçado você me falar isso. Estou vendo a imagem de Jesus aí atrás, mas você e sua laia escolhem direitinho os versículos que vão repetir e os versículos que vão ignorar.

Filomena cruzou o escritório sem baixar a mira.

O velho se curvou, apoiando os cotovelos na mesa.

— Infelizmente, meus caros, gastaram o tempo à toa. Guardem as ameaças, pois não há nada que me faça falar sobre isso.

— Nós temos nossos meios. — Filomena se aproximou do senador, fazendo sua sombra crescer sobre o velho.

— Ahhhh, claro. — Ludwig se recostou em sua poltrona. — As táticas tão tradicionais das Paladinas. Meus comboios sendo assaltados, minhas lojas sendo sabotadas, as bombas em meus postos de combustível sendo destruídas.

— A gente aperta onde dói.

— Vocês invadiram uma propriedade privada e ameaçaram um profissional que tem imunidade parlamentar, que estava em sua residência trabalhando pelo povo. Eu poderia entregá-los à Federação.

— Não somos amadoras, senhor Moledo. Nós não vivemos nas sombras por um motivo bem claro. Temos nosso poder também.

— Tá aí, sempre foi algo que pensei. — O velho se levantou, apoiando as mãos na mesa, crescendo diante da mulher. — Sempre me perguntei por que ninguém foi macho o suficiente para bater de frente com Dinha. Pois bem, hoje tenho minha resposta. Presumo que tenham neutralizado meus seguranças. Parabéns. Mas eu conheço suas regras, Salvaguarda. Aposto que todos os meus homens estão vivos. Não é?

A respiração de Filomena ficou acelerada, reverberando por suas narinas dilatadas. O silêncio foi a resposta que Ludwig esperava.

O velho riu.

— Você não vai me espancar, não vai me levar daqui. Dinha jamais aceitaria isso porque sabe que a retaliação seria muito pior. Vocês estavam contando com meu medo? Pois bem, a bota não teme a barata.

Ao notar que o velho havia compreendido o poder que tinha sobre Filomena, Severino se levantou e esticou ainda mais o braço em direção ao velho.

— Mas eu não faço parte das Paladinas, seu desgraçado. E sabe o que é mais perigoso que uma Paladina? Alguém que perdeu tudo. Vocês tiraram tudo de mim: mentor, patente, irmão... tiraram minha vida. Você acha que é bota? Beleza. Todo mundo é corajoso até a hora que a barata voa.

Severino arrastou a mesa, usando-a para espremer o senador contra a parede. Ele contornou o móvel e usou a coronha da pistola para acertar o velho no supercílio. Devido à idade avançada, não seria necessária muita força para abrir um machucado na pele de Ludwig. Mesmo assim, Severino não segurou o braço. Bateu e bateu mais uma vez.

— Severino! — Filomena segurou o punho do homem.

— E agora, tá com vontade de falar? — perguntou ele. — Eu posso continuar batendo. O que é que a ProPague está construindo?

O senador gemeu de dor, as mãos tentando conter o sangue da testa e do nariz que parecia quebrado. Filomena arrastou Severino até o outro lado do escritório. A mulher era mais forte, e torcia o braço de Severino de tal forma que ele seguia seus comandos.

— Perdeu o juízo? — perguntou Filomena.

— Se ele não contar, a gente faz o quê, Filó? Esse é o fim da linha. A gente perde essa chance e eu não posso vingar a morte do meu irmão.

— Não vai ser assim que a gente vai vingar nada!

— Nem adianta vocês tentarem. Eu jamais vou abrir minha boca! — vociferou o senador. — Podem me bater, podem me ameaçar. Esse segredo morre comigo!

— Meu povo, temos uma movimentação intensa dos seguranças — avisou Antonieta pelo comunicador.

— Estou escutando naves se aproximando! — gritou Bonfim. — Saiam daí! O desgraçado acionou algum tipo de alarme na surdina.

Antes de sair do escritório, Severino foi até o senador, que tentava manter a altivez, e deu um tapa no rosto dele. Enquanto o homem se recuperava da agressão, Severino falou bem perto de seu rosto:

— Você se acha bota, se acha poderoso, mas você sabe que é só um peão fácil de sacrificar. Pode tirar sua onda de poderoso hoje, mas vou voltar quantas vezes forem necessárias. Você pode não falar, mas também não vou deixar barato não, meu rei. Você vai sentir muitas vezes isso. Pode lembrar, senador, eu tenho tempo de sobra em minhas mãos, nada a perder e todo o ódio do mundo. Uma hora eu te mato, e vou ver e rever sua morte com esse olho que você e seus parceiros me deram. E eu vou rir toda vez que escutar teu último suspiro.

Filomena puxou Severino para fora do escritório. Enquanto atravessavam o corredor, disparos passaram a ecoar por todos os lados, alvejando os quadros e fotos pendurados nas paredes. Ao mesmo tempo que se esquivavam dos projéteis, tudo que Severino conseguia pensar era que toda preparação, toda morte e toda vida perdida foram em nome de nada. As pernas seguiam em frente, as balas voavam, suor escorria, mas era como se estivesse andando para trás.

No fim do corredor, subindo a escada, Severino se deparou com dois guardas armados. Foi, então, que se lembrou das aulas de mestre Leque da Gamboa.

A memória era rabiscada, granulada e sem cor. Tinha textura e cheiro de cobertor velho em dia de chuva. Severino completara doze anos de idade e estava no início de seu treinamento no ritmo do ijexá, aprendendo o gingado da capoeira. Encontrava dificuldade em acompanhar os movimentos de seus parceiros de jogo, errando o tempo e sendo alvejado por conta disso.

Mestre Leque da Gamboa se agachou e o encarou.

— Você está olhando o quê, menino?

— Estou olhando o Toninho — respondeu Severino, referindo-se ao parceiro de jogo.

— Que parte do Toninho?

— As pernas, os braços.

— Braço e perna são duas coisas muito apartadas uma das outras. Não tem zaroio neste mundo que consiga acompanhar os dois. — O mestre cruzou os olhos, fazendo o menino rir. — Preste atenção no peito e na cintura. Não importa quem seja, todo movimento nasce aqui. — Mestre Leque da Gamboa fez um movimento circular em seu torso. — Mantenha seu foco no problema, não na distração.

— Certo, mestre.

— De novo?

— De novo.

Os alunos se agruparam, os instrumentos ditaram o ritmo e Severino pulou junto com Toninho para o centro da roda, executando o movimento *aú* com leveza e dedicação.

Lá na mata escura, o galo cacarejou
Nessa roda mandingueira o jogo arrepiou
Lá na mata escura, o galo cacarejou
Nessa roda mandingueira o jogo arrepiou

Severino estava de volta ao presente. A memória se perdeu no tempo, mas no interior de seu ser, no lugar onde as palavras não ditas residiam, ainda escutava o berimbau, o atabaque, o pandeiro e o agogô. O tempo se dilatou, e ele sentiu a força de Xangô correndo por seu corpo.

Quem não quer melar o dedo, não come do vatapá
Quem não tem o couro grosso nessa roda vai sobrar
Quem não quer melar o dedo, não come do vatapá
Quem não tem o couro grosso nessa roda vai sobrar

Severino pulou no primeiro aplicando uma armada, girando o corpo em trezentos e sessenta graus e acertando o segurança com o lado externo do pé. O golpe foi potente, fazendo o capacete voar e o homem tombar. Antes mesmo que o parceiro pudesse processar o ataque, assim que o pé de Severino tocou o chão ele executou uma bênção, lançando o segundo guarda escada abaixo.

— Juá, Antonieta, estamos voltando para a nave — avisou ele.

— Entendido! — responderam as duas pelo comunicador.

Filomena e Severino passaram novamente pela sala, pela cozinha e fugiram por uma das portas no fundo da mansão. Reencontraram Juá e Antonieta próximo ao local onde Bonfim os aguardava. Disparos ainda se faziam ouvidos, mas estavam distantes.

Eles correram em direção ao veículo de fuga, certos de que a missão fora um completo fracasso de planejamento e execução, principalmente Severino, que seguia a inércia do movimento, avançando pelo terreno, mas com a mente ainda no escritório do senador Moledo, apertando o pescoço do desgraçado com sua mão de metal, sentindo a traqueia lutando para respirar. Ele entrou naquela mansão buscando muitas respostas, mas saía de lá com apenas uma certeza: não havia como vencer aquele jogo respeitando as regras que os próprios inimigos criaram.

Enquanto o grupo se aproximava da nave, um míssil energizado cortou a noite, deixando um rastro suspenso no firmamento. O projétil acertou o veículo, e a explosão lançou os corpos de todos para trás. O mundo mergulhou em um silêncio abafado, e os ruídos ao redor deles passaram a ser ecos distantes dos sons originais. A chama da explosão ardia na pele de todos, apesar da distância considerável que estavam do local de impacto. A pancada acertou principalmente Juá, que seguia na frente. A carcaça da Defendente pouco sofreu com o ataque, mas seus sistemas internos desligaram momentaneamente.

Filomena foi a primeira a se levantar, seu corpo lutando para compreender os estímulos que a castigavam como mil adagas afiadas. Desnorteada, a mulher olhou ao redor, vendo os corpos de seus companheiros no chão, atordoados pela explosão. Dois holofotes se acenderam, pairando sobre a Salvaguarda como os olhos de uma coruja esfomeada. A mulher ergueu a mão, derramando uma sombra perfeita sobre seu rosto, permitindo que pudesse ver o piloto do veículo, que acionou as metralhadoras da nave.

A mulher aceitou o destino. Não temia a morte, sabia o que a esperava do outro lado e tinha a certeza plena de que seu tempo entre os vivos foi gasto promovendo ideais justos. Mas, apesar da ausência de medo, não queria deixar a luta tão cedo. Antes de relaxar os punhos, Filó ainda desejava quebrar uns dentes e desalinhar alguns sorrisos falsos. Queria partir sonhos cobiçosos e destruir alguns pedestais.

As laterais das metralhadoras começaram a girar, lançando centenas de ferrões em direção ao chão. Os disparos acertaram a grama alguns metros à frente de Filomena, levantando terra e poeira enquanto avançavam em direção ao alvo intencionado. Os olhos fecharam e os lábios suspiraram:

— Yalodê...

Filó sentiu dois braços a envolvendo, apertando-a com medo e afobação. Não precisava abrir os olhos para saber que quem a abraçava era Severino. Mesmo com todos os sentidos afetados pela explosão, o corpo jamais esqueceria o toque da pele dele.

Antes que a rajada de balas atravessasse aquele amplexo apaixonado, uma segunda explosão clareou os céus, e a nave de segurança do senador Moledo foi ao chão, um Ícaro de metal, suas asas em chamas, consumindo toda a sua soberba.

Ainda abraçado com Filomena, Severino abriu o olho, seu semblante ainda curvado, aguardando o ataque inimigo. Virou o rosto na direção do disparo que havia acabado de salvar a vida dele e de seus companheiros. Uma silhueta envolta em penumbras segurava um lança-foguetes cuja boca ainda esfumaçava como se fosse o próprio Dragão da Maldade.

— Severino!

A voz veio como uma porrada poderosa o suficiente para deslocar o tempo e o espaço.

O passado tirava seu atraso.

Severino estava frente a frente com Clapsson Tergonvier.

Seu antigo mentor era um chelonoide, alienígenas originários do Sistema Alabasé, mais precisamente do planeta Baleia. Ao se aproximar, Severino notou que o antigo mentor trajava um manto preto com capuz, que cobria parcialmente seu rosto. O pouco de luz que o alcançava revelava as feições tão características dos chelonoides: traços reptilianos, com um rosto triangular, sem narinas, couro coberto por escamas e olhos que pareciam dois buracos negros.

— Clapsson... — A única coisa que Severino conseguiu processar naquele momento foi o nome.

— Faz muito tempo, meu amigo. Quantos anos aguardo a oportunidade de reencontrá-lo.

Clapsson abraçou Severino com força, mas o humano continuou sem expressão, braços pendurados, sem vida.

— Estou com minha nave pousada não muito longe. Sigam-me, os seguranças do senador logo vão se recuperar.

— Pera, a gente pode confiar em você? — Bonfim surgiu ao lado do amigo e tomou as rédeas, já que Severino parecia estar preso em um momento de transe.

— Fui eu quem passou as informações para Juventino Marrone. Fui eu quem gastou os últimos cinco anos investigando a ProPague e fui eu quem fez de tudo para que a gente tivesse uma chance de vencer. Ah, claro, acabei de salvar a vida de vocês.

— Como você sabia que a gente estaria aqui? — Havia algo na conduta de Clapsson que incomodava cada célula do corpo de Filomena.

— Eu tenho escutas espalhadas por toda a mansão do senador Moledo. Estou de olho naquele velho nojento há anos. Quando escutei vocês na sala dele, não pude acreditar nas peripécias do destino. Meu antigo pupilo tinha me achado.

Clapsson guiou o grupo em direção à sua nave, seguindo à frente com passos acelerados. Filomena se aproximou de Severino, segurou sua mão e o trouxe de volta ao presente.

— Você está bem? — perguntou ela.

— Acho que sim. Não sei... É o Clapsson.

— Sim, ele está vivo.

A nave de Clapsson era uma Idará XIX, uma nave de trânsito orbital bem comum no planeta Terra. O veículo tinha formato de zepelim, apesar de ser significativamente menor e mais achatado. O interior era repleto de caixas empilhadas e documentos presos nas paredes, provas que o chelonoide havia coletado nos últimos anos de investigação. Era a imagem do caos, um sistema impossível de ser compreendido por qualquer um que não o tivesse organizado.

Clapsson acionou o piloto automático em direção ao interior da Bahia e encaminhou o grupo até seu escritório, no fundo da nave. Ele pegou o que restava de um prato de maniçoba da mesa, lançou sobre a pia e convidou todos a se sentarem. Foi só então que retirou o capuz que cobria seu rosto, revelando um couro queimado, repleto de cicatrizes, principalmente na região da nuca.

— Eu imagino que a grande pergunta do momento é "como"? — Clapsson se acomodou sobre uma pilha de caixas. — Três pescadores encontraram meu corpo flutuando pelo Xingu, perto de São Félix. Eu estava perto do rio na hora da explosão. Acho que isso me salvou. Isso e o fato de que sou chelonoide e tenho três corações. Eles me levaram a um hospital. Os médicos trataram minhas queimaduras, mas eu estava apagado. Saí do coma seis meses depois. Foram mais oito meses até que eu voltasse a falar. Sem poder dizer uma palavra sequer e sem conseguir me mexer direito, vi pela televisão do quarto... — A voz de Clapsson ganhou outro tom, como se as palavras tivessem espinhos ao sair de sua boca. — Eu acompanhei seu julgamento pela televisão da UTI. Vi que eu havia sido declarado morto, um traidor. Acompanhei sua exoneração.

Lágrimas descem pelo rosto de Severino, que imaginava a dor que seu antigo mestre passara, principalmente ao ver sua carreira brilhante ser lançada ao abatedouro como um bode expiatório.

— Foi outro ano até que eu voltasse a andar. Quando finalmente pude sair do hospital, pesquisei melhor nosso caso. Soube que você também teve sequelas daquela explosão. Honestamente, me orgulhei muito ao ler que jamais aceitou a narrativa de que eu era o culpado. Obrigado.

Severino nada falou. Seu olho apenas mirava a figura de seu antigo mentor.

— Assim que minhas pernas sustentaram o peso do corpo, a primeira coisa que fiz foi recuperar tudo que tinha de informação. Os desgraçados da Federação achavam que tudo estava resolvido, mas não sabiam que eu trabalhava com três ou quatro redundâncias. Aluguei um apartamento em Salvador e coloquei uma caralhada de evidências físicas lá. E-mails, comprovantes de compras, transações clandestinas. Então, depois de anos sozinho, notei que os desgraçados começaram a reativar o plano deles. Foi quando comecei a mandar algumas cópias de provas para o único nome que me inspirava alguma confiança.

— Juventino Marrone — completou Antonieta, que estava de braços cruzados, em pé, encarando o chelonoide com olhos suspeitos.

— Ele mesmo. E, ao que tudo indica, o cabra tinha alma honesta mesmo, julgando que fez exatamente tudo que fiz quando soube que a ProPague podia estar armando algo. — Clapsson acendeu um cigarro de palha e deu um longo trago. — E eles estão, meus companheiros. Estão criando uma nova forma de processar o óleo de dendê. Procedimento que chamam de termoaustral.

— E o que isso significa para as outras pessoas na nave que não passaram os últimos dez anos em um chiqueiro voador investigando a empresa que controla todas as galáxias conhecidas? — perguntou Bonfim.

— Uma estratégia para baratear os custos do processo Guineensis em mais de noventa por cento.

O silêncio que criou morada em Severino correu pela boca de todos. Clapsson tragou seu cigarro e aguardou.

— Isso tudo é para cortar custos? — questionou Filomena, indignada.

— O que mais esperavam?

— Uma arma, um golpe, uma ameaça real... Sei lá! — A Salvaguarda se levantou, seu sangue correndo quente pelo corpo.

— Arma? — Clapsson riu, soltando fumaça pela boca. — Para que gastar recursos em uma arma, quando as que eles têm já dão cabo do serviço? Uma bomba tem poder limitado, tem um raio de estrago. Um bolso cheio de dinheiro é muito mais eficaz. A moeda certa, no bolso certo, e você destrói um sistema solar inteiro.

— O quão perto a ProPague está de concluir esse processo termoaustral? — A voz de Severino finalmente se fez ouvida.

— Perto. Eles estão fazendo de tudo para burlar o efeito Baluarte.

Clapsson se referia a um dos grandes desafios em executar uma dobra espacial. Antes que Albérico Lima dos Santos descobrisse a propulsão Guineensis, outros cientistas tiveram que preparar o caminho para ele. Foi o caso do doutor Francisco Baluarte, o primeiro homem a executar uma dobra espacial. Para criar uma intensa curvatura no espaço-tempo, suficiente para a formação de um buraco de minhoca, o doutor Baluarte canalizou a energia de um pequeno buraco negro, contraindo o espaço à frente da nave, e usou energia escura para expandir o espaço atrás. Seu erro foi o uso do gás de Chaplygin para criar a energia escura, a responsável pela aceleração da expansão do espaço físico do universo. A instabilidade do gás resultava em uma dobra inconstante, incapaz de criar um ponto de saída de sucesso no buraco de minhoca.

— Atualmente, apenas um em cada cinquenta milhões dos acidentes galácticos provém de algum erro nos motores Guineensis — continuou Clapsson. — Seu pai criou um motor realmente extraordinário, Antonieta. — Ele encarou a capivara com certa ternura. — Segundo minhas pesquisas, com o processo termoaustral, a probabilidade sobe para uma em cada vinte mil.

— Uma a cada vinte mil viagens? — repetiu Bonfim.

— Uma a cada vinte mil viagens com veículos que tiverem um motor termoaustral. Motores baratos para naves baratas — respondeu Clapsson. — Quem morrer nesses acidentes não vai fazer falta para a Federação.

— Eles mataram meu irmão, arrancaram minha vida de mim, mataram outros dois Carcarás, um Arribaçã, tudo isso em nome de um lucro ainda maior? — O olho humano de Severino também envermelheceu.

— E eles vão matar muito mais, Severino. Um crime perfeito, sem vestígios, com as vítimas sumindo no grande oceano do possível, seus nomes irrelevantes para a Federação Setentrional.

— Você tem um plano, Clapsson? — indagou Bonfim.

— Eu sempre tenho um plano.

O chelonoide abriu um mapa sobre a mesa e apontou para uma área circulada em vermelho.

— Após nossa investigação, dez anos atrás, a ProPague redobrou seus esforços para manter esse projeto escondido da vista de todos, então eles não estão trabalhando numa rede de informações compartilhada. Não, está tudo aqui. — Ele apontou para o mapa. — Esse terreno aqui é o X da questão, meu povo. Precisamos invadir o laboratório, acessar a central de dados e apagar tudo que produziram. Aí, a gente só precisa esperar os funcionários chegarem e explodir essa merda toda.

Todos encararam Clapsson.

— Você quer esperar o laboratório estar cheio? — perguntou Antonieta.

— Claro. Não sabemos quais deles dominam o conhecimento para continuar as pesquisas depois. — Não havia resquício de dúvida na voz do chelonoide.

— Você quer matar pessoas inocentes? — questionou Filomena.

— Inocentes? Todos ali estão cientes do que vai acontecer assim que o primeiro motor termoaustral for acionado. Pessoas vão morrer. Muitas. Sem falar em Jeremias, Elias, Bruno e Juventino. As mãos da ProPague já estão sujas de sangue!

— Ninguém aqui está de acordo com o que a ProPague está fazendo — protestou Antonieta —, mas você está falando de um ato terrorista.

— Terrorista?! — Foi a vez de Clapsson se levantar. — Vocês agem como se vivessem em tempos de paz. Não estão! Trata-se de uma guerra silenciosa e diária. Eles estão matando milhões todos os dias de fome, miséria e negligência. Marginalizado é palavra bonita demais, não cabe nela toda a dor que esses desgraçados perpetuam. Terroristas são eles! Nós somos o povo e seremos a porra da guilhotina!

O chelonoide seguiu em direção à cabine de pilotagem, enquanto o restante do grupo permaneceu onde estava, confuso e temeroso diante das palavras que tinha acabado de ouvir.

— Deixe eu conversar com ele — sugeriu Severino.

A cabine do Idará XIX era espaçosa, com seis poltronas de controle. Clapsson estava em pé, admirando a vista do Recôncavo Baiano, que fluía em uma velocidade absurda metros abaixo deles.

— Dez anos e você nunca me deu um sinal de vida? — perguntou Severino.

— Eu morri, meu amigo. Isso aqui é só carcaça.

Era estranho ouvir as próprias palavras saindo da boca de outra pessoa. Será que ele também soava assim tão deprimente? Foi quando Severino percebeu que Clapsson e ele dividiam o mesmo padecimento: a morte parcelada.

— Pensei em entrar em contato, mas desisti quando vi que você tinha uma vida em Cabula XI.

Severino se sentou na poltrona logo ao lado do seu antigo mentor.

— Minha vida em Cabula XI, se é que a vida pode ser reduzida a tão pouco, era só um eco cruelmente prolongado. Propagação física e só. Coração que batia, mas não pulsava. Era memória afogada. Você entrou em contato com Yirgota?

— Não. Ela me enterrou e arranjou uma nova vida. Um novo amor. — Apesar dos olhos marejados, o chelonoide sorriu. — Entre o nada e o existir, meu velho, o nada sempre vence. O que não falta neste universo de meu Deus é nada. E eu já me juntei ao nada, Severino. Aceito que sou só um corpo à deriva no espaço, e o vácuo me preencheu de ausências.

— Cara, eu também estava nessa. Não sei até que ponto posso comparar nossas experiências, porque tua dor é só sua, mas vejo muito de mim em suas palavras. Fechei muitas portas e me vi sozinho num corredor escuro. E aí, meu rei, no meio de uma investigação maluca, eu me deparei com uma luz que jamais se apagou. Uma chama pequena que parecia ter se esvaído na distância, saca? — Severino olhou pela porta da cabine e avistou Filomena e Bonfim no fundo da nave.

— Eles roubaram muito de nós — continuou Clapsson. — Eles continuam roubando. E o pior: vão roubar muito mais. Para mim já deu, Severo. Tudo que me resta é isso, cansei dessa vida moribunda. Quero que chegue logo o fim, para que eu possa finalmente descansar.

— Por que não contou tudo para Juventino?

— Eu não sabia se podia confiar no Arribaçã. Tive que dar as informações necessárias para testar sua fidelidade. Até mandei evidências que tinham o nome Carnegão Fumegante, na esperança de que talvez, quem sabe, você tivesse compartilhado o apelido com alguém dentro da Federação. Meu plano depende de no mínimo duas pessoas. Achei que seria o Juventino, mas essa pessoa é você, Severino. Esse é o fim que o destino traçou.

— Mas você foi Carcará, meu rei — disse Severino. — Quer mesmo matar inocentes?

— E qual seria seu plano?

— Podemos explodir a base e apagar os dados. Ninguém precisa morrer.

— Em cinco anos eles montam tudo de novo.

— E a gente explode tudo de novo. — Severino tentou convencer o amigo com um sorriso otimista.

— Eu estou há anos pensando nisso. Juventino Marrone era a última esperança de vencer pelos meios oficiais. Mas até ele falhou. A ProPague não está criando um motor inovador, Severino. Como é que vocês não compreendem isso? Acharam que era uma arma? Pois bem, chamem de arma, então. Uma que vai encher o rabo deles de grana ao custo de vidas. E não é qualquer vida, não. Vida pobre. Até quando a civilidade, a ordem e os bons costumes vão garantir o direito dos ricos de tirarem tudo da gente? Quando é que a balança vira? Quando é que a gente vai finalmente aceitar que matar filho da puta é moralmente correto? Ser herói imaculado, de gibi, justo e perfeito... Para! Isso não existe. Herói é o vilão que salvou mais vidas.

Estava óbvio, não só pela postura, mas pela qualidade amolada de seu olhar, que Clapsson era um homem focado em sua missão. E Severino sabia que não havia nada mais perigoso que uma alma desprovida de esperança e com uma ideia fixa na cabeça.

— Eu escutei tua conversa com o senador Ludwig — continuou Clapsson. — Sei que a mesma raiva que corre em mim corre dentro de você. Só quem aceitou o abismo, como nós dois, pode entender o custo de fazer o que é certo. Como foi que você disse para o velho escroto? *E eu vou rir toda vez que escutar teu último suspiro*. Gente como ele não muda. Tem que acabar. A barra está torta e ela não vai se endireitar com "por favor". Só com marteladas fortes.

Enquanto Severino ponderava sobre a situação que se desencadeava, seu amigo pousou a nave em um campo aberto e desmatado no interior da Bahia. Todos desceram do veículo e aproveitaram o ar fresco que corria pela grama naquele fim de tarde. Estavam nos arredores do município de

Irecê, longe o bastante para não chamarem a atenção das autoridades locais, mas perto suficiente para testemunharem o sol nascendo atrás de uma cordilheira de prédios suntuosos, marcas de um dos maiores centros urbanos da Bahia. Após a Guerra Vermelha e a vitória da União Setentrional, Irecê se tornou um dos polos industriais mais importantes do país, formando com Salvador e Juazeiro o Triângulo do Dendê.

— Qual é o plano? — perguntou Filomena, seus dreads balançados pelo vento benevolente que corria pela região.

Severino encarou a mulher que por tanto tempo amou, certo de que suas palavras a atravessariam como uma rajada de balas.

— Clapsson está certo.

— Severino! — Ela se empertigou toda.

— Vai dizer que o Clapsson tá errado, Filó? A gente explode o laboratório vazio, eles montam um novo. Porra, dez anos atrás eu estava lá, sentindo o calor da explosão arrancando metade de mim.

— Matar dezenas de inocentes, Severo? — perguntou Antonieta, os olhos transbordando de incredulidade.

— E o que você sugere, Tiê? Fazer nada como a gente fez com o senador Ludwig?

A capivara pensou, procurando uma resposta, e vomitou a primeira coisa que passou por sua cabeça:

— Não sei, a gente pode avisar a mídia, procurar alguém dentro da Federação que nos ajude.

— Sua solução revolucionária é acionar instituições controladas pela Federação e pela própria ProPague? — questionou Clapsson com um toque de sarcasmo.

— Não acredito que está topando a ideia de matar pessoas inocentes, Xique-Xique. — Filomena o encarava, perplexa.

— Quantas almas você já encomendou pro inferno, Filomena? — perguntou Clapsson, de braços cruzados e um tom desafiador. — Quantas vidas já não partiu com sua lâmina energizada?

— Soldados, Clapsson. Nunca levantei um dedo contra inocentes. O povo é nossa lei.

— E nós faríamos isso para salvar milhares — justificou Severino.

O homem sentia o corpo todo arder. A decepção nos olhos e nas palavras de Filomena eram veneno em seu organismo, fraqueza que mexia com todo o seu ser, da pulsação de seu coração à firmeza de seus músculos.

— Pois não farei parte dessa loucura! — Filomena deu dois passos para trás e, assim, a distância entre eles nunca pareceu tão vasta, mesmo se comparada aos anos que passaram sem se falar.

— Eu também não. — Antonieta cruzou os braços. — Sei que a Federação tem participação nisso, mas me recuso a acreditar que temos que agir como assassinos. *Um dia ainda entra em desuso matar gente.*

— Esse dia ainda não chegou — retrucou Clapsson.

— Aparentemente, não. — A capivara também deu dois passos para trás, firmando uma linha que separava bem as intenções daquele grupo de almas perdidas.

— As mãos de vocês continuarão limpas, não se preocupem — disse Clapsson, retornando para a ponte de acesso da nave. — Aceito o papel de vilão se isso for salvar milhares de vidas.

— Severino, não faça isso — implorou Filomena. — Não quero que você seja herói, eu quero que tu seja gente...

— Eu tenho que encerrar esse caso. Dez anos de uma ferida que só faz sangrar, Filó. Jeremias merece descanso.

Severino também subiu na ponte de acesso, acompanhado de perto por Bonfim. No chão, Filomena, Antonieta e Juá testemunharam os portões se fechando e a nave levantando voo. Aquele adeus não era como Severino esperava terminar a missão, mas havia algo dentro dele que demandava um desfecho, algo que precisava ser enterrado e que só então seria superado.

— Te conheço, Bonfim. Sei que essa missão não é de seu agrado também. Você poderia ter ficado com a Filó. Sabe disso, não é?

— Filó passou muito tempo longe de você, Severino. Mas ela logo vai lembrar quem tu verdadeiramente é. Matar pessoas não é você, porra. Você vai arranjar outro jeito.

Severino encarou o amigo.

— Eu estou realmente aceitando a missão do Clapsson, meu rei. Não tem outro jeito.

— Olha com quem tu tá falando, rapaz. Eu não te pari, mas te conheço.

12

**MINHA POBREZA
TAL É QUE POUCO
TENHO O QUE DAR**

E depois de muito prosear,
o fim já vemos no horizonte.
A história que tinha pra contar,
já vai navegar com o Caronte.
E quando o livro você fechar,
espero que não desaponte.

Severino detém em sua mão
uma chance final de vingança.
Mas será que há real justiça,
mediante a tanta matança?
Vamos ter que esperar para ver
como ele sai dessa lambança.

Nas labaredas da indignação
e nas chamas da adversidade,
nosso lado mais desumano
acaba achando liberdade.
Guiados pela chama da fúria,
perdemos nossa sanidade.

Quando não encontramos saída
da nossa própria real maldade,
quando todo o resto lá fora
se dissipa na ambiguidade,
só recuperamos terra firme
no doce laço da amizade.

A dor realmente não existe,
só sinal de nossa existência.
Engrenagens que só fazem girar:
crença, astúcia e resistência.
As inquestionáveis fundações
que formam nossa resiliência.

O LABORATÓRIO DA PROPAGUE FICAVA A oeste de Sobradinho, próximo à nascente do riacho São Gonçalo, um dos vários afluentes do rio São Francisco. Tratava-se de uma construção arquitetônica propositalmente módica, construída para passar despercebida no meio de plantações de dendezeiro. O que mais chamava a atenção era o imenso galpão ao fundo, mas, a olho nu, parecia ser só mais uma fazenda.

Devido à grande demanda pelo óleo de dendê, assim que a Guerra Vermelha terminou, o governo baiano não mediu esforços para criar um sistema de irrigação eficiente que permitisse a plantação de milhões de palmeiras por todo o sertão, possibilitando e facilitando uma produção em escala global.

Severino, Bonfim e Clapsson estavam no topo de um monte escarpado, usando binóculos para observar a movimentação do laboratório. Haviam passado o dia inteiro de tocaia, analisando todos os possíveis cenários que enfrentariam uma vez que iniciassem a missão.

— Passei os últimos meses planejando este ataque. Achei que estaria com o Juventino Marrone, mas cá estamos, de volta ao início — disse Clapsson, sem desgarrar os olhos dos binóculos.

— Há dez anos, a gente estava no Pará, fazendo exatamente a mesma coisa — pontuou Severino.

— O final será diferente hoje. — Clapsson puxou de seu pescoço duas chaves vermelhas de metal. — Uma das medidas de segurança dos servidores é que eles funcionam com duas chaves simultâneas. Três meses atrás, depois de passar um tempo investigando o laboratório, segui um dos engenheiros responsáveis por essa merda toda. Consegui fazer cópias, mas só agora tenho um parceiro em que posso confiar, alguém que pode me ajudar a pôr um fim em tudo isso.

Bonfim estava ao lado de Severino, suas fitinhas balançando com o vento que acariciava aquele pedaço de terra, tão castigado pelo sol.

— Então, qual é o plano? — perguntou o puiuiú.

Clapsson abaixou os binóculos.

— O laboratório fica vazio a partir das onze da noite. A segurança durante a madrugada é padrão. Temos quatro guardas para evitar: dois na entrada principal e dois fazendo ronda. Todos estão equipados com coletes inteligentes, e qualquer variação em seus padrões corporais dispara um alarme na central de segurança. Ou seja, nada de soco, porrada ou qualquer abordagem direta.

— Como vamos passar despercebidos, então? — perguntou Severino.

— Se fosse fácil, eu teria feito anos atrás — repreendeu Clapsson. — Podemos não ser mais Carcarás, mas o treinamento está enraizado em nossas memórias.

— Isso foi alguns quilos atrás — brincou Severino.

— Terá que ser o suficiente. Bonfim, você fica na nave, monitorando o espaço aéreo. Não queremos surpresas vindo de fora. — Clapsson retirou do bolso um pequeno aparelho retangular um pouco maior que a palma de sua mão e projetou um mapa holográfico. — Não importa o quanto de tecnologia e dinheiro a ProPague tenha, a outra coisa que tem de sobra é arrogância. Acham que ninguém vai atacar um prédio deles, principalmente no meio do nada. A brecha para entrarmos é uma das falhas mais antigas do mundo: seres vivos. Acompanhei esses seguranças e são os piores que o dinheiro pode pagar. A ProPague está preocupada que os funcionários roubem informações, então a segurança é fortificada nos horários comerciais. Os dois seguranças da entrada ficam na guarita, não sobem nunca. Um deles assiste à novela a madrugada toda e o outro dorme. Os coletes pegam padrões como mudanças bruscas de queda ou aumento de batimentos cardíacos, mas não pega quando estão relaxados. As câmeras ficam na entrada, mas não tem nenhuma na guarita. Daqui consigo lançar isso.

Clapsson mostrou um disco branco e um objeto que Severino identificou como um anestésico em forma de vapor e massa colante.

— Esse negocinho é poderoso. Achei que era umidificador de ambiente e dormi por quatro dias — comentou Bonfim

— Como achou que era um umidificador?

— Ler rótulo não é meu forte, né, Olho de Dendê? Se vocês, humanos, se preocupassem em criar rótulos acessíveis para todos, eu teria percebido que peguei a caixa errada.

Clapsson ignorou a troca entre os dois e continuou falando por cima deles sem se importar:

— Passando por eles, vou até o servidor A e você, Severino, dá conta do servidor B. Teremos que acessá-los ao mesmo tempo. Caso contrário, alarmes, perseguição e morte. Depois de apagar os servidores e todas as informações guardadas, espalharemos detonadores em pontos estratégicos e...
— Clapsson puxou o detonador de um dos bolsos em seu colete e apertou o botão — ... BOOM! A gente finalmente encerra esse caso que já dura uma década.

Os três retornaram à nave, e cada um foi para seu canto se preparar para a missão. Após se vestir, Severino parou diante de um espelho velho e sujo. Vestia uma camisa social roxa, completamente aberta, e uma calça jeans escura. Em volta do pescoço, descendo até a altura do umbigo, ele podia ver as guias que usava como proteção. Ele acariciou as miçangas e suspirou.

— Êpa babá.

O homem desmoronou em cima de uma das cadeiras e ficou alguns minutos encarando o próprio reflexo, tentando ver o que realmente, realmente mesmo, reconhecia de si ainda. Os últimos dez anos de sua vida estavam envoltos em brumas, afogados em um ramerrão de cerveja e entorpecimento. A pele era a mesma, mas parecia cobrir uma alma que não pertencia mais a ele.

— Pensando no quê, cara de pum? — Bonfim se encostou no vão da porta.

— Pensando no meu vô.

— Grande Raimundo.

— Ele mesmo. Avôhai tinha casa lá em Itaparica, dava direto pro mar. Quando mãinha levava Jeremias e eu para visitar, o vô sempre saía para pescar com a gente. Tinha dia que a pescaria ia da manhã até o sol prostrar. Ele gostava de pescar nos arrecifes pertinho de casa. Não sei se já pisou em arrecife, mas, descalço, dói como uma porra. Avôhai disse que tudo aquilo era um ser vivo que mais parecia pedra do que bicho mesmo. Uma formação que demorou centenas de séculos para ser o que era. Quando os Estados Confederados do Sul atacaram, uma bomba obliterou os arrecifes em frente à casa do Avôhai. Assim! — Severino estalou os dedos. — O homem acabou com algo que a natureza levou séculos para criar. Destruir é sempre mais fácil que construir.

— Porque é só explosão e fragmentos ao ar — teorizou Bonfim. — Construir é pensar. Desejar. Sonhar.

— É isso.

— E o que você quer hoje, Severino? — perguntou o puiuiú. — Quer destruir coisas velhas ou construir coisas novas?

A madrugada era um manto negro.

Severino e Clapsson correram pelos vales de dendezeiros até chegarem aos portões de segurança norte. Assim que estavam em posição, avistaram os dois guardas responsáveis pela entrada principal, distraídos, assistindo à reprise do programa *De repente, repente*, um reality show de disputa entre repentistas, grande sucesso na Terra, e fora dela também. Clapsson lançou o disco, que se prendeu no teto e foi lentamente cobrindo a guarita com uma névoa entorpecente.

Severino e Clapsson cobriram os rostos com panos grossos e adentraram o laboratório sem grandes dificuldades. Uma vez dentro, os dois se separaram, seguindo pelos corredores que tinham combinado, rumo aos servidores. Diferente da fachada rústica e módica, a parte interna da instalação era toda branca, parecia um hospital, com ar-condicionado central e aparelhos de alta tecnologia por todos os cantos.

Com a assistência do dispositivo que agora estava acoplado ao braço mecânico, Severino seguiu os corredores ao sul. Estava prestes a fazer a curva, quando ouviu passos vindo em sua direção. Ele se jogou para trás, entrou em uma das salas e se escondeu atrás de uma escrivaninha. A porta, no entanto, não fechou perfeitamente, e a lingueta emitiu um estalo metálico ao descomprimir. O soldado, que já havia seguido o caminho oposto, deu meia-volta até a sala. Suas botas pesadas reverberavam pelos corredores como uma marcha fúnebre, aproximando-se de Severino, que se encolheu no vão da mesa.

O guarda tocou no interruptor, e Severino sentiu o peso que a luz podia ter em uma alma. Os punhos cerraram, e o coração achou o ritmo do carnaval, batendo desvairadamente e transformando seu corpo inteiro em atabaque. Estava prestes a pular sobre a mesa, quando escutou o toque do celular do guarda.

— E aí, meu amor? — A voz era meio fanha e anasalada. — Ahh, deixa o Marcelino dormir na casa do amiguinho dele. O pivete tem se comportado, tirado boas notas.

O guarda desligou a luz, fechou a porta e continuou sua ronda.

Os músculos relaxaram e Severino continuou seu caminho pelos corredores até chegar ao portão de acesso do servidor Sul.

— Clapsson, meu rei, estou aqui — disse ele em seu comunicador, após um suspiro.

Segundos se passaram sem resposta.

— Cheguei! Preparado? — perguntou Clapsson.

— A gente tem que girar ao mesmo tempo, correto? — indagou Severino ao inserir a chave na fechadura.

— Isso. Posso contar?

— No três ou no já? — Severino estava nervoso, sentindo a vingança na ponta dos dedos.

— No já. Posso ir? — perguntou Clapsson no comunicador.

— Jogue duro.

— Um, dois, três e... já.

Assim que girou a chave, Severino curvou a coluna, esperando que algum alarme tocasse, sinalizando a invasão. Mas nada veio, a não ser o som da porta sendo destrancada.

A sala de servidores era vasta, com equipamentos de primeira linha que piscavam de forma incessante. Seguindo as orientações de Clapsson, ele facilmente distinguiu os gabinetes que serviam como banco de dados. Enfiou um *flashdrive* em uma das aberturas, e as luzes, antes verdes, passaram a piscar em um vermelho intenso. O vírus que seu antigo mentor havia criado teve efeito, alastrando-se pelos cabos e destruindo tudo que encontrava pelo caminho. Pelo comunicador, conseguia escutar a risada catártica de Clapsson.

— É isso aí, meu rei! Estamos salvando milhares de pessoas! — A alegria do chelonoide era genuína.

— Sim, salvar vidas é nossa missão — declarou Severino.

Ele começou a espalhar explosivos nos gabinetes dos servidores. Corria contra o tempo, pois sabia que, caso quisesse terminar aquela missão da forma que desejava, teria que ser mais rápido que seu parceiro.

🪐

Filomena sempre gostou do sabor da cachaça. Sabia reconhecer uma boa dose apenas pelo cheiro, cor e pela forma como a bebida corria pelo vidro quando ela fazia movimentos circulares com o copo. A bebida em sua mão era das boas, com pureza e pujança. Mas, apesar da qualidade da pinga, a mulher não conseguia apreciar o momento.

Pensava na loucura de Severino.

Estava sentada numa mesa do Bar da Rita Casca de Bala, uma das melhores bodegas de Irecê. Após o desentendimento com Severino e Clapsson, achou prudente procurar o apoio e a proteção de Rita, a Ganhadeira local. A mulher recebeu o grupo de braços abertos. Afinal, a visita da Salvaguarda era tida como uma grande regalia, algo digno de ser celebrado.

Juá estava sentada a seu lado, seus imensos olhos vermelhos focados no copo de refrigerante diante dela. Já

Antonieta estava distante das demais, encostada na porta do estabelecimento, em silêncio e mirando o horizonte com olhos perdidos.

— Não faz sentido algum, Juá. Severino dar uma de doido e aceitar matar pessoas inocentes simplesmente não faz sentido — disse Filomena.

— Bem, ele perdeu o irmão naquela explosão. Faz sentido desejar um tico de vingança, não? — perguntou a carranca.

— Vingança é remédio que não cura. É usar a dor do outro como atadura. Ele estava falando em matar pessoas que não tiveram culpa alguma na explosão. A ProPague é a culpada.

— Esperto são os vilões que se escondem atrás de uma corporação, não é, minha Salvaguarda? Sem rosto, ninguém é culpado e ninguém é inocente.

— Se não te conhecesse melhor, Juá, diria que está justificando a escolha dele.

— Não tenho nada para justificar. Estou apenas apontando o fato de que, para Severino, a dor é uma. Para você, é outra. As coisas podem até ser parecidas, mas nada se repete neste mundo. Tudo é único. Igual às bolhas neste copo.

Rita, uma senhora com cabelos grisalhos e ondulados, sentou-se à mesa com a Salvaguarda e sua Defendente. A Ganhadeira serviu uma dose de cachaça a sua superior e sorriu.

— Como anda Dinha, Salvaguarda?

— Mãinha vai bem, Rita. Obrigada.

— Tristeza foi o dia que ela deixou a Terra. Federação miserável. — Rita cuspiu no chão.

— Ficou perigoso demais viver aqui — explicou Filomena. — Mas a gente está mais forte do que nunca.

— O povo sente muita falta de ter a Matriarca por perto. Dê um abraço nela por mim.

— Darei, sim. Com licença.

Filomena se levantou, passou por Antonieta, ainda escorada na lateral da porta, e sentou-se na quina da pequena mureta que delimitava a varanda da bodega. Ela cruzou os braços e encarou a capivara em silêncio.

— Você comeu esse reggae de Severino? — perguntou a mulher.

— *Os homens, quando não são forçados a lutar por necessidade, lutam por ambição.*

— Oi?

— Severino tem dentro de si um desejo maior que ele mesmo, algo que, independentemente do que ele queira, transborda.

— Você treinou com o homem. Acha que ele consegue matar inocente? Que vai brincar de Deus e tirar aquilo que não se dá de volta?

Antonieta ruminou a resposta.

— Não.

— Eu também não.

— Qual é o plano agora? — indagou Filomena.

— Não sei. Honestamente, estou perdida, tentando encontrar algo que faça sentido. A Federação não é mais minha casa. Não é faz algum tempo. — Ela acariciou o uniforme pintado de preto.

— Uma soldada bem treinada, disciplinada e inteligente. Não vejo você encontrando grandes dificuldades em achar emprego.

— Quem sabe...

— Pensando bem, sabe um lugar em que você poderia caber perfeitamente?

— Onde?

— Com as Paladinas — respondeu Filomena.

Antonieta riu, mas logo percebeu a seriedade nos lábios da outra. O silêncio entre as duas se esticou tanto que elas ouviram Rita, já calibrada nas ideias etílicas, gritando com alguém no fundo do barzinho.

— Vamos no karaokê! Bento, meu filho, coloca a S17.19.83!

— Você está falando sério, Filomena? — perguntou Tiê, a voz insegura.

— Sim. Ter uma ex-Carcará no bando seria uma boa ideia. Pessoalmente, preciso de alguém a meu lado para trabalhar com Juá.

— Isso é um convite?

— Você certamente provou seu valor e sua honra.

No fundo do bar, a música do karaokê começou a tocar no volume mais alto. O arranjo da guitarra tão familiar levou Filomena a ponderar sobre a verdade que ela bem conhecia, sobre as idas e vindas da vida e o amor que nunca morreu dentro dela.

Ela conhecia Severino e sabia exatamente a qualidade de homem que era.

— Nós precisamos de uma nave — disse Filó ao se levantar.

🪐

Anos de planejamento valeram a pena. A missão seguiu seu curso sem nenhum imprevisto ou contratempo. Clapsson Tergonvier chegou ao ponto de encontro com um sorriso otimista no rosto. O chelonoide retirou o capuz e se deliciou com a brisa e com o cheiro de mata viva e verde. Dez anos atrás, a ProPague e a Federação roubaram dele coisas fundamentais, sentimentos que garantiam sossego e paz a uma alma, e era a primeira vez que ele sentia completude ao olhar para dentro.

O destino traçava os próprios caminhos. Encontrar Severino após tanto tempo era sinal do universo de que aquela missão era obra de forças superiores.

Não era coisa do acaso. Tinha axé ali.

Sentou no topo da colina, acendeu um cigarro de palha e aproveitou a vista. No horizonte, pinceladas magenta anunciavam o amanhecer, trazendo à tona a injustiça que a ProPague difundia. Em breve, o laboratório estaria cheio e ele poderia enterrar de uma vez por todas os planos nefastos e gananciosos dos culpados por sua morte prematura.

Os ponteiros do relógio brincaram de ciranda e Severino ainda não havia aparecido. Com a manhã trazendo os caprichos do sol, Clapsson notou algo estranho atrás do galpão principal do laboratório. O chelonoide se levantou, correu até o outro lado, puxou seu binóculo e confirmou que sua nave estava pousada na área sul do laboratório. Ele acionou o zoom digital e testemunhou Severino e Bonfim encaminhando os seguranças, todos algemados, para dentro do veículo aéreo.

Os três corações começaram a rufar dentro de Clapsson, que correu em direção ao laboratório. Ele pulou a cerca de entrada, atravessou os corredores e as salas repletas de protótipos até chegar ao galpão sul. Não queria acreditar no que havia testemunhado. Não podia aceitar que Severino, de todas as pessoas na galáxia, o traíra daquela forma.

Não ele.

O imenso portão de metal estava aberto, e o vento corria pelo hangar de forma livre, balançando a túnica e o manto preto que cobriam o corpo de Clapsson, que chegara no exato momento em que sua nave levantava voo.

O plano não era mais dele.

— Por quê?! — gritou para Severino, que havia permanecido em solo.

— São pessoas como você e eu, Clapsson. Eles não mereciam morrer, assim como os funcionários.

— A guerra civilizada só alcança uma coisa: a manutenção do poder na mão de quem merece morrer! — Um choro contido, uma raiva desatada.

— De que adianta vencer a guerra se o custo significa que nós nos tornamos aquilo que acabamos de derrotar?

Clapsson puxou o detonador do bolso de seu colete.

— Você estragou tudo! Os alarmes já devem estar tocando na central!

— Nós podemos....

— Você já acabou com tudo! Isso começou comigo e com você sobrevivendo a uma explosão. Dessa vez não escaparemos!

Ele apertou o botão.

Nada mudou. O mundo continuou lá.

— Bonfim trocou os detonadores — respondeu Severino.

Clapsson largou o objeto, pegou a pistola e mirou em Severino, que caminhava com braços erguidos em direção ao velho parceiro de investigação.

— Você sabe que os Urubutingas estão vindo, não sabe? — questionou Clapsson. — Os coletes que seus preciosos guardas estavam usando já alertaram a central. Em questão de minutos, isto aqui vai ser uma festa da Federação e da ProPague.

— Nós podemos explodir tudo agora. Só precisamos sair daqui. — Severino estava a alguns passos de Clapsson. — Eu tenho um plano de fuga todo pensado, meu rei. O laboratório está vazio. A gente sai daqui, avisa o Bonfim e tudo termina. Nossa missão finalmente chega ao fim.

Um riso nervoso ecoou pelo galpão. Tremendo, Clapsson apertou a pistola com firmeza.

— Os planos da ProPague teriam chegado ao fim se tivesse me escutado. Agora é só uma questão de tempo para que ela reconstrua o maldito motor. Você quer pôr um fim aos planos da ProPague?

— Oficórssimente.

— Então, vamos testar sua devoção à luta!

Clapsson disparou, acertando o braço mecânico de Severino. O chelonoide, então, disparou mais uma vez. Dessa vez, a bala atravessou o peito do homem, que desabou. A dor pulsou, levando-o a se curvar em posição fetal. As mãos abraçaram a ferida, fazendo de tudo para conter a poça de sangue que se espalhava pelo chão.

— Você só precisa aceitar tua morte, e o plano da ProPague vai pelo ralo — disse Clapsson antes de sumir.

13
A EXPLOSÃO DE UMA VIDA SEVERINA

Não tenho muita paciência
com esses finais melancólicos.
Muita morte, choro e adeus
são subterfúgios diabólicos.
Gosto mesmo de finais alegres,
beijos em cenários bucólicos.

Sozinho, neste mundão de meu Deus,
você não vai muito longe, não.
Andorinhas, elas voam juntas,
e uma só não faz verão.
Fazemos de tudo nesta vida,
para não padecer de solidão.

Voltamos pro ponto inicial,
onde essa história começou.
Diga se não é estranho pensar
como a coisa se degringolou.
Olhar para tudo e ponderar:
não acredito que acabou.

Aqui, neste precioso ponto,
que eu darei o meu até breve.
E que esta história, eu torço,
seu amado coração leve.
É o desejo deste narrador,
que com muito suor, escreve.

Severino deseja pôr um fim
a toda essa maracutaia.
E torcendo que, com sua vida,
dessa enrascada ele saia.
No final dessa confusão toda,
abraços, explosões e Tim Maia.

ENXUGA ESSAS LÁGRIMAS, CERTO?

RESPIRA FUNDO E **VOLTA PRO RINGUE**

CÊ VAI SAIR DESSA PRISÃO

CÊ VAI ATRÁS DESSE DIPLOMA

COM A FÚRIA DA BELEZA DO SOL, ENTENDEU?

FAZ ISSO POR NÓIS

FAZ ESSA POR NÓIS

TE VEJO NO PÓDIO

A CANÇÃO TERMINOU, E SEVERINO ESTAVA dentro do aerocarro que Bonfim havia deixado para trás como estratégia de fuga. O veículo pertencia a Clapsson e estava no fundo de sua nave. Ao contrário do que acontecia em suas visagens de morte, testemunhar o próprio assassinato foi estranhamente doce e breve. Ele não se viu acometido pela sensação de finalidade e não teve os efeitos colaterais clássicos. Acordou com a manhã ainda nascendo, escutando a rádio Serendipidade. Os locutores estavam discutindo sobre a grande comemoração do Sexagenário da Federação, debatendo sobre qual seria a grande novidade que a ProPague estava prestes a revelar ao mundo.

Severino levantou a mão e acionou o comunicador. Em suas condições atuais, não conseguiria pilotar o aerocarro, tampouco continuar a fuga a pé.

— Bonfim, meu velho.

— Severino, porra! Estou tentando entrar em contato faz um tempo! Os Urubutingas estão a um minuto de você. Saia do laboratório agora.

— Clapsson atirou em mim.

— Desgraçado! Eu vou dar meia-volta.

— Você consegue chegar a tempo? — perguntou Severino.

A ausência de resposta era a própria resposta.

— Então, meu rei, nem tente. Aperta esse botão logo — pediu o homem.

— Você está louco? Eu nunca que vou apertar isso.

— Essa maluquice toda vai servir para nada se você não explodir o laboratório, Bonfim.

— Severino, eu não...

— Antes que tudo encerre, preciso dizer uma coisa: sei que você usou suas habilidades emocatalisadoras quando eu estava na fossa, bicho. Sei que você sabia que eu estava pensando em me matar. Você me salvou, e nunca te agradeci por isso. Preferi fingir que nunca aconteceu. Mas agora tenho a chance de salvar milhares de pessoas, e eu só tenho essa chance porque você me salvou primeiro. Você é meu melhor amigo... Mais do que isso. Você é um dos grandes amores de minha vida, desgraça... Mas Bonfim, meu bróder, me deixa ir. — Pelo comunicador, Severino parecia estar cada vez mais longe, a voz enfraquecida e falhando a cada frase.

Severino se virou e testemunhou a aproximação das naves Urubutingas.

— Eles estão chegando — disse Severino. — Vão me matar de qualquer jeito.

— Eu não sei se consigo.

— A música da minha morte vai tocar. Adeus, meu rei.

Severino aumentou o volume do rádio até o máximo. Um arranjo de viola musicou o início da canção, trazendo à tona memórias de quando saía para curtir uma seresta com Filomena. Iam até o Baile de Outro Mundo, um salão de festas na órbita de Marte, e passavam a noite toda dançando coladinhos, o corpo dele se encaixando perfeitamente no dela.

O volume fazia com que as janelas reverberassem no ritmo de corações jovens, inconsequentes e apaixonados. Severino relaxou a cabeça e testemunhou a movimentação dos soldados Urubutingas, que já estavam no solo, caminhando em sua direção com rifles apontados. Liderando o esquadrão estava o mercenário Filho da Lança que havia visto em sua visagem de morte no Expresso 22.22.

A música alta impedia que ele escutasse Bonfim, que gritava no comunicador:

— Tem uma nave não identificada chegando, Severino! Cara, aguenta firma aí!

🪐

Antonieta pilotava uma Yennenga X17, uma nave de combate de pequeno porte. Filomena estava ao lado, seus olhos de jabuticaba focados nos soldados que estavam cada vez mais perto de Severino. No interior da cabine, o rádio também estava ligado. E o universo, em toda a sua vastidão e grandeza, era novamente vítima da força que conectava Severino a Filomena, pois, mesmo apartados, escutavam a mesma canção ao mesmo tempo.

Mas a verdade é que eu sou louco por você
E tenho medo de pensar em te perder
Eu preciso aceitar que não dá mais
Pra separar as nossas vidas

A nave voava rente ao chão, uma manobra arriscada e que demandava controle absoluto por parte de Antonieta. Ao notar que se aproximavam dos alvos, Filomena deixou a cabine e se juntou a Juá no compartimento de carga. A mulher acionou um dos botões na central de comando, e o fundo do veículo aéreo se abriu, revelando a grama que corria abaixo dela em uma velocidade impressionante.

— Tiê! Lasque em banda! — gritou a Salvaguarda pelo comunicador.

A capivara apertou o gatilho em seu manche, e projéteis voaram como abelhas raivosas. Uma saraivada de balas encontrou seu caminho pelos dendezeiros até acertar as naves pousadas, levantando uma bola de calor.

A Yennenga X17 atravessou a fumaça erguida pelas explosões e continuou seu caminho em direção ao batalhão de soldados Urubutingas, que estavam perigosamente chegando a Severino, prontos para executá-lo. Antonieta rodou o manche, a nave girou, e Filomena e Juá pularam, aproveitando a inércia.

E nessa loucura de dizer que não te quero
Vou negando as aparências
Disfarçando as evidências
Mas pra que viver fingindo
Se eu não posso enganar meu coração
Eu sei que te amo

Filomena caiu sobre um dos soldados, usando um movimento fluido para atravessar o couro do homem com seu facão de lâmina energizada. Menos graciosa que a investida de Filomena foi a queda de Juá, que, graças às suas engrenagens internas, pesava mais que um boi. O impacto foi o bastante para levar três soldados ao chão. A carranca robótica aproveitou seus eixos giratórios e desferiu uma sequência de três socos, lançando o trio de soldados para longe.

Chega de mentiras, de negar o meu desejo
Eu te quero mais que tudo
Eu preciso do seu beijo
Eu entrego a minha vida
Pra você fazer o que quiser de mim
Só quero ouvir você dizer que sim

Ao se ver diante do mercenário Guerreiro do Maracatu, Filó preparou seu facão e atacou. O jagunço usou sua lança de densidade variável para se proteger. Assim que as armas se encontravam após golpes potentes, fagulhas azuis e vermelhas voavam pelo ar. O manto multicolorido do jagunço se estendia quando ele girava, criando uma órbita multicolorida e fluida, uma dança de morte e beleza. Filomena aproveitou o ensejo do adversário e deu um passo para a lateral, usando a força do inimigo contra ele mesmo. O jagunço perdeu o equilíbrio, e Filomena atacou. Sua lâmina energizada atravessou o pulso do homem, levando ao chão sua arma e a mão que a segurava. O Filho da Lança encarou a extremidade cortada com o semblante confuso, incapaz de conceber tal derrota. E antes mesmo que pudesse processar a dor, Filó o puxou pelas tranças e tratou de aplicar um corte de cabelo definitivo.

Em meio à visão já turva, Severino demorou a reconhecer que o alvo de seu afeto estava realmente lá e que não era apenas um delírio que a morte, com sua mão gentil, lhe mostrava para que sua despedida fosse menos doída. Severino se levantou, achando forças em uma alma que já havia desistido da luta. Seu estado debilitado, entretanto, tornou-o alvo fácil para seus inimigos. Um dos soldados se aproximou de Olho de Dendê e pressionou a arma contra sua cabeça.

O som do disparo ecoou pelos dendezeiros, e mais um Urubutinga provou o sabor da grama.

Antonieta estava no fundo da nave Yennenga X17 com sua Corisco & Lampião em mãos, o cano avermelhado pelo disparo energizado.

Com a assistência da parceira capivara, que disparava contra os inimigos com uma precisão impressionante, Filomena e Juá facilmente eliminaram a ameaça dos Urubutingas, que foram pegos de surpresa pelas táticas das Paladinas do Sertão.

Severino cambaleou até Filomena, mas as pernas falharam. A mulher o segurou e o deitou no chão com cautela.

— Juá, me diga o que vê — pediu ela.

A Defendente usou seus olhos mecânicos para diagnosticar os estragos internos em Severino.

— O humano tem muita sorte. O tiro atingiu entre o pulmão e o diafragma, então entrou e saiu sem atingir nenhum órgão, mas ele perdeu sangue.

— Tua alma não tá encomendada, Severino. Ainda tem muito o que viver. Vamos dar um jeito nisso!

Filó puxou uma lanterna de seu cinto e a colocou entre os dentes de Severino, para que ele pudesse morder o objeto enquanto cuidavam do ferimento. A mulher, então, desligou seu facão energizado e usou o metal quente para cauterizar a ferida. Severino mordeu a lanterna com força, urrando de dor. O mundo virou um borrão e o homem sentiu um formigamento correr pelo corpo inteiro enquanto o cheiro de carne queimada, aliado à dor, quase o fez vomitar. Antonieta e Juá se agruparam perto do casal e assistiram Severino na árdua tarefa de ficar em pé novamente.

— Você está bem, Severino? — perguntou Antonieta.

Mas o homem não tinha fibra bastante para prestar atenção em outra coisa que não fosse Filomena. Estava na beira entre lá e cá, de frente para o abismo do grande mistério e tudo que conseguia fazer era encarar os olhos de jabuticaba e sorrir. Sorriso bobo, de quem tinha tudo a seu alcance. Havia morrido muitas mortes, mas aquela era sua única vida. Queria deitar com Filomena em uma rede e pensar no amanhã somente amanhã. O eterno horizonte que nunca chega.

Queria beijá-la, e foi isso que decidiu fazer.

Antes que os lábios se tocassem, uma grande nuvem caiu sobre o bando, bloqueando tudo que o sol tinha ambição de tocar. Um a um, os rostos foram mirando o firmamento, contemplando a imensa nave Urubutinga que pairava diante deles. As dezenas de canhões de plasma acionaram as miras neles, prontos para obliterar a ameaça que tentava destruir os planos da ProPague e da Federação.

— Caralho — murmurou Severino —, estou cansado dessa agonia de quase morrer, quase ficar vivo.

O céu ardeu em uma explosão. Estilhaços da nave Urubutinga voaram para todos os lados, caindo diante deles em uma velocidade preguiçosa e pintando o ar com rastros cinza. Atrás da cortina de fumaça, a Idará XIX de Clapsson Tergonvier surgiu em um voo baixo, pousando próximo ao bando. Os portões se abriram, e Bonfim pulou da ponte, suas fitinhas balançando ao vento.

— Parece que cheguei na hora — declarou o puiuiú.

— Mais pontual que britânico, meu rei.

Severino olhou ao redor e viu, no semblante de cada uma daquelas almas, a força da vida pulsando. Era ali, nos laços que os conectavam, nas risadas e nas brincadeiras, nas dores e nos pesares, que a vida podia ser encontrada. E o homem finalmente pôde enterrar o Severino que morreu sem morrer.

— Tiê, minha amiga, você parece sempre ter uma citação propícia na ponta da língua. Qual seria a de agora? — perguntou ele.

A capivara sorriu. Ela também parecia ter encontrado algo que muito procurava.

— *E não há melhor resposta que o espetáculo da vida: vê--la desfiar seu fio, que também se chama vida, ver a fábrica que ela mesma, teimosamente, se fabrica, vê-la brotar como há pouco em nova vida explodida; mesmo quando é assim pequena a explosão, como a ocorrida; como a de há pouco, franzina; mesmo quando é a explosão de uma vida severina.*

— Perfeito... — Severino mirou seu melhor amigo. — Bonfim, meu rei. Jogue duro e explode essa porra toda!

— É nós.

O puiuiú apertou o detonador, e os laboratórios da ProPague foram ao ar como se fossem fogos de artifício em festa de São João. O bando testemunhou tudo que era ambição e ganância virar um espetáculo de celebração de uma justiça pouco provada. Severino segurou a mão de Filomena. Estava exatamente onde queria viver e morrer, próximo o suficiente para sentir o cheiro de pitanga de seu perfume.

— Eu fui um covarde — afirmou ele.

— Foi — concordou ela.

— Mas perdi a vontade de não ter coragem.

— Que bom.

— Vamos juntar nossas infelicidades para ver no que vai dar.

Os lábios se tocaram no exato momento em que os laboratórios entraram em uma combustão constante, colorindo o firmamento com a paixão do calor, em tons que iam do turquesa ao magenta, do dourado ao jade.

No interior da nave, Bonfim dava partida no veículo estelar, acionando as turbinas e criando um alvoroço ainda mais intenso ao redor do casal, que se perdia naquilo que os lábios fazem de melhor. O puiuiú ligou o som, e a rádio Serendipidade, a estação mais tocada em toda a galáxia, tocou a música perfeita para aquele momento. Saxofones, bateria, trompetes e guitarras viravam notas que corriam pelo ar em perfeita harmonia com a índole amotinadora daquele bando de almas quebradas.

Vou pedir pra você ficar
Vou pedir pra você voltar
Eu te amo
Eu te quero bem

Antonieta foi até a porta da nave e notou que Severino e Filó ainda estavam emaranhados nos desejos do querer bem. Esperou um tantinho, já que todo mundo merece seu final de novela, mas logo percebeu que a sede entre os dois não seria rapidamente saciada.

— Ei, chupa caetanos! Qual é o plano agora?

Os lábios de Filomena desgrudaram de Severino, e a mulher encarou sua nova parceira de combate. A Salvaguarda sorriu, pois sabia que havia muito ainda a ser feito, muito a ser conquistado.

— O que não falta neste mundão é gente rica e escrota que merece uma lição ou duas — respondeu a mulher.

— Vamos educá-los, então! — Severino concordou antes de entrar na nave.

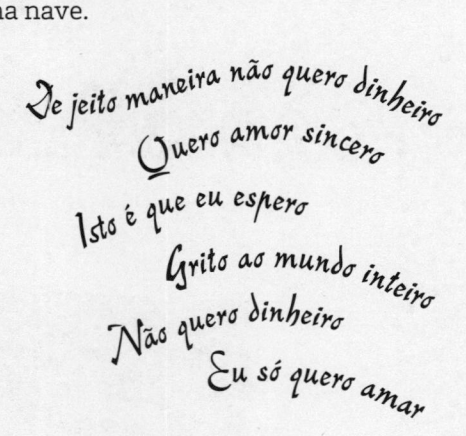

De jeito maneira não quero dinheiro
Quero amor sincero
Isto é que eu espero
Grito ao mundo inteiro
Não quero dinheiro
Eu só quero amar

A nave Yennenga X17 decolou em meio a todo caos que consumia o laboratório secreto da ProPague. Os motores rugiram como o próprio boitatá bocejando, lançando sibiladas de fogo a cada pulsação do acelerador *zeta*. Severino encarou as chamas que consumiam o complexo e ponderou, mais uma vez, sobre a qualidade cíclica da vida. Dez anos atrás, uma explosão muito semelhante àquela lhe roubou tudo que tinha de valioso. Agora, as labaredas o presenteavam com coisas novas e uma promessa de vida reconquistada.

Sorriu.

Estava certo de uma coisa:

Nem mesmo a morte é ponto-final.

As coisas não terminam, elas dão voltas.

F

M

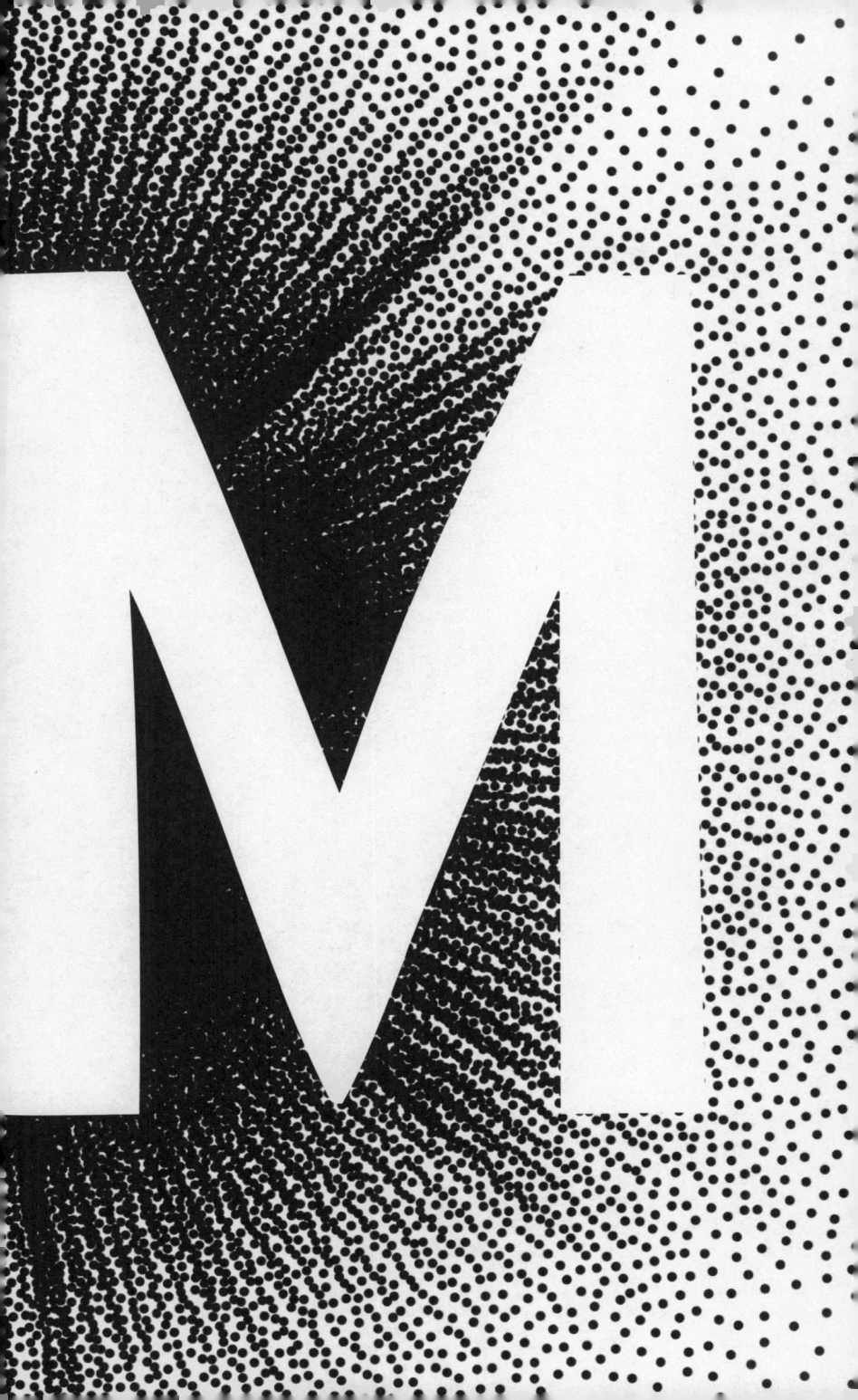

AGRADECIMENTOS

Agradecer é um ato fadado à incompletude. Como ser justo diante de tantas pessoas e de tantas histórias? Sou a soma de todas as coisas que carrego comigo e de todas as coisas que perdi no caminho. Gratidão tem esse ão no final porque o bicho é grande. Big mesmo. Pensei em escrever vários nomes aqui, mas, sei lá, tem sentimento que não tem alvo; é explosão, vai para todos os lados, acerta até quem só está perto. Você vê, leitor, este livro aqui é a primeira arfada após um longo tempo submerso. Estou respirando um sonho, colocando no pulmão coisas maiores que eu mesmo.

Neste momento, estou deitado na minha rede amarela, de olhos fechados, pensando nas várias pessoas que lerão essas palavras de agradecimento. Alguns rostos são conhecidos, família, amigos e amigas, mas há, também, rostos nublados, distantes e sem forma clara. Miragens de um tempo que ainda não se apresentou.

Minha gratidão não cabe em lista. Mal cabe em palavras. Usarei, então, um neologismo que minha mãe inventou.

Uma amantessidão de obrigados.

AS MAIS TOCADAS DA RÁDIO SERENDIPIDADE

"Não tenho medo da morte": Gege Editora • Gilberto Gil • Sony Music Publishing (Brazil) Edições Musicais Ltda.
(pp. 2-3)

"AmarElo (Sample: Sujeito de sorte)": Antonio Carlos Belchior • Eduardo dos Santos Balbino • Felipe Adorno Vassão • Laboratório Fantasma Produções Ltda. ME • Leandro Roque de Oliveira • Warner Chappell Edições Musicais Ltda.
(pp. 11-17 e 280-281)

"É o Tchan (Pot-Pourri Melô do Tchan / Pau que nasce torto)": Bichinho Edições Musicais Ltda. • Claudio dos Santos Lima • Denilson Luz Soledade • Neilson de Andrade Dantas • Ojuoba Produções Art. Edições Musicais Ltda. • Universal Music Publishing Mgb Brasil Ltda.
(p. 31)

"Na boquinha da garrafa": Bichinho Edições Musicais Ltda. • Eleonor Sacramento dos Santos • Universal Music Publishing Mgb Brasil Ltda. • Willys Batista de Araújo
(p. 31)

"Duas cidades": Máquina de Louco Edições Musicais • Marcelo Monteiro Santana • Roosevelt Ribeiro de Carvalho • Universal Music Publishing Mgb Brasil Ltda.
(pp. 31-32)

"Amigos do peito": Ivanilton de Souza Lima • Paulo César Guimarães Massadas • Sony Music Publishing (Brazil) Edições Musicais Ltda.
(p. 37)

"Beija-flor": Alfredo de Souza Cerqueira Filho • José Raimundo da Silva • Universal Music Publishing Mgb Brasil Ltda.
(p. 39)

"Mulher do fim do mundo": Alice Coutinho Costa Lima • Rômulo Fróes de Carvalho • Alternet Music Produção e Gravação Ltda.
(pp. 51-52)

"Pavão mysterioso": José Ednardo Soares Costa Souza • Aura Edições Musicais Ltda.
(pp. 77-78)

"História das Ganhadeiras": Amadeus Alves Ribeiro Filho
(p. 112)

"Cowboy Fora-da-Lei": Claudio Roberto Andrade de Azeredo • Raul Santos Seixas • Peermusic do Brasil Edições Musicais Ltda.)
(p. 130)

"*Vesti La Giubba*", ópera *Pagliacci*: Ruggero Leoncavallo
(pp. 147-148)

"Reconvexo": Caetano Emmanuel Viana Teles Veloso •UNS Produções Artísticas Ltda. • Warner Chapell Edições Musicais Ltda.
(pp. 149-151)

"Nasci pra ser vermelho": Amilton Cezar Ferreira Moraes • TS Tecnologia, Produções e Promoções Artísticas Ltda.
(p. 170)

"Eu só quero um xodó": José Domingos de Moraes • Lucinete Ferreira • Gapa-Guilherme Prod. Art. Ltda • Warner Chappell Edições Musicais Ltda.
(pp. 175-176)

"Imortal (Immortality)": Barry Alan Gibb • Crompton Songs • Maurice Ernest Gibb • Redbreast Publishing Ltd. • Robin Hugh Gibb • Sergio Carrer • Universal Music Publishing Mgb Brasil Ltda.
(p. 178)

"Tiro ao Álvaro": João Rubinato • Oswaldo Molles • Editora e Importadora Musical Fermata do Brasil Ltda.
(pp. 194-195)

"Espumas ao vento": José Accioly Cavalcante Neto • Sony Music Publishing (Brazil) Edições Musicais Ltda.
(pp. 200-202)

"A vida é um desafio": Edivaldo Pereira Alves • Atracão Producões Ilimitadas Imp. Exp. Ltda. • Cristian de Souza Augusto
(p. 207)

"O astronauta de mármore": BMG Rights Management Brasil Ltda. • Carlos Eduardo Fillipon Stein • Chrysalis-Music-Ltd • David Robert Jones • Editora e Importadora Musical Fermata do Brasil • EMI Music Publishing Ltd • Sady Homrich Junior • Sony Music Publishing (Brazil) Edições Musicais Ltda. • Sony/ATV Music Publishing Llc / Thedy Rodrigues Correa Filho • Tintoretto Music
(pp. 213-214)

"Dia branco": Geração Produtora Ltda. • Geraldo Azevedo de Amorim • Renato da Rocha Silveira
(p. 230)

"Jogo arrepiado": Mestre Acordeon
(p. 247)

"Evidências": José Augusto Cougil • Paulo Sérgio Kostenbater Valle • Sony Music Publishing (Brazil) Edições Musicais Ltda. • Universal Musical Publishing Mgb Brasil Ltda.
(pp. 284-286)

"Não quero dinheiro (Só quero amar)": Sebastião Rodrigues Maia • Warner Chappell Edições Musicais Ltda.
(pp. 290-291)

AS LEITURAS E CITAÇÕES PREFERIDAS DE ANTONIETA CAPITOLINA MACABÉA

Morte e vida severina e outros poemas, João Cabral de Melo Neto. Rio de Janeiro: Objetiva, 2010.
(pp. 6, 24, 44, 62, 80, 106, 122, 160, 180, 210, 232, 262, 278 e 289)

Viva o povo brasileiro, João Ubaldo Ribeiro. Rio de Janeiro: Objetiva, 2011.
(pp. 65, 183 e 221)

"Maravilhas nunca faltaram ao mundo, o que sempre falta é a capacidade de senti-las e admirá-las", Mário Quintana
(p. 65)

"O pássaro é livre na prisão do ar. O espírito é livre na prisão do corpo". "Liberdade", poema de Carlos Drummond de Andrade
(p. 70)

O alienista, Machado de Assis
(p. 70)

Dom Casmurro, Machado de Assis
(pp. 96, 133 e 189)

Correspondência de Euclides da Cunha, org. de Walnice Nogueira Galvão e Oswaldo Galotti. São Paulo: Edusp, 1997.
(p. 114)

A hora da estrela, Clarice Lispector. Rio de Janeiro: Rocco, 2020.
(p. 120)

"O otimista é um tolo. O pessimista, um chato. Bom mesmo é ser um realista esperançoso", Ariano Suassuna
(p. 125)

O cortiço, Aluísio Azevedo
(p. 130)

Memórias póstumas de Brás Cubas, Machado de Assis
(p. 130)

Grande sertão: veredas, Guimarães Rosa. São Paulo: Companhia de Bolso, 2021.
(pp. 142 e 260)

Clara dos Anjos, Lima Barreto
(p. 223)

Discursos sobre a primeira década de Tito Lívio, Maquiavel
(p. 272)

COPYRIGHT © 2022 IAN FRASER LIMA
PUBLICADO MEDIANTE ACORDO COM MTS AGÊNCIA.

PREPARAÇÃO	Victor Almeida
PROJETO GRÁFICO E DESIGN DE CAPA	Anderson Junqueira
DIAGRAMAÇÃO	Julio Moreira | Equatorium Design
IMAGENS DE MIOLO	Yefym Turkin / Shutterstock (pp. 22-23)
	BrunaFelinto / Shutterstock (boi-bumbá, pp. 180 e 303)
	Eliks / Shutterstock (pp. 292-293)
ARTE DE CAPA	Breno Loeser

CIP-BRASIL. CATALOGAÇÃO NA PUBLICAÇÃO
SINDICATO NACIONAL DOS EDITORES DE LIVROS, RJ

F927v

Fraser, Ian, 1983-
A vida e as mortes de Severino Olho de Dendê / Ian Fraser. - 1. ed. - Rio de Janeiro : Intrínseca, 2022.
304 p. ; 21 cm.

ISBN 978-65-5560-443-6

1. Ficção brasileira. I. Título.

22-80067
CDD: 869.3
CDU: 82-3(81)

Meri Gleice Rodrigues de Souza - Bibliotecária - CRB-7/6439

[2022]
TODOS OS DIREITOS DESTA EDIÇÃO RESERVADOS À
EDITORA INTRÍNSECA LTDA.
RUA MARQUÊS DE SÃO VICENTE, 99, 6º ANDAR,
22451-041 – GÁVEA
RIO DE JANEIRO – RJ
TEL./FAX: (21) 3206-7400
WWW.INTRINSECA.COM.BR

1ª edição	NOVEMBRO DE 2022
impressão	GEOGRÁFICA
papel de miolo	PÓLEN NATURAL 80 G/M²
papel de capa	CARTÃO SUPREMO ALTA ALVURA 250 G/M²
tipografia	BRIX SLAB